N'AYEZ PAS PEUR, NOUS SOMMES LÀ

Du même auteur

Parce ce que c'était écrit, Pocket, 2010
Sois un homme, papa, Fayard, 2010
Loup, y es-tu ?, Robert Laffont, 2009 ; Pocket, 2011
Malek : la varie histoire, Fayard, 2008 ; Le Livre de poche, 2010
Un amour de déraison, Éditions du Rocher, 2008 ; Pocket, 2009
Allez, France, Robert Laffont, 2007 ; Pocket, 2008
Laisse-moi te dire, Fayard, 2006 ; Le Livre de poche, 2008
Je serai la princesse du château, Éditions du rocher, 2006 ; Pocket, 2007
La Chaloupe, vol. 1, *Le Talisman*, Robert Laffont, 2005 ; Pocket, 2006
La Chaloupe, vol. 2, *L'Aventurine*, Robert Laffont, 2005 ; Pocket, 2006
Belle grand-mère, vol. 4, *Allô, Babou, viens vite... On a besoin de toi !*, Fayard, 2004 ; Le Livre de poche, 2008
Histoire d'amour, Robert Laffont, 2003 ; Pocket, 2004
Recherche grand-mère désespérément, Fayard, 2002 ; Le Livre de poche, 2009
Priez pour Petit Paul, Fayard, 2001 ; Le Livre de poche, 2008
Charlotte et Millie, Robert Laffont, 2001 ; Pocket, 2003
Marie-Tempête, Robert Laffont, 2000 ; Éditions de la Seine, 2002 ; Pocket, 1999
La Maison des enfants, Robert Laffont, 2000 ; Pocket, 2001
Belle grand-mère, vol. 3, *Toi, mon pacha*, Fayard, 1999 ; Le Livre de poche, 2008
Une femme en blanc, Robert Laffont, 2003 ; Éditions de la Seine, 2002 ; Pocket, 1997
Bébé couple, Fayard, 1997 ; Le Livre de poche, 1998
Trois femmes et un empereur, Fixot, 1997
Boléro, Fayard, 1995 ; Le Livre de poche, 1996
Belle grand-mère, vol. 2, *Chez Babouchka*, Fayard, 1994 ; Le Livre de poche, 2008
Belle grand-mère, vol. 1, Fayard, 1993 ; Le Livre de poche, 2008
Une grande petite fille, Fayard, 1992 ; Le Livre de poche, 2009
Cris du cœur, Albin Michel, 1991 ; Le Livre de poche, 1994
L'Amour, Béatrice, Fayard, 1990 ; Le Livre de poche, 1992
La Reconquête, Fayard, 1989 ; Le Livre de poche, 2007
Croisière, vol. 2, *Les Pommes d'or*, Fayard, 1988 ; Le Livre de poche, 2004
Croisière, Fayard, 1987 ; Le Livre de poche, 1989
Vous verrez... vous m'aimerez, Plon, 1987 ; Le Livre de poche, 1988
Une femme réconciliée, Fayard, 1985 ; Le Livre de poche, 2007
L'Esprit de famille, vol. 6, *Cécile et son amour*, Fayard, 1984 ; Le Livre de poche, 2007
L'Esprit de famille, vol. 5, *Cécile, la poison*, Fayard, 1984 ; Le Livre de poche, 2008
Rendez-vous avec mon fils, Fayard, 1982 ; Le Livre de poche, 2007
L'Esprit de famille, vol. 4, *Moi, Pauline*, Fayard, 1981 ; Le Livre de poche, 2009
Une femme neuve, Fayard, 1980 ; Le Livre de poche, 2010
L'Esprit de famille, vol. 3, *Claire et le bonheur*, Fayard, 1979 ; Le Livre de poche, 2008
L'Esprit de famille, vol. 2, *L'Avenir de Bernadette*, Fayard, 1978 ; Le Livre de poche, 2008
L'Esprit de famille, Fayard, 1977 ; Le Livre de poche, 2008

ISBN : 978-2-0812-4706-2

Janine Boissard

N'AYEZ PAS PEUR, NOUS SOMMES LÀ

Flammarion

Remerciements

Merci au lieutenant-colonel Gilles Agnès, chef du Groupement territorial Est du service départemental d'incendie et de secours du Calvados, qui m'a donné le départ de cette passionnante aventure et m'a accompagnée de ses conseils tout au long de celle-ci.

Toute ma reconnaissance et mon amitié au lieutenant Lionel Blanchet, adjoint du chef du Centre de secours principal de Loches, dont la caserne est devenue, pour quelque temps, la mienne et qui m'a permis, l'espace d'une journée – pour moi inoubliable –, de revêtir l'uniforme de soldat du feu. Et toute ma gratitude à ceux, hommes et femmes de cette caserne, qui m'y ont si généreusement accueillie.

Un grand merci également au lieutenant Pascal Baratin, chef du Centre de secours d'Houlgate, grâce à qui j'ai pu, entre autres, construire l'un de mes principaux personnages : Joseph, le précieux « garde-chiourme ».

Et enfin, merci à tous les pompiers rencontrés un peu partout en France durant l'écriture de ce roman, et qui se sont toujours montrés prêts à m'écouter et à répondre patiemment à mes salves de questions.

Je suis fière d'avoir été des vôtres. Vous êtes des braves.

Première partie

Ni oui, ni non, Ninon

1

Journée calme à la caserne : une personne âgée victime d'insolation, la chute à vélo d'un enfant – plus de peur que de mal –, l'effondrement d'un roi, un chêne tricentenaire, sur une route départementale.

18 heures, la partie de volley-ball bat son plein dans la salle de sports quand l'alerte est donnée. Plusieurs appels affolés au 18. Un homme menace de se jeter de la tour Saint-Antoine, à Loches.

Luc, Thomas et moi, Ninon, sommes du premier départ. Trois minutes pour revêtir la tenue d'intervention et nous sautons dans le VSAV[1].

Samedi 2 juillet, mauvaise saison, mauvais jour, mauvaise heure. Malgré sirène et gyrophare, nous avons peine à tracer notre chemin dans la foule des promeneurs venus profiter de la douceur du soir. De nombreux étrangers. Ici, on célèbre l'été dans toutes les langues.

Nous voilà enfin place de la Marne que veille, légèrement en retrait, la puissante tour carrée. Une marée de visages renversés vers le ciel, peint en rose par un soleil en fin de course, se tend vers l'homme perché sur la balustrade du chemin de ronde, l'homme qui agite les

1. Véhicule de secours aux victimes.

bras, joue à l'oiseau ; et parfois certains vont jusqu'au bout du jeu et c'est le sol qui s'éclabousse de rouge.

Comme nous sortons du véhicule, une femme en jupe à pois et body blanc surgit devant nous, supplie : « Vous allez le sauver, n'est-ce pas ? » Laissant Luc répondre, Thomas et moi nous élançons rue de la République, passons la porte Picois, parvenons rue Saint-Antoine, à la grille qui défend l'entrée du monument. Quelques personnes sont en train de discuter avec le gardien. Celui-ci nous ouvre, soulagé. Il salue Thomas.

— Caporal, enfin ! Ils voulaient monter pour le retenir. J'ai eu du mal à les en empêcher.

— Vous avez bien fait, approuve Thomas, merci.

Nous poussons la porte à épais verrou et entamons l'ascension de l'escalier en vis qui donne sur un puits profond où pendent les cordes de cloches muettes depuis des siècles. Silence de pierre, de caveau. « Vous allez le sauver, n'est-ce pas ? » Dans ma tête, ce sont les paroles de la femme en jupe à pois qui tintent, sa prière. On ne s'habitue pas. Si vous sentez venir l'habitude, il est conseillé de déchausser les bottes de pompier.

Les marches sont usées, glissantes. Des étroites meurtrières filtre un peu de lumière, l'éclat des toits bleus et rouges sur le tuffeau blanc. Ici, quelqu'un a signé dans la pierre et a ajouté une date : 1543. Les graffitis ne datent pas d'aujourd'hui, la volonté de laisser trace de son passage non plus. Un dernier tournant, une bouffée de vent et apparaît le chemin de ronde.

Debout sur son étroit perchoir, l'homme nous tourne le dos. Il ignore notre présence. Attention à ne pas provoquer, en le surprenant, le geste que nous sommes venus empêcher. Cheveux gris, costume.

— À toi, murmure Thomas.

J'avance d'un pas, appelle à mi-voix : « Monsieur ? »

Aucune réaction. Un pas supplémentaire, un ton plus haut : « Monsieur ? »

Cette fois il m'a entendue et se retourne lentement : la cinquantaine, visage terreux, regard perdu. Lors de chaque intervention où se joue une vie survient un détail qui fixera à jamais le moment dans votre mémoire. Ce détail est là, il me crève les yeux, il me laboure le cœur : la cravate ! L'homme-oiseau porte une belle cravate à rayures signée d'un grand couturier. Costume-cravate... Si l'on y ajoute les souliers de cuir à trous-trous, il incarne parfaitement l'image du cadre supérieur. Ne lui manque que l'attaché-case.

Et la raison que, pour l'instant, il a perdue.

Me découvrant, une grimace tord ses lèvres. Peut-on appeler ça un sourire ? Il articule difficilement.

— Pimpon, la pompière.

S'il a bu, il a dépassé le stade où l'on refait le monde à grands cris et gestes vengeurs, porté par la colère. Il en est arrivé à celui où l'on a compris que c'était le monde qui vous a refait, alors adieu, chienne de vie, par ici la sortie.

Pas de hâte, surtout pas de hâte. Je tends la main.

— Je m'appelle Ninon, et vous ?

— Moi ? Personne.

De très loin nous parvient le son d'une sirène. Pas notre « deux-tons », celle du Samu qu'a obligatoirement appelé le chef. Nul n'a encore inventé l'échelle assez haute pour atteindre le sommet d'une tour édifiée par un roi ; du ciel seul peuvent venir les secours.

Monsieur « Personne » se tourne à nouveau vers le vide. Ce n'est pas l'alcool qui lui donne ces gestes lents, engourdis. La drogue ? Peu probable. Plutôt l'abus de ces médicaments censés vous calmer mais qui, consommés à haute dose, finissent par brouiller l'esprit, pousser à prendre le ciel comme tremplin pour plonger dans l'oubli.

La sirène s'est tue. Dans mon dos, je sens la force de Thomas ; sa résolution double la mienne. Encore un pas. Je pourrais à présent toucher l'homme.

— Vous voyez ? demande-t-il en un souffle.

Je vois une place faite pour la fête où Luc a établi un périmètre de sécurité. En demi-cercle, comme dans une arène, insectes bruissants, je vois les spectateurs. Partie du décor, trois voitures : rouge, le VSAV ; bleu, le fourgon de la gendarmerie ; blanche, l'ambulance du Samu. Je vois que nous sommes au point de rupture : le passage d'un oiseau, un mot, une fausse note, peuvent envoyer le désespéré dans le vide. Le mot vrai, la note juste, un rien, le ramener sur terre.

— S'il vous plaît, monsieur, pouvons-nous parler ?

L'homme à la cravate et aux souliers cirés, l'homme bien élevé, pivote lentement, me fait à nouveau face.

— Rien à dire.

Alors, je mets toute ma force dans mon regard, je mets l'amour, je mets la femme, j'ouvre mes bras.

— Viens !

Il saute.

Du côté de la vie.

2

L'homme aux cheveux gris qui s'appelait « Personne » et n'avait rien à dire, le monsieur bien mis, costume-cravate, souliers de cuir, est tombé dans mes bras, la poitrine secouée de sanglots.

Lorsque la révolte ne vous porte plus, qu'une lumière, même infime, a percé le désespoir, c'est le moment où la douleur se fait la plus vive ; aussi l'ai-je gardé un long moment contre moi.

Thomas, mon « bi », mon binôme – un pompier ne va jamais seul au feu – m'a accordé le temps qu'il fallait.

La descente a été difficile. J'avais passé le bras autour de la taille du rescapé qui s'accrochait à moi comme un enfant. Longtemps, j'ai regretté d'être si grande : 1 mètre 76. Mais, dans le métier, il arrive que ce soit utile. Et désormais, c'est sans regret pour les talons hauts. D'ailleurs, aucune de nos tenues n'en comporte, hormis celle de cérémonie, et encore, rien des talons aiguilles que je m'interdisais, ado, pour ne pas dépasser les garçons.

Marche à marche dans l'étroit boyau, le caporal nous précédant en cas de chute, nous avons débouché dans la petite cour.

Un homme et une femme nous y attendaient, SAMU inscrit en bleu sur leur tee-shirt blanc. Les découvrant, mon inconnu a eu un mouvement de recul. Je leur ai fait signe : « Ça va aller », et ils se sont contentés de nous escorter jusqu'à la place.

Lorsque nous y sommes parvenus, quelques applaudissements ont retenti. On s'en serait bien passé. Une vie sauvée, certes, mais encore si fragile, mais pour combien de temps ?

Luc, accompagné de deux gendarmes, s'approchait. Devant leurs uniformes, l'homme s'est cabré. Il a bredouillé : « Vous aviez dit… parler. » Alors, sans plus m'occuper de Thomas, je l'ai entraîné vers la terrasse du café tout proche.

Bien sûr, elle était bondée. Un couple s'est levé pour nous laisser sa table. J'ai remercié. « *You're welcome* », a répondu la femme avec deux grands yeux tristes. Traduction : « Il n'y a pas de quoi. » Il y avait ! J'ai aidé M. Personne à s'asseoir et pris place à ses côtés.

En principe, un pompier n'emmène pas la victime au bistro. Mais, comme l'a écrit Julien Green : « Être humain est aussi un devoir et les principes sont faits pour être violés. » Et puis le boulot n'était pas terminé. Il nous fallait à présent obtenir son identité pour avertir ses proches, passer le relais. Si l'homme refusait de se nommer, ni le Samu, ni la gendarmerie ne seraient en droit de le retenir. Il devrait simplement signer une décharge, nous le laisserions aller, et qui sait si, cette nuit même…

En principe, un pompier ne se défait pas non plus de son casque. Mais, puisqu'il s'agissait de gagner sa confiance, comment y parvenir avec, entre nous, le miroir de son échec ? Alors, je l'ai retiré et, pour faire bonne mesure, j'ai ôté l'un de mes gants et posé mes doigts sur les siens : toucher est aussi important que parler.

D'une grand-mère paternelle que je n'ai pas connue, j'ai hérité d'un buisson de boucles folles dont les mauvaises langues prétendent qu'elles reflètent mon caractère. La main hésitante de mon voisin s'est tendue vers elles, le regard vert de Thomas a ri : « Ça m'apprendrait ! » On n'arrête jamais d'apprendre dans le métier.

Le garçon, un grand échalas au visage boutonneux, avide de bien faire, s'approchait. J'ai proposé.

— Un café ?

La main s'est abaissée. Un « oui » a été esquissé d'une voix plus assurée.

J'en ai commandé deux avec une carafe d'eau. Ma bouche était comme du carton. Il fait soif à monter en haut d'une tour, l'été. Il fait soif à retenir un désespéré prêt à s'envoler.

— Tout de suite, madame.

Et là, c'est le garçon qui s'est envolé.

Sur la place de la Marne, la foule ne bougeait pas : touristes en shorts et espadrilles, familles avec des petits dans des poussettes, groupes de jeunes, couples enlacés se protégeant mutuellement, tout près, un ado debout sur sa moto. La foule attendait le « fin mot de l'histoire », son sens caché, les causes d'un désespoir. Et devant les inévitables portables au bout des bras dressés, je ne pouvais m'empêcher d'imaginer ces gens, de retour chez eux, cœurs et corps au chaud, racontant, un peu excités, comment, ce soir-là, à Loches, la mort les avait frôlés de son aile.

Au doigt de la vedette involontaire, j'ai remarqué une alliance profondément incrustée dans la chair. J'ai demandé :

— S'il vous plaît, votre prénom ?

Il m'a regardée d'un air un peu surpris, comme si j'aurais dû le connaître.

— Mais... Étienne.

— Merci, Étienne, d'avoir accepté de me suivre.

On parle du courage de ceux prêts à donner leur vie pour sauver autrui. Il avait fait preuve d'un courage plus grand encore en remettant la sienne entre mes mains.

Et, d'un coup, ses dernières défenses sont tombées, les larmes ont ruisselé sur ses joues. Il a sorti un mouchoir de sa poche pour les essuyer. Et, avec ce mouchoir blanc soigneusement plié, avec ces larmes, le fil de l'histoire coulait. Une histoire qui racontait une enfance entre des parents attentifs, une bonne éducation, l'amour, j'espère, une route tracée.

Mais quelle route est-elle jamais tracée à l'avance ? Laquelle est sans embûches, sans virages ni surprises ? Quel ciel demeure-t-il serein sur toute une existence ? Et, place de la Marne, devant la douleur de cet homme si semblable à eux, à nous, combien se sont demandé avec crainte : « Et si un jour, moi aussi ? » avant de s'empresser d'oublier.

Le garçon était déjà de retour. Il a déposé la commande sur la table. « C'est pour la maison », m'a-t-il glissé. Le genre de phrase qui achève de vous tuer : de gratitude.

Luc et le capitaine de gendarmerie avaient rejoint Thomas en bordure de terrasse. Je percevais le bruit habituel des voix sur les portatifs ; d'autres urgences nous réclamaient. Alors, après qu'Étienne eut vidé son verre d'eau, j'ai plongé mes yeux dans les siens et demandé :

— Y a-t-il quelqu'un que nous pourrions appeler ? Une personne de votre famille, un ami ?

Il a hésité quelques secondes, puis il s'est rendu.

— Henriette, ma sœur.

Henriette Bouchard vivait à Tours. Le chef l'a jointe sans difficulté. Lorsqu'il lui a dit que son frère avait besoin d'elle, elle est restée calme, apparemment pas étonnée. Elle arrivait.

Les gendarmes ont quitté les lieux les premiers. Rapport fait, le Samu a suivi. L'heure du dîner approchant, la foule s'est dispersée. Après avoir bu son café, Étienne a accepté de nous suivre jusqu'au VSAV. J'avais remis casque et gants. Il a signé la décharge. Le CODIS[1] a appelé : mission terminée.

La sœur d'Étienne Gandois était nettement plus âgée que lui. Ce qu'on appelle une « maîtresse femme », elle, veuve. Elle l'a serré dans ses bras en le grondant d'une voix bourrue, presque masculine. Voix de fumeuse ?

Il avait cinquante-sept ans et il habitait Loches. Cadre supérieur dans une entreprise en bâtiment ayant fermé ses portes deux années auparavant, il n'avait, malgré ses efforts, pas retrouvé de travail. Marié, des enfants depuis longtemps envolés et une femme qui lui avait récemment annoncé son intention de prendre un peu de temps pour réfléchir… On sait ce que ça veut dire !

Une histoire ordinaire.

— Il semble bien qu'il ne lui reste que moi, a constaté la sœur avec un soupir.

Généreuse, elle a décidé de le ramener chez elle, à Tours. Sans doute un tournant dans sa propre vie. Quelle route est-elle tracée d'avance ?

Nous devait-elle quelque chose pour le déplacement ? Non, bien sûr, rien ! Alors, elle nous a demandé de lui dire nos noms et, l'un après l'autre, nous nous sommes présentés : le sous-officier Luc Bracieux, le caporal Thomas Vailly et moi, le sapeur Ninon Montoire.

Laissant Luc appeler la caserne et avertir que l'engin était disponible pour une autre intervention, Thomas et

1. Centre opérationnel, d'incendie et de secours.

moi avons raccompagné le binôme fraternel jusqu'à la voiture, un break fatigué comme sa propriétaire.

Après s'y être hissé, Étienne a baissé sa vitre. Je me suis penchée vers lui et, avec malice, sourcils froncés, j'ai demandé : « Et la ceinture ? » Il l'a attachée avec application en bredouillant : « Merci, Ninon. » Il avait à nouveau les larmes aux yeux.

Il était 20 heures. L'intervention avait duré deux heures. Nous sommes rentrés à la caserne.

3

Ninon. Ni non, ni oui, quand j'étais petite, on pouvait bien me raconter qu'une grande dame avait porté mon prénom, qu'elle était belle et savante et qu'il ne tenait qu'à moi de le devenir un jour à condition d'être sage et de bien travailler à l'école, je haïssais.

Mais, chez les Montoire, enracinés depuis des siècles au pied de la royale forteresse de Loches, il était de tradition d'offrir aux nouveau-nés le prénom d'illustres personnages ayant hanté les lieux. Papa, Alfred, comme le poète lochois, comte de Vigny. Maman, Agnès, comme Agnès Sorel, la « Dame de Beauté », propriétaire du château du même nom, favorite de Charles VII. Moi, Ninon, comme Ninon de Lenclos, femme de lettres.

Tant qu'à faire, j'aurais préféré Jeanne, comme Jeanne d'Arc, vêtue de sa cuirasse étincelante, venue plier le genou devant le dauphin dans la grande salle de notre château, pour lui demander de la suivre à Reims afin d'y être sacré roi de France.

J'avais eu brièvement un frère aîné, Charles, que la mort subite du nourrisson avait emporté à six mois. Lorsqu'ils en parlaient, je voyais bien que mes parents étaient tristes, alors je m'étais longtemps efforcée de le remplacer. On m'appelait « garçon manqué ». Mais c'était lui qui manquait et manquerait toujours, aussi avais-je fini par m'accepter fille.

Papa était mon héros. 1 mètre 87 – je tenais de lui ma grande taille – des épaules à vous rassurer sur la vie, une image à la Cary Grant, virile et tendre, cheveux commençant à grisonner, yeux bleus ; les miens hésitaient avec le vert, dommage ! Pompier volontaire à la suite de la mort de Charles, pharmacien par devoir familial, artiste de tempérament, il détestait l'immobilité. Vivre dans le royal terreau des châteaux de la Loire, sous un ciel caressant de sa lumière de tranquilles paysages où le bal des saisons tient plus de la valse lente que de celle chantée par Brel lui donnait de furieux désirs d'aventure, des envies de vertige, qu'il assouvissait en pratiquant l'alpinisme. Et nul n'aurait pu l'empêcher de partir chaque année durant une quinzaine à l'assaut des Pyrénées, avec une prédilection pour le Mont-Perdu, où il cultivait l'espoir de croiser un ours.

Dès que je fus en âge, après m'être entraînée au mur d'escalade du terrain de sport, j'obtins qu'il m'emmène et devins son second de cordée, loin de me douter que, dans mon futur métier, les cordes me seraient de grande utilité et que j'y porterais également casque et baudrier.

De même, lorsque après le bac je me lançai dans des études de psycho, ne menant à rien, comme chacun sait, j'ignorais qu'elles me conduiraient, ce soir de juillet, au haut de la tour Saint-Antoine, à tendre la main à un homme penché sur le vide de sa vie et à l'inciter à sauter du bon côté.

Lorsque j'exprimai le désir de suivre également mon père sur le terrain de soldat du feu, il m'emmena à la chancellerie où étaient exposées deux toiles du maître italien Le Caravage : *La Cène à Emmaüs* et *L'Incrédulité de saint Thomas*. Là, en quelques mots, il me résuma le métier.

— Imagine, ma Ninouchette, que le feu ait pris dans cette salle. Il s'y trouve un SDF, entré on ne sait comment et probablement à l'origine du sinistre. Tu n'as que quelques minutes et le choix entre sauver cet « homme de rien du tout », comme disent certains, ou l'un de ces tableaux d'une valeur inestimable. Un pompier n'hésite pas, il sauve l'homme.

Aujourd'hui où l'on tue pour s'emparer de trois fois rien, voilà qui donne à notre engagement toute sa saveur, sa singularité. Presque sa poésie.

*

J'ai trente ans, je suis sapeur-pompier à la caserne de Loches. De volontaire, j'ai décidé de passer professionnelle le jour où mon héros me fit le sale coup de partir d'une rupture d'anévrisme durant son sommeil, sans qu'aucune alarme ait retenti pour me permettre de l'aider. Je ne sauverai jamais assez de vies pour me rembourser de la sienne.

Je travaille en binôme avec Thomas Vailly, trente-six ans, sous les ordres du chef d'agrès[1], le sous-officier Luc Bracieux, trente-neuf ans. À notre devise : « Courage et dévouement », permettez à la fan des *Trois Mousquetaires* d'ajouter : « Sauver ou périr. »

1. Chef d'équipe qui s'occupe de la vérification du matériel.

4

L'eau fraîche de la douche coule sur mes épaules, évacuant sueur et tension.

« N'ayez pas peur, nous sommes là. »

Cette peur, il arrive que nous l'éprouvions. De n'être pas à la hauteur de la tâche.

Mes boucles séchées – je revois la main d'Étienne se tendant timidement vers elles, vers la mère ? La femme ? –, je revêts une tenue de travail propre devant la fenêtre de la chambre que je partage avec une autre pompier pro comme moi. Une chambre spacieuse, confortable, où chacune a apporté un peu d'intimité avec des photos, un poster, un objet fétiche. On aperçoit un bout de campagne, quelques toits, des lumières qui ne tarderont pas à s'éteindre. « Dormez tranquilles, bonnes gens », scandaient les gardes d'autrefois tout au long de la nuit. Nous y veillerons. Puis je rejoins l'équipe dans la salle à manger.

Samedi ! Ça tombe bien. Repas de la garde, pour tous un même menu. Les autres jours, chacun apporte son frichti ou commande à l'extérieur un plat à réchauffer. Nous disposons à cet effet d'une vaste cuisine royalement équipée : cuisinière gaz-électricité, micro-ondes, réfrigérateur, congélateur, casiers individuels, lave-vaisselle. Comme à la maison. Mieux qu'à la maison.

Ce soir, grillades sur le barbecue, installé dans la cour toute proche, frites, salade.

Thomas m'a gardé une place près de lui. L'officier major, notre capitaine, Jean-Marie Dubiez, en charge de l'organisation de la garde, préside. La cinquantaine, long, cheveux gris, regard gris, l'autorité incarnée, mais aussi la bienveillance, un père pour certains. En face de moi, Joseph Berthelot, lui, une autre affaire ! Cinquante-trois ans, trente de carrière, carré, robuste, brosse brune, fière moustache, le sous-officier, affectueusement nommé « garde-chiourme », est hostile à l'arrivée des femmes dans les camions rouges et ne s'en cache pas. Sapeures… sapeuses de bonne ambiance virile, dit-il. Luc et Thomas ont certainement évité de lui raconter ma petite halte à une terrasse de café en compagnie de la victime. Même si, sur le chemin du retour, ils ont reconnu que cet accroc à la règle nous avait sans doute aidés à obtenir son identité.

« Merci, Ninon ! »

Que deviendra Étienne Gandois ? Un pompier n'a pas le temps de revoir ceux dont, brièvement, la vie a été liée à la sienne. Je me contenterai d'en prendre des nouvelles. La cravate et le mouchoir blanc de M. Tout-le-Monde resteront à jamais inscrits dans ma mémoire et qui sait si, un jour, le souvenir de M. Personne ne m'aidera pas lors d'une intervention ?

*

Les grillades sentent bon les herbes, les frites sont dorées à point, la salade fraîche. Durant le repas de garde, on a droit, exceptionnellement, à un peu d'alcool. Un vin rouge léger accompagne le repas. De quoi parle un pompier à table ? « Boutique », bien sûr ! Ressassant le pire et le meilleur. Et, comme dans les métiers où l'on côtoie le pire, maniant allègrement blagues et plaisanteries douteuses afin d'en évacuer le poids.

Le dîner terminé, table desservie, vaisselle faite, nous passons au foyer. Joseph s'attable en face de Luc pour une belote, d'autres regardent la télévision, Thomas et moi retombons en enfance devant un jeu de l'oie, une antiquité dénichée dans un vide-grenier : large plateau, oies en guise de pions, gobelet en cuir pour lancer les dés.

Tomber en enfance ? Qui sait qu'à l'origine le jeu de l'oie a été créé pour les adultes ? Bien que le poète, Homère, ait omis d'en parler dans sa célèbre *Odyssée*, on assure que, durant les dix années du fameux siège de Troie, les Grecs s'y adonnaient pour tromper leur ennui. Et les cases-piège, sur le chemin de la victoire : le puits, le labyrinthe, la prison, la tête de mort n'illustrent-elles pas ce que nous rencontrons presque quotidiennement ? Sans compter l'implacable : « Retour à la case départ », l'effort étant chaque matin à recommencer ?

La nuit sera tranquille pour ceux du troisième fourgon. Nous ne ressortirons pas.

Et à 7 h 30, lit fait au carré, chambre et douche nickel, petit déjeuner avalé, mes vingt-quatre heures de garde accomplies, j'enfourcherai mon vélo et quitterai la caserne pour quarante-huit heures de repos.

Auprès de Sophie, ma fille, cinq ans.

5

— Même pas peur, maman ?

Assise à la table de la cuisine de ma mère, moustache au chocolat ourlant ses lèvres rondes, roussinette frisotée aux yeux d'un bleu-gris changeant, Sophie m'accueille par la phrase rituelle. En face d'elle, sa grand-mère, à l'épluchage des petits pois.

Phrase rituelle, réponse idem.

— Un petit peu quand même. Mais quand on est pompier, on enferme la peur dans un tiroir pendant le travail.

La peur, quel enfant ne l'a éprouvée ? En commençant par la primale, celle de perdre sa maman. Aujourd'hui où, dans la réalité comme dans la fiction, le diable a détrôné les anges, les sorciers remporté la victoire sur les fées, elle est devenue « tendance », associée, bien sûr, à la mort. On regarde sur les écrans exploser des vies en trois dimensions. On revient à la barbarie en infligeant, pour le plaisir, d'insoutenables tortures à son prochain, son frère.

Et, dans les cours de récréation gagnées par la gangrène, il arrive que des petits perdent la vie en croyant s'amuser avec elle.

Alors n'allez pas leur raconter qu'elle vous est inconnue, ils ne vous croiront pas. Que vous la dédaignez, ils n'oseront plus vous parler de la crainte qu'ils éprouvent lorsque tombe la nuit : celle de ne plus revoir le jour, qu'apaise un rai de lumière sous la porte.

Je connais de grands enfants qui se rassurent avec leur portable sur la table de chevet, ou serré dans leur main sous l'oreiller.

*

Je prends place à la table, vole un petit pois à maman, le déguste en prenant un air pâmé. Sophie rit, ma mère, non. Sa mère, on a toujours un peu de mal à la décrire, comme s'il n'était pas besoin d'aller dans le détail pour l'aimer. Agnès Montoire n'est pas grande, 1 mètre 65. Cheveux courts teints en blond, leur couleur d'origine, yeux verts doux. Coquette : cinquante et un ans, la jeunesse.

— Pas trop dur, hier ? demande-t-elle.

Même si c'était l'heure du bain pour Sophie et que sa maisonnette avec jardin n'est pas tout près de la tour Saint-Antoine, ma mère a forcément entendu les sirènes et activé son réseau de renseignements. Quand je suis de garde, elle vit l'oreille tendue et ne dort que d'un œil. Sa peur pour moi, elle la regarde en face. Tout ce qu'elle me demande est de ne rien lui cacher des dangers encourus. Avec la mort subite du petit Charles et le départ sans crier gare de son mari dans la « force de l'âge », sur l'oreiller voisin après le tendre baiser du soir, pour les surprises foudroyantes, elle a déjà payé. Cher.

— Maman, quand est-ce qu'on rentre à la maison ? demande Sophie.

— Dès que j'aurai fini ma petite visite à ma maman à moi.

— Alors, je vais dire au revoir à Cata.

Cata est le lapin-peluche qu'elle laisse chez sa grand-mère. Strophe l'attend dans mon deux-pièces. Tantôt chez l'une, tantôt chez l'autre, Sophie a tout en double : jouets, vêtements, livres, brosses à dents. Trajets mains dans les poches. Seule chose d'importance, manquant sous les deux toits : un papa.

Il était canadien, portait le beau nom d'Ambroise Tremblay et enseignait l'Histoire à l'université de Montréal, au Québec. Venu passer quelques mois à Loches pour parfaire une thèse sur notre Louis XI, pour les uns grand souverain, pour les autres cruel et pervers, ce qui peut aller ensemble, il louait à mon père, tout aussi passionné d'Histoire, un petit appartement en bordure de la ville. On ne se méfie jamais assez des rencontres fomentées par les rois du fond de leur tombeau où la renommée entretient leur appétit de pouvoir.

Dès le premier dîner auquel mon père convia le brillant universitaire, je succombai.

L'admirateur de celui qui enfermait ses prisonniers dans des cages, qu'il appelait ses « fillettes », avait des épaules larges de bûcheron, un regard bleu qui parlait du lac Labrador, non loin duquel se trouvait la petite ville, nommée « Tremblant », où il était né. Il n'y a pas que la langue qui soit colorée au Québec, à l'image du « cardinal », rapace au plastron rouge-orange, qui enchantait ses forêts enflammées par l'automne.

Conteur hors pair, Ambroise était également beau, charmeur, enveloppant. Il faisait l'amour en prenant son temps. Avant lui, je n'avais jamais aimé.

Le professeur Tremblay était aussi – hélas – menteur, irresponsable et veule. Il avait égaré son alliance et omis de me préciser que, dans sa cabane au Canada, une femme l'attendait. Il n'est pas dans mon caractère de me méfier. Lorsque sa « mère » l'appelait en ma présence, j'en sollicitais des nouvelles, tout heureuse de savoir qu'elle se portait bien.

On me dit « entière », d'une seule pièce. Chez moi, le cœur marche de pair avec le corps. Emportée par la passion, pour peu qu'il me le demande, ce dont je ne doutais pas, j'étais prête à troquer ma douce et verte Touraine contre les glaces de son lointain pays. Alors que son séjour touchait à sa fin, j'appris que j'étais enceinte. Lorsque je lui annonçai qu'il allait devoir emmener deux personnes, l'effroi passa dans son regard et il lui fallut bien avouer qui était sa « mère ». L'idée de reconnaître son enfant ne sembla pas une seconde effleurer son esprit ; il me conseilla de « faire le nécessaire ».

Ne trouvant aucun mot pour plaider une cause que je savais perdue, je ne répondis ni oui ni non. Avant de prendre la poudre d'escampette, mon beau Québécois me laissa une enveloppe bien garnie pour les frais. Je l'ai encore.

Déjà engagée dans les pompiers, je faisais trop souvent appel à Dieu afin qu'il m'aide à sauver des vies pour risquer de me le mettre à dos en supprimant celle que je portais en moi. Ce fut donc « oui » pour garder l'enfant et « non » pour en faire part à celui qui, sans états d'âme, avait décidé de l'éliminer.

Le professeur Ambroise Tremblay ignore donc que grandit à Loches, en âge et en insouciance, une petite fille aux yeux couleur lac Labrador, par ailleurs nom d'un chien réputé pour sa loyauté et sa fidélité.

Je soupçonne mes parents d'avoir préféré garder leur fille, même en fâcheuse position, plutôt que de la voir s'envoler au diable avec le triste sire. D'une seule pièce lui aussi, mon père vendit l'appartement de la trahison et on n'en parla plus.

Tu auras eu, ma Sophinette, durant tes trois premières années, avec ton bon-papa, que tu appelais « papa », un visage masculin au-dessus de ton berceau, des joues qui piquent contre tes joues de soie, une grosse voix pour applaudir tes premiers pas, de tendres paroles pour adoucir les inévitables chutes et autres gros chagrins.

Lorsqu'il nous quitta, il fallut bien dire la vérité à la petite fille qui le croyait près du bon Dieu. Comme elle ne comprenait goutte à l'histoire du papa grand-papa parti là-haut, armée de grandeur d'âme et de rage contre une éducation sous la bannière de l'honnêteté, je sortis de sa cachette une photo que j'avais eu la faiblesse de garder, montrant le scélérat, dans toute sa splendeur sylvestre, à mon côté.

— Alors, c'est lui, mon vrai papa ?

— Eh oui !

— Et pourquoi il est pas là ?

— Il est dans un autre pays, très loin, un pays qui s'appelle le Canada.

Je parlais à une petite fille heureuse, qui dansait en m'écoutant.

— Il ne reviendra pas, tu sais. Il a une autre famille là-bas.

— Comme Romain, alors ?

Romain, copain de maternelle, me sauva. Lui aussi avait un papa qui s'était enfui très loin et qu'il ne reverrait jamais.

« Même pas mal, Ninon ? »

À en perdre le boire et le manger durant près d'un an. Le temps que le feu de caresses trop savamment allumé par l'amateur du flamboyant rapace « cardinal » s'apaise. La faute à ces paroles d'amour, prononcées lors des moments d'abandon, dont je continue à croire qu'elles étaient sincères. Et aussi à une lettre où il me demandait de lui pardonner et me souhaitait tout le bonheur que je méritais.

S'il avait eu le courage de mettre son adresse au dos de l'enveloppe, je lui aurais répondu que, bien qu'il ne le méritât pas, pour moi, le bonheur c'était toujours lui.

L'année suivante fut plus légère. Pleurer un lâche me parut dégradant. Le jour où je souris en me souvenant de son impossible accent – tabernacle ! – la guérison pointa son nez. Elle est aujourd'hui accomplie. Si je rêve qu'il revient, c'est pour trembler à l'idée qu'il puisse découvrir près de moi une fillette que dénoncerait la couleur de ses yeux.

— Et pourquoi j'ai pas un autre papa, comme Romain, maman ?

Là, pas vraiment pressée. Et, pour les modèles masculins, Sophie n'en a jamais manqué, disposant autour d'elle des plus beaux et des plus valeureux, tous pompiers.

*

Mon deux-pièces se trouve à une vingtaine de minutes à pied de chez ma mère où j'ai laissé mon vélo. Je le reprendrai lundi soir en lui ramenant sa petite-fille afin d'être à l'heure pour l'appel du lendemain.

J'ai deux vies : celle où règne rigueur et discipline. Et celle où toutes les fantaisies sont autorisées. Nous nous sommes livrées, ma Sophinette et moi, à des orgies de jeux dans les jardins de Loches, des débauches de télé avec grignotage sans modération et de tendres abus de câlins et de rires.

Et mardi matin, à 7 h 30, mes quarante-huit heures de repos terminées, je suis retournée à la caserne.

6

7 h 30 : rassemblement dans la cour en tenue de travail.

Le sous-officier Joseph Berthelot – notre garde-chiourme – fait l'appel et distribue les piquets[1] par fourgons. Durant nos vingt-quatre heures de garde, Thomas et moi serons du second, sous les ordres de Luc.

7 h 40 : vérification du VSAV et du matériel. Brancard, matelas-coquille, planche-olivier à glisser sous le blessé de façon à le bouger le moins possible, sac de secours. À force, je pourrais y saisir, les yeux fermés, tout ce qui s'y trouve : tensiomètre, collier cervical, compresses diverses, désinfectant. Une couverture – la victime a toujours froid. Et aussi la peluche ours-pompier, prévue au cas où cette victime serait un petit.

Ma Sophinette dort au chaud chez sa bonne-maman.

7 h 50 : échauffement dans la salle de gymnastique, barres parallèles, barre fixe, tremplin, cordes.

9 heures : douche.

Au second, l'étage des filles, je retrouve Myriam.

Elle vient d'avoir dix-huit ans. Pompier volontaire depuis deux ans, elle attend avec impatience – le mot « rage » serait plus approprié – de passer professionnelle.

---

1. Affectation de chacun au sein de la garde.

C'est la troisième d'une fratrie, famille de petits cultivateurs qui, comme beaucoup ici, peinent à vivre. Pour la vigne, c'est terminé depuis longtemps. Restent les céréales : blé, orge, maïs, tournesol. Mais les prix sont trop bas, le paysan n'a plus assez de terre pour nourrir les siens et les fermes abandonnées tombent en ruine ou sont transformées en élégantes « fermettes » par des citadins, français ou étrangers, en mal d'air pur et de nature.

Myriam Legendre a décidé qu'elle ne serait pas, comme sa mère, la bonne à tout faire du père et des frères, basse-cour en plus. Traitée plus souvent qu'à son tour de « bonne à rien », parfois mal traitée, elle a claqué la porte le lendemain de sa majorité.

Elle loue douze mètres carrés dans une HLM de la ville et vit de sa paye et des missions auxquelles elle participe. Le pompier volontaire est rétribué à l'heure : une somme modeste mais qui, n'étant pas considérée comme un salaire, ne supporte ni charges ni impôts : du net. Lorsqu'elle passera pro – comme moi –, sa situation financière deviendra carrément confortable. En attendant, elle est partante pour toutes les interventions.

Infatigable, courageuse, elle fait bien son boulot. Le souci est son sale caractère, sa tendance à vouloir toujours être la première, que ce soit à l'exercice, au sport ou à l'entraînement, source de bagarres et de mauvaise atmosphère.

Jolie ? Sans fard. Plus de muscles que de rondeurs. Yeux vert-jaune de félin. Elle ne cherche pas à séduire : on l'aime telle qu'elle est ou pas.

Lorsque j'arrive à l'étage, elle m'a précédée sous la douche. Gageons que dans son douze mètres carrés la toilette n'est pas aisée.

Par la porte entrouverte de sa chambre, je peux voir son uniforme, soigneusement préparé sur son lit. Je suis de ceux qui ont plutôt tendance à l'excuser. Avoir eu une famille comme la mienne s'avère un cadeau du ciel. En rendre un peu à ceux qui n'ont pas eu cette chance me semble naturel.

La voilà qui sort de l'eau, une serviette-éponge nouée autour de ses épais cheveux bruns. Je demande :

— Ça va, Myriam ?

— Et pourquoi ça n'irait pas ?

Surtout, ne la plaignez pas. En plus, elle est orgueilleuse.

*

10 h 15 : manœuvre. Accident de la route, incendie à circonscrire, victime à désincarcérer, premiers secours.

Nous disposons à cet effet, au fond de la cour, de plusieurs épaves récupérées à la casse. Ce matin, Myriam travaille en binôme avec Pierrot, autre volontaire, lui, seize ans, fils d'un commerçant aisé de la ville. Un grand échalas, timide, plein du désir de bien faire.

La manœuvre commence sous les ordres du « garde-chiourme ». Le feu mis à l'épave, le binôme court vers celle-ci en tirant le lourd dévidoir mobile d'alimentation d'eau. L'incident éclate lorsque, arrivée au véhicule, Myriam dispute la lance à Pierrot et, comme il tente de résister, n'hésite pas à l'envoyer au sol.

Il crie, elle rit. La manœuvre est suspendue. Bouillonnant de colère, Joseph Berthelot exige que Myriam présente ses excuses à son équipier. Elle s'exécute du bout des lèvres, la fureur dans les yeux.

Qui pourrait se douter que, dans quelques heures, elle va commettre l'inexcusable ?

7

Il est midi. Nous nous préparons à déjeuner lorsque l'alarme sonne : chute d'un escabeau. Un homme de soixante-treize ans, Louis Lancelin, à son domicile, rue du Château, à Loches.

Thomas, Myriam – dont c'est le tour de décaler – et moi sautons dans le VSAV. Pimpon.

Durant le court trajet, le portatif de Thomas nous en apprend davantage sur les circonstances de l'accident. C'est l'épouse du blessé qui a appelé. Celui-ci est tombé alors qu'il tentait d'accrocher un tableau au mur de son salon. Il est conscient mais se plaint de violentes douleurs. Comme à chaque intervention, il nous reviendra de juger s'il convient de demander le Samu.

Quelques voisins sont rassemblés devant l'élégante maison en pierre blanche, toit de tuile et ardoise, qui donne sur les remparts. L'un d'eux désigne la porte : « C'est ouvert. Au premier étage. On vous attend. »

Nous entrons. Personne ne cherche à nous suivre. Rare, cette discrétion ! Nous apprécions.

Mme Lancelin, les cheveux blancs en désordre, le visage dévasté par l'angoisse, nous accueille avec des sanglots.

— N'ayez pas peur, madame, nous sommes là.

Elle nous précède dans le salon sur le plancher duquel gît son mari, près du tableau dont le cadre est brisé. « Quelle que soit la valeur d'une œuvre, un pompier choisit l'homme. » Quand cesserai-je d'entendre les paroles de mon père. Salut, papa !

Thomas s'agenouille près du blessé dont les yeux sont grands ouverts.

— Ça va aller, monsieur. Surtout, ne bougez pas.

La victime tourne lentement la tête. Elle grommelle.

— Quel foutu imbécile je suis !

Thomas sourit. Nuque mobile, bon signe. Et Louis Lancelin a toute sa conscience : à son âge, monter sur un escabeau de cette hauteur, qui plus est en espadrilles, relève du suicide.

— Essayez de me dire où vous avez mal, monsieur ?

La main de l'homme va vers sa jambe droite : « Ici », remonte vers le bassin, grimace : « Là aussi. »

— Je vais regarder ça, détendez-vous, je ne vous ferai pas souffrir davantage.

Tandis que Thomas palpe le vieil homme avec d'infinies précautions, j'entraîne son épouse un peu plus loin. Elle a cessé de pleurer.

— Vous vivez seuls dans cette maison ?

Elle acquiesce : « Tous les deux. »

— Avez-vous de la famille à Loches que nous pourrions avertir ?

— Personne, répond-elle, et les larmes ruissellent à nouveau.

Leur fils unique vient de partir en vacances dans le midi avec leurs petits-enfants. Son mari et elle devaient les rejoindre en fin de semaine. Bien sûr, ce ne sera plus possible ; ce n'est pas trop grave, au moins ? Revoici les sanglots.

— Si tu te calmais, Roselyne, lance le mari, que Thomas a fini d'ausculter. Tu n'es pas encore débarrassée de moi. N'est-ce pas, caporal ?

— Et ce n'est pas pour demain, renchérit Thomas du même ton. Mais vous allez devoir faire un petit tour à l'hôpital, des radios s'imposent. Je transmets le bilan au Samu.

Il s'éloigne. Roselyne vient s'agenouiller près de son Louis, tend la main vers la joue ridée. Cette caresse du dos des doigts, je la connais : maman l'avait vers son pharmacien, c'est la tendresse, c'est un couple.

Je me tourne vers Myriam et lui montre la toile sur le sol, près du cadre endommagé.

— Peux-tu la ramasser et la mettre un peu plus loin ? Il ne faudrait pas qu'elle risque d'être piétinée. Attention, précieux !

Elle s'exécute. Depuis notre arrivée, elle n'a pas prononcé un seul mot, comme intimidée. Rare, chez elle. Ce doit être ce salon digne d'un musée – tableaux, tapisseries, statuettes, argenterie – qui impressionne la fille élevée à la ferme.

— Est-ce que je pourrais accompagner mon mari à l'hôpital ? s'enquiert, suppliante, Roselyne.

— Bien sûr !

J'ajoute : « Vous devriez peut-être vous changer. »

Confuse, elle regarde sa tenue : pull, pantalon de survêtement, chaussons. Je tends la main pour l'aider à se remettre debout. Pas solide, elle non plus !

— Voulez-vous que Myriam vous accompagne ?

Elle accepte avec reconnaissance et toutes les deux disparaissent. Thomas me rejoint près du blessé.

— Le Samu ne va pas tarder. Je peux vous poser quelques questions en attendant ?

Les questions usuelles, concernant les allergies, les médicaments pris par la victime, son dossier médical.

— Ne le dites pas à ma chère épouse, mais je suis suivi pour le cœur, répond Louis Lancelin que la souffrance fait grimacer.

On dit que l'humour est le sourire du désespoir, là, c'est tout simplement du courage.

*

Très vite, la sirène du Smur[1] a empli la rue. Le médecin et son assistant ont confirmé le diagnostic de Thomas : fracture de la jambe et aussi, peut-être, du col du fémur. Dans son malheur, la victime avait eu deux chances : son cœur avait tenu et le rachis n'était pas touché.

Accompagnée de Myriam, Mme Lancelin est réapparue en élégant tailleur-pantalon. Elle avait remis de l'ordre dans ses cheveux et s'était maquillée. Elle m'a annoncé fièrement avoir appelé son fils ; il serait là ce soir.

Tandis que son mari était enveloppé dans une couverture hypothermique et placé sur un brancard, je l'ai interrogée sur ses petits-enfants. Combien en avait-elle ? Leurs noms ? Leur âge ?

Près de nous, raide, silencieuse, Myriam paraissait ailleurs. Son visage n'exprimait ni intérêt ni compassion, rien. Un malaise m'a saisie. Je me suis reprise : qu'est-ce que j'aurais voulu ? Qu'elle pleure ? Et après tout, nous ne lui demandions pas de donner son avis. Travaux pratiques, c'est tout.

Au moment de quitter la maison, regain d'affolement du côté de Mme Lancelin qui ne retrouvait plus ses clés. Les clés perdues : classique ! Elle a recommencé à tourner

1. Antenne médicale du Samu.

en rond, redoutant que nous partions sans elle. Et l'alarme, mon Dieu, il fallait mettre l'alarme !

— Elles sont dans votre chambre, je les ai vues, est intervenue Myriam, retrouvant sa langue.

Elle a couru les lui chercher.

Dans la rue, les voisins ont prodigué leurs encouragements au couple.

— Ne vous inquiétez pas, nous veillerons sur la maison, a plaisanté quelqu'un.

J'ai vérifié que l'alarme était bien enclenchée.

Mme Lancelin m'a serré la main avec effusion ; elle a rejoint son mari dans l'ambulance, celle-ci a démarré.

*

De retour à « pompier-land », nous avons vérifié le matériel avant de nous changer puis de passer à table. 13 h 45, il faisait faim. Le reste de l'équipe avait déjà déjeuné et se détendait avant le rassemblement de 14 heures.

Myriam n'avait apporté que du pain, un œuf dur et une pomme. Je lui ai proposé de partager avec moi la salade préparée par ma mère avec les légumes du jardin. Elle a refusé : les légumes du jardin, elle… Et puis, elle se sentait patraque.

Après le repas, elle a demandé au sous-officier si elle ne pourrait pas, exceptionnellement, rentrer chez elle. Trop content de la prendre en défaut, Joseph lui a rétorqué qu'elle rêvait. Un pompier ne quitte pas la caserne avant d'avoir accompli son temps. Mademoiselle avait ses vapeurs ? On trouverait de quoi l'occuper à l'administration.

8

L'après-midi s'est déroulé sans alerte importante. Un clochard dont le chien menaçait les touristes devant un édifice public. Un accident de la circulation : taxi-mobylette. Sur la mobylette, un adolescent sans casque, roulant en sens interdit. Journée fichue pour le taxi, quelques égratignures pour l'ado, plus une paire de gifles retentissantes administrée par une mère hors d'elle-même.

Il y aurait un livre à écrire sur l'attitude des parents prenant conscience que leur enfant a failli leur être enlevé. Cris, pleurs, parfois hystérie. Pour d'autres, au contraire, un calme presque effrayant. Ils se tiennent raides, comme en retrait de la vie. Ils savent que l'ombre de la mort qui, cette fois, a épargné leur petit, ne cessera plus de planer sur leur existence, retirant à celle-ci une innocence, une légèreté. Leur silence, cette dignité, sont plus émouvants que des cris. Et me reviennent ces vers d'Alfred de Vigny dans *La Mort du loup* : « Seul le silence est grand, tout le reste est faiblesse. »

Et moi, si la mort te frôlait, ma Sophinette, comment réagirais-je ? Nul ne connaît, avant de l'avoir subie, sa résistance à la torture. Celui-là, qui semblait indestructible, s'effondre. Cet autre, faible en apparence, cachait un héros.

Durant cet après-midi, somme toute ordinaire, le malaise éprouvé aux côtés de Myriam, dans le beau salon des Lancelin, ne m'a pas quittée. Des vapeurs ? Allons donc !

Il me semble, en vérité, que je savais.

*

Mme Lancelin s'est présentée à la caserne à 18 h 30. Elle a été reçue par le capitaine Jean-Marie Dubiez qui nous a demandé, à Thomas et à moi, de les rejoindre dans son bureau.

Louis Lancelin se portait bien. Il avait été opéré avec succès. Leur fils serait là en fin de soirée.

C'était autre chose qui nous l'amenait.

Lorsqu'elle était rentrée chez elle, une heure auparavant, elle avait constaté la disparition d'un bracelet offert par son époux à l'occasion de leurs quarante ans de mariage. Le bijou se trouvait ce matin encore dans leur chambre, sur son secrétaire, près du téléphone qu'elle avait utilisé pour nous appeler après l'accident. Elle se souvenait l'avoir serré dans sa main afin de se donner du courage.

Avec gêne, elle s'est tournée vers Thomas et moi. En dehors de nous et des médecins du Samu, nul n'était entré chez elle après notre départ. L'alarme ne s'était pas déclenchée. Elle ne voulait accuser personne, mais se demandait si cette jeune femme, ce jeune pompier qui l'avait accompagnée dans sa chambre et y était retournée pour chercher ses clés…

Le regard de Thomas a croisé le mien. Lui aussi savait.

Chaque pompier dispose d'une armoire au vestiaire. Nous y laissons bottes, casques, et notre « deuxième couche », pantalon et veste utilisés sur l'uniforme lors des sorties. On y trouve aussi des effets et des objets personnels ainsi que de la lessive pour laver notre linge dans la machine mise à disposition dans un local voisin. Les vestiaires des filles sont réputés être mieux rangés que ceux des garçons, ce qui donne lieu aux plaisanteries que l'on imagine. Le nom du propriétaire est marqué sur la porte. Collés à l'intérieur de celle-ci, on trouve pêle-mêle photos, articles, cartes postales, gris-gris.

Le double des clés est conservé à l'administration. Il n'est utilisé qu'en cas de perte, ou si, hélas, victime d'un accident, le propriétaire n'aura plus l'usage de l'armoire et qu'on doit la vider. Quoi qu'il en soit, celle-ci ne peut être ouverte qu'en présence de témoins.

Aucune photo n'était collée à la porte intérieure du vestiaire de Myriam Legendre, où régnait un ordre parfait. On a retrouvé sans avoir à trop fouiller le bracelet de Mme Lancelin : dans une chaussette, elle-même dissimulée au fond d'une basket.

La jeune fille avait déjà été, à plusieurs reprises, accusée d'« indélicatesses » en interne, ayant un peu trop tendance à piocher dans le réfrigérateur où chacun garde ses provisions, ainsi que dans les fournitures de papeterie. Plus grave, la volontaire qui partageait sa chambre s'était plainte un jour de la disparition d'un billet dans son porte-monnaie alors qu'elle prenait sa douche. Myriam avait nié. Rien n'avait pu être prouvé, mais, contexte oblige, elle avait eu droit à un avertissement.

Après le départ de Mme Lancelin qui n'avait pas souhaité porter plainte pour ne pas entacher la réputation de la caserne, Myriam a été convoquée par l'officier major. Celui-ci lui a fermement conseillé de démissionner afin d'échapper à la honte d'une enquête sur son forfait. Raide, visage fermé, regard hautain, Myriam l'orgueilleuse s'est contentée d'un bref OK.

Avant de quitter la caserne où nous nous apprêtions

à dîner, elle est venue se planter en face de Thomas et moi.

— Vous me reverrez, a-t-elle lancé telle une menace.

Et comme elle s'éloignait, le souvenir d'un paquet de lessive dépassant de son sac, misérable possession de la « bonne à rien », s'est imprimé dans ma mémoire.

9

— Est-ce que tu crois qu'elle a pigé que c'était terminé ? grommelle Thomas, l'œil noir. Que son joli dossier la suivra partout. Que, désormais, la carrière de soldat du feu lui sera interdite. À vie !

Je ne peux retenir un soupir.

— Pour le dossier qui la suivra partout, peut-être qu'elle ne sait pas.

— Tu ne vas pas la plaindre, quand même !

Si ! N'est-ce pas moi qui, après avoir demandé à Myriam de s'occuper du tableau – attention, précieux ! –, l'ai envoyée dans la chambre de la riche propriétaire, oubliant les trop fameuses « indélicatesses » dont elle avait été coupable, la soumettant à une tentation quasi irrésistible ? Et si je la plains, c'est sans doute que je m'en veux.

Thomas lève les yeux au ciel, ouvre le jeu de l'oie, agite les dés dans le gobelet, le fourre de force dans ma main.

— À toi, maman Teresa, tu commences !

« Maman Teresa », il adore m'appeler comme ça, même si, le casque retiré, il est le premier à chercher à m'attendrir en jouant les enfants martyrs. Et il faut avouer qu'il est craquant, mon bi, avec les boucles châtain qui tombent dans ses yeux verts et ses lèvres boudeuses : lèvres à « doudou ».

Il est 20 h 30. Après un dîner rapide et tristounet, nous nous sommes réfugiés au foyer. À une table proche, Luc et Joseph, sombres, plus silencieux qu'à l'accoutumée, planchent devant leur sacro-sainte belote. Dans le canapé, devant la télé, l'équipe du prochain fourgon.

Je lance les dés : cinq et deux. J'avance modestement. Jeu de l'oie ? Jeu de la parlotte, ouais ! Cette fois, c'est Thomas qui retient le gobelet.

— Si tu m'expliquais pourquoi on fait ce métier, Ninon ? râle-t-il. Pourquoi on ramasse les papys par terre, quand on ne nous appelle pas afin de changer leur couche ? Pourquoi on se fait insulter par des gamins dont les parents s'en remettent à nous pour leur rappeler une loi qu'ils n'appliquent pas toujours eux-mêmes. Où ils sont, les « soldats du feu » ? C'est un boulot d'assistante sociale qu'on fait. Les avantages en moins.

Tous, nous connaissons les chiffres : 75 % du travail de pompier consiste aujourd'hui en « aide à la personne ».

— Ça doit s'appeler une vocation.

Thomas rit. Joseph relève le nez, nous regarde en fronçant les sourcils, s'assure que sa moustache est bien là. Avec Myriam, notre « garde-chiourme » a eu la confirmation éclatante et douloureuse de ce qu'il se plaît à nous répéter, un peu trop souvent à mon goût – je n'aime pas les « de mon temps » : c'est davantage par désir de SE servir que de servir que les jeunes poussent la porte de la caserne. Ça ne le rend pas de meilleure humeur pour autant : ce soir, la caserne, SA caserne, est salie.

Comme toujours, Thomas lit dans mes pensées.

— Tue-moi si tu veux, mais en ce qui concerne ta protégée, Joseph n'a pas tort : c'est pour sa petite personne qu'elle était là, un point c'est tout. Tu l'as vue, ce matin ? Le père Lancelin pouvait bien être en morceaux sur le plancher et sa femme en miettes dans sa tête, elle s'en foutait. La seule chose qui l'intéressait, c'était de savoir ce qu'elle allait arriver à leur piquer.

— Primo, c'est pas ma « protégée ». Deusio, please, tu laisses tomber. À toi !

Nous jouons quelques coups en silence.

« Vous me reverrez »... Il y avait de la menace dans la voix de Myriam. Nous accusait-elle de l'avoir dénoncée ? Et après ? S'il te plaît, Ninon, laisse tomber !

Thomas tire un 9, avance son oie, tombe dans le puits. Il devra y rester deux tours.

— Enfin un peu de calme et de fraîcheur ! s'exclame-t-il en s'étirant.

Pile, l'alarme sonne. Les trois du canapé sautent dans leurs bottes, éteignent le poste – « À plus » –, quittent le foyer. Joyeux ? Joyeux. Thomas en a profité pour filer au distributeur de boissons : jus de fruit pour moi, Coca pour lui. On entend déjà le grondement du moteur de l'ambulance dans la remise.

Je heurte ma cannette à celle de mon ami.

— Tchin ! J'ai trouvé pourquoi tu étais là. Tu t'appelles bien Thomas Vailly, non ? Vailly-Vaillant, ne me dis pas qu'on ne te l'a jamais faite à l'école, celle-là.

— Et pas toujours tendrement, les petits cons, admet Thomas. Et maintenant, ils me cirent les bottes.

— Prestige de l'uniforme.

— Même si l'uniforme, il lui arrive de se faire caillasser.

Luc a terminé sa belote. Il se lève, s'arrête derrière moi, presse une seconde mon épaule : une pression qui s'appelle « Myriam ». Réservé sur ses états d'âme, il m'indique qu'il partage les miens. C'est le terme « élégance » qui caractérise le mieux notre sous-officier. Élégant dans le costume, le comportement, la façon d'être. Ferme et discret, rarement un mot plus haut que l'autre : inutile !

— Qui gagne ? s'enquiert-il. Une façon de demander : « Ça va ? »

— Pour l'instant, Ninon. Elle n'a pas l'air comme ça, mais c'est une dure à cuire, sourit Thomas.

« Vraiment ? » me demande le regard du chef.

Il s'éloigne, sort son portable, l'applique à son oreille.

— « Allô, madame Gracieux ? » mime Thomas.

Vailly-Vaillant, Bracieux-Gracieux... La femme de Luc est infirmière ; trois enfants. Il lui arrive, à elle aussi, d'être « de nuit ».

Nous reprenons la partie. Je me sens mieux. La chaleur du foyer ? Le pompier en a deux : la famille et la caserne. C'est même parfois le problème.

— À propos, Thomas, tu en es où avec Mariette ?

Sa femme, quatre ans de moins que lui. Divorce en cours, deux enfants, Baptiste et Camille, sept et six ans.

— Ça devrait être bouclé fin septembre.

— Triste ?

— Soulagé.

Mariette a épousé Thomas parce qu'il était pompier. Huit ans plus tard, elle le quitte parce qu'il est pompier. Elle veut un homme toutes les nuits dans son lit, un mari qui ne vive pas l'œil sur son bip, avec lequel elle puisse faire des projets non menacés par les appels d'urgence, un papa au quotidien pour ses enfants. Elle en a assez d'un gars qui parle, rêve, pense, vit « pompier ».

— Tu ne réponds pas si tu veux pas. Ça se passe comment pour les petits ?

— Là, madame est parfaite. Je les verrai autant que je voudrai. Finalement, autant qu'avant et sous un ciel moins orageux.

— L'appart' ?

— Je devrais le garder. Elle a trouvé chaussure à son pied : il a cinquante ans, divorcé, bon boulot dans les assurances, nourrie-logée. Elle pourra même arrêter de travailler si elle le veut.

— Elle va mourir d'ennui.

— J'espère bien ! Tu joues ?

Cinq et quatre : « l'hôtel ». À moi de patienter deux coups.

— Tu m'invites ? demande Thomas, les yeux dragueurs.

— Au bar. Hauts tabourets, musique d'ambiance, cocktails d'enfer.

À son tour, il heurte sa cannette à la mienne.

— Tchin, femme de luxe. C'était quand la dernière fois ?

— Ça doit faire dans les cinq ans : un Canadien mi-universitaire, mi-bûcheron.

— Triste ?

— Soulagée.

— Tu me réponds pas si tu veux pas. Si j'ai bien compris, le bûcheron ignore qu'il t'a laissé une petite fille.

— Qu'à Dieu ne plaise.

— Peur qu'il l'apprenne ?

— Le cauchemar. Mais pour ça, il faudrait qu'il revienne.

— Tu pourras toujours dire que c'est moi le papa.

— Merci !

Parmi ses « papas pompiers », le préféré de Sophie est Thomas. Il lui arrive de l'emmener chez lui pour jouer avec Baptiste et Camille. Elle adore. Même si « Madame est parfaite », avec le divorce, ça risque d'être moins facile.

Il faudra que j'y prépare ma Sophinette.

Thomas joue ses deux coups, m'adresse un clin d'œil.

— À propos de Mariette, tu sais ce qu'elle m'a dit l'autre jour ? « Tu devrais épouser ton binôme, vous avez tout pour vous entendre. »

Avant que j'aie pu répondre, il se bouche les oreilles :

— S'il te plaît, épargne-moi le refrain du « grand frère » auquel tu as toujours rêvé. Et si, une fois libre, le grand frère te demandait ta main ? Ne réponds pas non plus, prends tout le temps de réfléchir, tu joues ?

Six et cinq, la « Tête de mort », retour à la case Départ. Thomas éclate de rire, lance les dés, ne me laisse pas le temps de compter, me rejoint dans la case maudite.

J'accuse :

— Tricheur.

— Exact ! Juste pour voir si, là, mademoiselle accepte ma main ?

Sa main pour me sauver ? L'émotion m'emplit, je t'aime tant, Thomas.

— Les deux mains, même ! À charge de revanche. N'importe où, n'importe quand, j'accours. Tu joues ?

Il balaie les oies, claque les battants du jeu, bâille, ou plutôt fait semblant, se lève.

— Si on allait dormir avant que ça carillonne ? Finalement, c'est ça qui est bien dans ce boulot : la variété. On ne sait jamais ce qui va nous tomber dessus.

Demain, le pire !

10

Ce matin, pour la « journée plein air », organisée par la mairie, Paul s'est fait beau : tee-shirt Puma, pantalon baggy, sweat FC Tours, baskets de champion.

Sa mère n'était pas pour la casquette, surtout la rouge, qui plus est, portée à l'envers. Comme si, à huit ans, il n'avait pas le droit d'avoir ses goûts. Il l'a glissée en douce dans l'une de ses poches.

Dans son sac à dos, le pique-nique : sandwich jambon-fromage-mayo, chips, clémentines, barres de chocolat, Coca et une gourde d'eau. « N'oublie surtout pas de boire dans le car, ils ont dit à la radio qu'il allait faire très chaud. » Serviettes en papier : « Ne les jette pas n'importe où. S'il n'y a pas de poubelles, tu les remets dans le sac. » Elle l'a embrassé très fort sur le pas de la porte. On aurait dit qu'il s'en allait pour un mois au diable, alors que c'était juste pour une journée à Loches, 40 kilomètres de Tours.

Le rendez-vous était à 8 heures, place de l'Hôtel-de-Ville. C'est le père de Paul qui l'a déposé. Il a profité du trajet pour lui dérouler un peu d'histoire de France sur la ville qu'ils allaient visiter : Loches, cité des rois d'où on pouvait surveiller toute la campagne alentour. Le plus marrant, c'était Louis XI qui avait inventé des cages en bois et en fer où il enfermait ses ennemis. Ils ne pouvaient tenir ni debout ni couchés et parfois ils y restaient toute leur vie. En plus, Louis XI appelait les cages ses « fillettes ».

Quand ils sont arrivés, il y avait déjà plein de monde autour du car. Départ prévu à 8 h 30. Paul a évité le bisou à cause des copains et son père a démarré vite fait pour se rendre à son cabinet. Il est médecin généraliste, autrement dit il soigne tout. Un père médecin, c'est pratique mais parfois usant.

Martial et Rémi, ses meilleurs amis, se trouvaient déjà là, Rémi avec sa fausse jumelle, Lili. Il les a rejoints. Les moniteurs ont réclamé le silence, ils se sont présentés : Jean, Éric et Marie. Marie, super jolie. Après, ils ont fait l'appel et chacun a levé le doigt à son nom. Marie a dit que le trajet durerait une petite heure. Il faudrait attacher sa ceinture et se tenir tranquille pour ne pas gêner le conducteur.

— Est-ce qu'on aura le droit de fumer ? a demandé Martial, et tout le monde a ri, même les monos.

Quand ils sont montés dans le car, ça a été la ruée pour les places de devant, celles où on voit le mieux. En plus, on est près du chauffeur. Au milieu, c'est pas intéressant, alors Paul, Martial, Rémi et Lili sont allés directement au fond. Là, tu suis la route derrière, tu fais signe aux bagnoles qui n'ont pas le droit de doubler et s'énervent sur les départementales en lacets. Tu leur fais des pieds de nez en douce, cool.

Ils ont réquisitionné la dernière banquette. Paul et Martial d'un côté du couloir, les jumeaux de l'autre. À peine assis, près de la fenêtre, Paul a sorti sa casquette rouge et l'a coiffée à l'envers.

Marie est passée dans les rangs vérifier les ceintures de sécurité. L'adjointe au maire est montée pour leur souhaiter un bon voyage. Il était pile 8 h 30 quand le car a démarré. Tout le monde a crié et applaudi.

Ça commençait fort.

11

9 h 25, journée superbe, ciel sans nuages. Nous rentrions de l'échauffement et nous apprêtions à passer sous la douche quand l'alarme a sonné. Accident de la route sur la D 943, à hauteur de Chambourg-en-Indre, six kilomètres de Loches.

Un car transportant des enfants.

Une voiture de commandement est partie aussitôt. Quatre minutes plus tard, Luc, Thomas et moi décalions, suivis par le fourgon-pompe et le véhicule de désincarcération.

Durant le trajet, des informations supplémentaires nous ont été données. Le car venait de Tours et transportait vingt-huit enfants de moins de dix ans. En voulant éviter une voiture débouchant en sens inverse, il avait basculé dans le fossé, heurtant un pylône au passage. Le choc s'était produit dans un virage abrupt, faisant suite à une descente que nous ne connaissions que trop bien.

Vingt-huit enfants de moins de dix ans.

— Plan rouge, a murmuré Thomas.

Luc a acquiescé.

Plan engagé lors d'événements impliquant de nombreuses victimes.

Vite !

Dans un grondement d'orage, des voix masculines, sombres, neutres, se succédaient à présent sans interruption à la radio, se mêlant à celles des portatifs. À Tours, le PC de commandement s'organisait. Des municipalités voisines, d'importantes équipes se dirigeaient vers le lieu du sinistre. Les urgences des hôpitaux se mettaient sur le pied de guerre. Les yeux collés à l'horloge du tableau de bord, nous n'avons plus prononcé un seul mot, rassemblant nos forces pour affronter le pire. Il était 9 h 47 lorsque nous sommes arrivés.

La « petite noria » débutait, le ballet tragique des gilets jaunes et orange fluo entre les fourgons rouges, les voitures blanches, dans la plainte ininterrompue des sirènes et les éclairs bleus des gyrophares. Thomas a sorti le sac de secours du fourgon. Laissant Luc rejoindre Jean-Marie au COS[1], nous nous sommes élancés vers le car, couché sur le bas-côté, à quelques mètres de la voiture, elle sur le toit.

Attelés à une pompe, des sapeurs s'apprêtaient à projeter des flots de mousse sur les véhicules pour circonscrire toute velléité de feu. Une équipe calait et arrimait le bus afin de nous permettre d'y entrer sans risque de dégâts supplémentaires. Le personnel de la désincarcération préparait son matériel. De l'intérieur du car, empli d'une sorte de brouillard, des cris nous parvenaient auxquels nous refusions de nous arrêter.

Vite !

— Viens, a ordonné Thomas.

Je l'ai suivi près d'une des sorties de secours à laquelle des hommes s'apprêtaient à fixer une échelle. Il a extrait du sac rouge deux paires de gants en latex et m'en a tendu une.

---

1. Commandement des opérations de secours.

— On y va ! a hurlé une voix. Ont répété vingt voix.

En haut de l'échelle, un pompier muni d'un vérin redonnait forme à l'encadrement de la vitre. Dix mains se sont tendues pour ramener celle d'à côté à l'extérieur.

— Toi ! a ordonné Thomas.

Je suis entrée dans l'enfer.

Les petits étaient en tas les uns sur les autres, plus ou moins retenus sur leurs sièges par leurs ceintures de sécurité. Dans l'air empli de poussière, de vapeurs suffocantes, fusaient des miaulements affolés. J'ai affermi mon ton.

— N'ayez pas peur, les enfants, nous sommes là. Nous allons nous occuper de vous.

Les miaulements se sont transformés en cris.

Je suis parvenue à me glisser jusqu'à ce qui avait dû être le couloir.

— S'il vous plaît !

La voix était celle d'un jeune homme auquel s'agrippaient des gamins en pleurs, l'un suspendu à son cou, d'autres accrochés à ses vêtements ou cramponnés à ses chaussures de sport. Un moniteur.

J'ai demandé : « Ça va ? »

Il a incliné la tête, libéré comme il a pu l'une de ses mains et l'a pointée vers le fond du car. Un garçon hurlait en faisant des moulinets avec ses bras.

— Voilà longtemps qu'il appelle. Il faut y aller.

— Bien sûr ! Tenez bon.

Du menton, j'ai montré les hommes qui me suivaient : « On vient vous aider. »

Thomas m'a rejointe. J'ai fermé mes oreilles aux bruits, je n'ai plus voulu voir que la main brandie, là-bas, derrière l'agglomérat de sièges, et j'ai entamé la progression.

Nous l'appelons « l'écureuil » et nous nous y entraînons presque quotidiennement. Il s'agit de se frayer un chemin jusqu'aux victimes, en rampant au besoin, dans les amas de tôles ou débris divers, parfois sous un toit écrasé, souvent parmi des objets tranchants.

Ici, plus que les armatures des sièges sens dessus dessous, la difficulté venait des mains qui tentaient de m'arrêter, des pieds qui tambourinaient sur mon casque. Et ces griffes d'oisillons, ces pathétiques roulements de tambour, à la fois me déchiraient le cœur et l'emplissaient d'espoir : ils disaient la vie.

Trois enfants occupaient la dernière rangée de sièges : deux garçons et une fillette aux longs cheveux blonds, au regard bleu, noyé. Sur la main que le garçon continuait à agiter coulait du sang.

— N'aie pas peur, mon chéri. On est là. Tu t'appelles comment ?

— Martial, a-t-il répondu. Mais c'est pas pour moi.

Il s'est écarté avec difficulté. Contre lui, presque sous lui, la casquette rouge d'un quatrième enfant est apparue.

— C'est Paul, il est blessé, vite !

12

Le visage est livide, le souffle court, les yeux clos.

— On va t'en sortir, Paul. Je m'occupe de toi.

Avec précaution, Thomas dégage Martial pour me faire de la place. Je m'accroupis comme je peux et cherche la blessure. C'est du poignet, profondément entaillé, que jaillit le sang par saccades : artère radiale.

J'enfile mes gants en latex. Thomas a déjà sorti de son sac un pansement compressif. Il me le tend. Je l'applique.

Vite !

Le petit entrouvre les yeux. Regard vague.

— Ça va, mon chat ?

Infime battement de paupières.

— Ne parle pas, ça va aller.

Il referme les yeux.

Les jambes disparaissent jusqu'au bassin sous la tubulure tordue du siège avant. Nous sommes sur la terre du talus, dans un amoncellement de verre brisé. Ce frémissement continu qui parcourt le car, ce sont les sauveteurs à la tâche. Aux piaillements des petits se mêlent à présent les voix rassurantes d'adultes. La chaleur est suffocante.

Sous ma main, le sang déborde déjà de l'épais pansement, insuffisant à arrêter l'hémorragie.

Vite : point de compression !

Je cherche l'artère humérale en haut du bras, entre biceps et triceps. Je l'ai. Je prends une longue inspiration, entoure le membre frêle de ma main droite et y appuie fortement mon pouce. Une légère plainte sort des lèvres blanchies.

— Tout va bien, mon chat. N'aie pas peur.

Je consulte ma montre : 10 h 05. Je n'aurai le droit de relâcher la pression que lorsqu'un médecin aura pris le relais, posé un garrot. Si je lâche avant, Paul nous quittera. Si je n'avais pas fait le point de compression, il serait parti avant d'être sorti du car.

Thomas se penche sur mon épaule, prenant soin de ne pas me déstabiliser. Sa main cherche le pouls dans le cou de l'enfant.

— Oxygène, gronde-t-il.

Le terrain est déjà suffisamment dégagé pour qu'il puisse sortir sans trop de difficultés l'encombrante bouteille du sac. De ma main libre, je retire la casquette de Paul et me penche sur lui. Il faudrait pouvoir embrasser, prendre contre soi, serrer dans ses bras.

— Écoute-moi, mon chéri. On va te mettre un masque pour que tu puisses mieux respirer, d'accord ? Il fait vraiment étouffant dans ce car.

Les larmes roulent sur les joues du petit. Il appelle faiblement : « Papa. »

— Ton papa va venir très vite, promis.

Thomas applique la pince du masque sur le nez, ajuste l'élastique dans la tignasse couverte d'un voile gris de poussière. Ce poing qui ne cesse de tambouriner dans mon dos, c'est Martial. Sous les cheveux bruns en brosse très courte, son regard anxieux m'interroge. Je m'écarte un peu pour qu'il voit le poignet de son ami d'où ne sort plus qu'un résidu de sang veineux.

— Regarde… Ça a presque fini de couler.

Il approuve du menton. D'une voix un peu tremblante, il me confie :

— Vous savez, son papa est docteur.

— Docteur ? Mais alors tout va bien aller. Tu peux me dire comment il s'appelle, mon chéri ?

— Le docteur Beaumont. Lui aussi, il s'est occupé de la journée « plein air » avec le maire.

« Journée plein air »… Mon cœur se serre. Sans doute le médecin a-t-il déjà été averti de l'accident. Il sait que son fils fait partie des victimes. Il doit être sur la route. J'imagine son angoisse.

Le regard de Martial va de son ami à moi. Il serre les lèvres, luttant vaillamment contre les larmes.

— Et ton papa à toi, mon cœur, qu'est-ce qu'il fait ?

Petit éclair de fierté dans ses yeux.

— Mon papa, il est avocat.

Deux hommes ont emmené ses voisins, le garçon et la fillette aux cheveux blonds. Deux autres s'attaquent à l'armature du siège qui bloque les jambes du petit prisonnier, l'angoisse noue ma gorge : que vont-ils trouver ? 10 h 11 : six minutes que j'ai commencé le point de compression. Thomas raccorde à présent la tubulure du masque à la bouteille d'oxygène. Passent en un éclair devant mes yeux ses longs doigts fins lançant les dés, hier : « Case prison »… Cette partie-là, nous n'avons pas le droit de la perdre.

Tout près, à l'arrière du car – seule issue possible pour que nous puissions être sortis, le blessé et moi, sans que je lâche son poignet –, un bruit de cisaille rugit, la vitre éclate. Sous le masque, les yeux de Paul s'affolent.

— N'aie pas peur, mon chat. Tu vois, tous les deux, on est comme dans une prison. Les pompiers sont en train de casser les barreaux pour nous libérer. C'est leur boulot : ils ne nous feront aucun mal.

« Nous » ! Toi et moi, inséparables.

Il me semble que le visage de Paul a encore pâli. Combien de sang a-t-il perdu ? Depuis combien de temps ?

Vite !

Thomas ajuste le débit de la bouteille d'oxygène. Deux pompiers se sont glissés jusqu'à Martial qu'ils tentent d'emmener.

— Laissez-moi, je veux rester, c'est mon copain, proteste-t-il.

Je me tourne vers lui. J'aimerais tant pouvoir le caresser ! Je lui souris.

— Vas-y, mon chéri. Dès que ton ami sera sorti, je viendrai te voir, promis.

Il cesse de se débattre, pleure pour la première fois, héros sans le savoir. Son père, l'avocat, a-t-il lui aussi été averti ? Est-il en route ?

*

« Journée plein air »... alors que une à une les parois du car cèdent dans des craquements sinistres de tôle, au-delà de la poussière, des pans de ciel apparaissent, bleu doux traversé de nuées blanches. Et soudain, ce miracle : un vol tranquille d'hirondelles. Des hirondelles qui nous rendent l'été.

Les derniers enfants ont été sortis de l'enfer. Ils sont à l'abri sous la tente, soignés, réconfortés. Merci, mes camarades, vous avez bien travaillé !

Ne reste que mon petit à moi dont on achève de dégager les jambes. Un magma de nourriture les recouvre d'un emplâtre malodorant. Une cannette de Coca-Cola a répandu sur le tout une mousse brunâtre. Là, une gourde écrasée qui a dû contenir de l'eau.

Les derniers barreaux de la prison tombent d'un coup. La voie est libre. Je me penche sur Paul.

— Tout va bien, mon chat. Ton papa va venir bientôt. Je ne te quitte pas jusqu'à ce qu'il soit là, promis. Et, tu sais, une promesse de pompier compte double.

13

Dans la clameur du soleil percée par le cri des sirènes, un bataillon de gilets fluo attendait la sortie du dernier petit rescapé de l'accident de la départementale 943.

Cela faisait plus d'une heure que le drame s'était produit, environ trois quarts d'heure que nous étions arrivés sur les lieux, vingt-cinq minutes que les écureuils s'étaient introduits dans le car. Et quinze minutes que j'avais fait le point de compression ; il paraît qu'au-delà de dix-neuf, tenir n'est plus possible.

La planche-olivier a été glissée sous le corps de Paul. Une main l'a enveloppé dans une couverture hypothermique, une autre a placé un collier cervical autour de son cou. Des bras nous ont portés jusqu'en haut du talus, non loin du « Poste médical avancé », avancé au plus près de l'accident, sur la route elle-même. Et je me souviendrai toujours de ces deux hommes venus d'un autre monde, ces deux motards de la gendarmerie, en uniforme bleu, sautant de leur engin, volant vers la tente, transportant des poches de sang dans des conteneurs réfrigérés, transportant la vie.

J'ai fermé les yeux.

— Tenez bon, m'a encouragée une voix.

— Ninon, ça va ? s'est inquiété Thomas.

Vite !

*

Sous la toile de la tente, dans la touffeur orangée, l'odeur de désinfectant, des tenues blanches s'affairaient autour des brancards. Deux d'entre elles se sont penchées sur Paul. Tandis que l'une posait un garrot, l'autre a fixé le goutte-à-goutte.

— Vous pouvez lâcher, madame. Madame, lâchez, s'il vous plaît…

Mon doigt s'y refusait. Je le sentais comme détaché de ma main et ma main de mon corps. Il ne m'appartenait plus.

— Ninon ?

La main de Thomas est venue sous mon bras et l'a massé doucement, m'aidant à décrisper la prise. La douleur d'une crampe m'a ployée en deux. J'ai vacillé.

— Viens, tu as besoin d'air, a-t-il ordonné.

Non ! Pas encore, même si c'était vrai que ça tanguait. Mais j'avais eu si peur que Paul s'en aille !

Sous le regard attentif d'un médecin, la trentaine, lunettes, traits tirés, une infirmière posait une voie veineuse pour préparer la future transfusion. Une autre découpait avec soin le jean maculé de nourriture, jetant au fur et à mesure les lamelles de tissu dans une poubelle, dévoilant les jambes, elles aussi tachées : rouge, bleu, marron… des jambes fragiles de petit garçon. Tous les souffles étaient suspendus.

— Paul, écoute-moi. Je vais examiner tes jambes, a dit le médecin d'une voix calme, tendre, et j'ai pensé qu'il était père. Surtout, n'aie pas peur, je vais y aller tout doucement. Ça va te faire un peu mal. Si c'est trop fort, tu le dis et j'arrête aussitôt, d'accord ?

Les yeux de Paul ont interrogé les miens. J'ai souri. Du menton, il a murmuré un minuscule « oui ». Le médecin a commencé à palper les membres : « Ça va ? Et là ? Vrai ? Et là ? Là ? » Quelques petites grimaces, aucun sursaut, aucun cri. Puis le praticien a pris tour à tour chaque jambe dans ses mains et les a manipulées de droite à gauche, de haut en bas, avec d'infinies précautions. J'étais inondée de sueur ; la question était simple : Paul remarcherait-il ?

Les jambes ont été reposées l'une après l'autre.

— As-tu déjà eu des bleus, Paul ? a demandé le médecin.

« Oui », a répondu le menton.

— Eh bien, attends-toi à en avoir de maousses. Toutes les couleurs de l'arc-en-ciel. Et après…

Il a caressé la joue de l'enfant : « Pfuitt ! »

Pfuitt ? Un rire a couru autour du brancard. Le médecin s'est tourné vers nous.

— Apparemment, seules les chairs ont souffert. On va vérifier ça à l'hôpital, bien sûr. Mais il semble que le pique-nique ait formé écran entre la tôle et les os. Un miracle !

J'ai fermé les yeux. Le miracle était cette maman qui, ce matin, avait préparé avec amour le repas de son fils, y joignant l'emplâtre d'une gourde d'eau, d'une cannette de Coca-Cola. « Même pas peur, même pas mal », a chanté Sophie à mon cœur.

— Sans ce foutu éclat de verre, il s'en serait tiré indemne, a conclu l'homme en blanc.

Il s'est tourné vers moi : « Vous l'avez sauvé, madame ! »

— Bravo, Ninon, a renchéri l'homme en orange-fluo, Luc, qui venait de nous rejoindre.

Ai-je entendu des applaudissements ?

— Maintenant, tu viens, a réitéré Thomas. Sinon, c'est toi qu'il va falloir emmener à l'hôpital.

Une fois de plus, le regard de Paul m'a appelée : « Une promesse de pompier compte double. »

Non ! Pas encore.

Lorsque, escorté par un gendarme, l'homme en civil, la cinquantaine grisonnante, cravate, Légion d'honneur, souliers de cuir, l'homme au regard durci est apparu à l'entrée de la tente, j'ai su que c'était le docteur Beaumont. Comme Martial l'avait fait pour moi dans le car, sauf que j'étais incapable de crier, j'ai agité la main dans sa direction afin de lui indiquer le chemin.

Comment exprimer le poème tragique qui s'inscrit sur les traits d'un père retrouvant son enfant qu'il a cru perdu ?

Le soulagement : « Il est là. »

L'angoisse : « Dans quel état ? »

La prière, l'espoir.

Tous s'étaient écartés pour lui faire place près du brancard. Il s'est penché sur le petit qui lui souriait faiblement et il a dit d'une voix parfaitement maîtrisée :

— Alors, fils ?

Je les ai laissés.

*

Dehors, la « petite noria » avait fait place à la grande. Le tri entre les différentes urgences s'achevait. Le ciel vibrait à présent sous le bourdonnement des hélicoptères, celui du Samu, celui de la Sécurité civile, qui emmenaient les cas les plus sévères vers les hôpitaux spécialisés. Terrain d'atterrissage improvisé dans un champ voisin. Les ambulances se chargeaient des victimes moins atteintes.

Thomas et moi avons trouvé Martial dans la Cellule Urgence Médico où les psys œuvraient auprès des enfants peu ou pas blessés, et des parents qui commençaient à affluer. Il était près de ses amis, le garçonnet et la blondinette aux yeux bleus. Ils avaient l'air d'aller bien.

Quand Martial m'a vue, il s'est précipité vers moi.

— Alors ? a-t-il demandé dans un souffle.

J'ai caressé la courte brosse de l'enfant si courageux.

— Alors, tu devras patienter un moment, mon chéri, mais prépare-toi à rejouer au foot avec ton copain.

Il a ouvert de grands yeux.

— Pour le foot, comment vous savez ?

J'ai montré le sweat semblable à celui de Paul. Et lorsqu'il a levé les bras et qu'il a crié : « Allez le FC Tours ! », quand ses amis ont enchaîné, que quelques voix d'adultes, elles mouillées, hésitantes, ont osé se mêler aux leurs, même si je ne connais pas grand-chose au ballon rond, je l'ai vu s'envoler vers le but.

J'ai dit haut et fort :

— Tu sais, champion, Paul te doit une fière chandelle. Bravo !

— C'est quoi, une fière chandelle, madame ?

*

Un point presse rassemblait les journalistes, régulièrement tenus au courant de l'évolution de la situation par un officier spécialisé. Modestie de rigueur, réponses précises aux questions, pas d'à-peu-près ni de fioritures susceptibles d'être exploités par la suite. Du net.

Près du camion satellite pointé vers le sud, les techniciens de France 3 se préparaient à filmer la déclaration du préfet.

Celui-ci s'est présenté entouré de notre député-maire et de celui de Tours, tous trois en costume sombre, cravate, chaussures de cuir blanchies par la poussière. Il a d'abord félicité les secours pour la rapidité avec laquelle ils s'étaient mis en place. Puis il a salué les sauveteurs qui, jusqu'au bout du bout de l'extrême limite, avaient cherché, et le plus souvent réussi, à maintenir la fragile flamme de la vie en d'innocentes victimes. Enfin, il a exprimé sa compassion aux familles éprouvées. Connaissait-il personnellement certaines d'entre elles ? L'émotion l'a empêché de continuer.

Un officier supérieur du COS départemental a pris le relais et donné un bilan provisoire.

On déplorait six morts : trois enfants et trois adultes, dont une monitrice, le chauffeur du car et la conductrice de la voiture particulière. En ce qui concernait les autres enfants, pour deux d'entre eux le pronostic vital était engagé, quelques-uns souffraient de lésions et traumatismes plus ou moins importants. La plupart présentaient seulement des troubles bénins et pourraient, après bilan à l'hôpital, dormir chez eux ce soir. Enfin, une enquête était lancée pour déterminer les causes de l'accident.

Les sauveteurs ont été longuement, gravement, applaudis.

Autour des carcasses du car et de la voiture, gendarmes et policiers rassemblaient déjà les éléments pouvant servir à cette enquête. Un à un, fourgons et ambulances reprenaient le chemin des casernes. Soudain, l'urgence m'a assaillie. J'ai couru. Vite !

— Mais où tu vas, Ninon ? Arrête ! a crié Thomas.

— N'approchez pas, madame, a recommandé un gendarme.

Je me suis approchée au plus près de la prison de tôle dans laquelle, même si la liste des enfants avait été cochée plutôt dix fois qu'une pour s'assurer qu'aucun n'y avait été oublié, il me semblait entendre encore des cris, des appels. Sachant pourtant au fond de moi, mais ne pouvant m'y résoudre, que c'étaient les appels de trois innocents qui y avaient laissé leur vie sans que nous n'ayons rien pu faire pour la leur conserver. Et enfin je me suis accordé l'autorisation de pleurer, et ces larmes lourdes, brûlantes, je savais qu'elles marqueraient mon cœur à jamais.

Les noms des défunts étaient inscrits sur des étiquettes fixées au bas des housses mortuaires placées les unes à côté des autres à l'écart de la scène du drame. Un peu plus tard, les entreprises des Pompes funèbres viendraient les chercher pour les conduire là où leurs familles en auraient décidé.

*

Le Plan rouge a été levé peu avant midi. Pour que la D 943 soit rendue à la circulation, il faudrait attendre que le camion de l'entreprise spécialisée ait chargé sur son plateau les débris des véhicules accidentés, et que les services départementaux aient nettoyé le terrain.

À midi trente, nous étions de retour à la caserne. L'un des principaux devoirs du pompier est de tout laisser parfaitement propre et en état de marche pour l'équipe qui suivra. En prévision de la prochaine intervention, nous avons vérifié l'état du fourgon et du matériel. J'ai remplacé dans le sac de secours le pansement compressif et les deux paires de gants en latex. Thomas s'est chargé de la bouteille d'oxygène. Enfin, nous avons passé l'ambulance au désinfectant.

Prenant une douche avant d'aller à table, il me semblait que toute l'eau du monde, la plus pure, ne pourrait me laver de l'effroyable lie de cette journée.

DEUXIÈME PARTIE

L'ANGE DE LA DÉPARTEMENTALE 943

14

— Alors, ma fille ?

Maman me prend dans ses bras, me serre contre sa poitrine, elle, 1 mètre 65, moi, 1 mètre 76, elle la grande, moi la petite. Je l'ai appelée hier dans l'après-midi pour lui dire que tout allait bien. Sans m'attarder. Elle a compris que je n'étais pas encore prête à parler. Elle a deviné que je sécherais le petit déjeuner à la caserne pour venir plus vite me réchauffer à « la maison ». Alors, elle a tout préparé sur la table de la cuisine : café au chaud, tartines près du grille-pain, beurre, miel et confitures. Sans oublier le jus de fruit frais.

— Assieds-toi.

C'est bon d'avoir sa chaise, son bol à son prénom, une serviette dans un rond. Bon, une mère qui respecte votre silence en vous disant avec un regard tranquille qu'elle est prête à tout entendre. Et même très bon, une mère sans désirs d'aventure ni goût pour le vertige, heureuse là où elle est, au quiet berceau de ses racines.

Elle verse le café, avance le pot de lait, engage une tartine dans le grille-pain. Je bois d'un trait le jus de pamplemousse, rose comme le ciel qui fait des façons entre deux nuageons. Journée aussi belle et chaude que celle de la veille, a annoncé la météo.

Je demande :

— Et Sophie ?

— Elle dort encore. On a éteint tard, hier. Je l'ai laissée regarder un dessin animé après le dîner.

Dessin animé : idées noires à dissiper ?

— Elle sait ?

— Mais tout le monde sait, ma chérie ! Radio, télé, ils n'ont parlé que de ton Plan rouge toute la journée.

« Mon » Plan rouge…

— Et qu'est-ce qu'ils ont montré de beau ?

— Le lieu de l'accident, le car, la voiture, vous tous. Quand les enfants ont été sortis, bien sûr.

Le combat terminé.

Vous ne verrez jamais le pire sur votre écran, les corps mutilés, les plaies ouvertes, la mort en direct. Cris et odeurs vous sont épargnés. Le sang ne vous est montré que sec, sur un bord de trottoir, une chaussée. À moins qu'un petit malin ne se soit trouvé sur place au « bon » moment et qu'il n'ait filmé la scène avec son portable pour la vendre au plus offrant.

— On a entendu la déclaration de M. le Préfet Il a bien parlé, cet homme. On voyait qu'il était ému.

Soupir de mère : « C'est triste pour les petiots. »

Trois d'entre eux avaient eu la mauvaise idée de choisir l'avant du car ; parions qu'ils s'étaient bagarrés pour avoir les « meilleures » places.

J'avale une gorgée de café, mordille dans une tartine, fais semblant de manger comme les héros dans les feuilletons, à la télé. La faim ne se commande pas.

— Et Sophie, qu'est-ce qu'elle a dit ?

Sourire de grand-mère.

— « Dommage que ça soit les vacances ! »

S'il y avait eu école, elle aurait pu pavoiser devant les copines : une mère pompier, vous pensez !

Sauras-tu jamais, ma Sophinette, que tu m'as aidée à sauver Paul ?

Nous venions d'être extraits du car. Dix-sept minutes que j'avais débuté le point de compression.

« Tenez bon », m'avait lancé une voix. « Ninon, ça va ? » avait interrogé Thomas. Non, ça n'allait pas ! Mon doigt n'en pouvait plus. Il allait abandonner. Et soudain, je m'étais dit : « C'est ma petite fille qui est là, c'est elle que je dois sauver. » Elle m'avait donné la force de tenir les deux minutes supplémentaires ayant permis au médecin de poser le garrot.

« Vous pouvez lâcher, madame. »

Si je n'y étais pas parvenue tout de suite, c'est que c'était la vie de Sophie qui battait sous mon pouce.

*

— T'es rentrée ? Ça y est ?

Et la voilà, sur le seuil de la cuisine. Pyjama, chaussons « Mickey », oreille du lapin en peluche dans la bouche, cheveux blé mûr dans les yeux, yeux lac Labrador. Elle s'arrête à la porte et me lance la phrase fétiche :

— Même pas peur, maman ?

Je lui ouvre mes bras.

— Si, mon chat, parce que là, tu vois, la peur était trop grande pour l'enfermer dans un tiroir !

Sans casque, sans gants, sans bottes, je reçois ma fille contre ma poitrine, l'y mets en lieu sûr, l'y serre, me repais, me goinfre de sa chaleur. Elle rit et gigote pour se dégager.

— Et les enfants, dans le car, ils avaient peur aussi ?

Je remets vite mes protections, désigne la peluche.

— Qu'est-ce qu'en pense M. Catastrophe ?

— Très, très peur ! Mais maintenant, ils sont rentrés dans leur maison.

Moins trois.

Dans le bol marqué Sophie, maman verse le lait froid sur les céréales chocolatées. Le pot de Nutella est ouvert à côté du bol, une tranche de brioche taillée épais sur une soucoupe. « Il faut trop pour avoir assez », la devise d'une grand-mère. Après m'être resservie de bisous sur les joues, sous le petit buisson de boucles derrière l'oreille, la tendre nuque – il faut trop pour avoir assez –, je libère ma fille qui grimpe sur la chaise équipée d'un coussin et entame le festin.

— Et aujourd'hui, qu'est-ce qu'on fait, maman ?

— Aujourd'hui, c'est toi qui commandes, d'accord ?

Le clin d'œil que Sophie échange avec sa grand-mère ne m'échappe pas. Ça sent le mijoté.

— D'abord, un pique-nique avec du poulet-mayo et des chips. Après, la piscine. Avec bonne-maman.

— Et moi, et moi, et moi ? demande Thomas en surgissant du jardin – cette maison est un moulin !

— Thomas !

Sophie est déjà dans les bras de son « papa » préféré.

— Entre donc, dit maman. Tu as pris ton petit déjeuner, au moins ?

Il le prenait à la caserne lorsque je l'y ai laissé voilà une petite heure. Pas pressé apparemment de se retrouver dans une maison vide, Mariette et les enfants passant les fins de semaine chez le « Monsieur dans les assurances » qui possède une jolie fermette non loin de la ville. Que nous vaut la visite de mon bi ?

Il jette sur la table un journal déplié, y pointe le doigt, tempête :

— Alors, aux dernières nouvelles, madame serait un ange ?

15

« L'ange de la départementale 943 ».

Le titre s'étalait à la Une de *La Nouvelle République* qui consacrait toute la page à l'accident de la veille.

Dans un encart auquel il ne manquait que les ailes, il était raconté qu'un pompier – une femme – avait sauvé un enfant, victime d'une grave hémorragie, en pratiquant sur son artère un point de compression – geste médical expliqué plus loin – en tenant au-delà du possible. C'était le petit rescapé lui-même qui avait appelé ainsi celle à qui il devait la vie. À propos, regrettait le journaliste, n'était-il pas injuste qu'aucun de ces deux mots : « ange, sauveur », ne se conjugue au féminin ? Quoi qu'il en soit, lorsque le docteur Beaumont, père de l'enfant, médecin bien connu des Tourangeaux, membre du conseil municipal, avait voulu lui exprimer sa reconnaissance, l'ange s'était bel et bien envolé.

L'article était signé : William Launay.

*

Tandis que Thomas le lisait à voix haute, dans le regard de maman, la fierté se mêlait à l'étonnement. Le point de compression n'avait pas de secret pour l'épouse de pharmacien, qui plus est, pompier. Pourquoi ne lui en avais-je pas parlé ?

— C'est toi, maman, l'ange ? a demandé Sophie avec des yeux immenses une fois la lecture terminée.

Je me suis levée et suis allée respirer à la porte donnant sur le jardin. Près de celle-ci, appuyés au mur, le vélo de Thomas à côté du mien. Je me suis vue partir. Fuir ? D'où me venaient cette colère, cette douleur ?

— Alors ? a demandé le conteur.

Je suis retournée vers la table. Maman préparait une nouvelle tournée de café.

— Qui est ce William Launay ? Qui l'a autorisé à écrire ces stupidités ? ai-je grondé.

Thomas a agité sa serviette :

— Drapeau blanc, c'est pas moi, promis ! Quant aux « stupidités », tu ne crois pas que tu y vas un peu fort ?

— L'ange ! Et il ne parle que de moi. Tu sais bien que, sans nous tous, Paul ne s'en serait jamais tiré.

Seconde leçon donnée par mon père après la fameuse fable : « Le clochard et le tableau de maître ». Un pompier joue collectif. Il ne gagne ni ne perd jamais seul. Il partage la victoire comme la défaite. Et la honte s'il y a lieu : Myriam !

— C'est qui, Paul ? Et pourquoi tu es en colère, maman ? C'est pas bien d'être un ange ? a demandé Sophie, déçue.

— Paul est un petit garçon dont je me suis occupée dans le car, mon chat. Et je ne suis pas contente parce que ce n'est pas un ange qui l'a sauvé mais tous les pompiers.

— Et mes ailes, où elles sont, mes ailes ? a plaisanté maladroitement Thomas en regardant derrière son dos.

Sophie a ri.

— Assieds-toi, ma chérie, a dit maman. Ce n'est qu'un journaliste qui a cru bien faire.

J'ai repris place devant mon bol. Elle avait raison : je déraillais.

— C'est qui, les autres pompiers ? a interrogé Sophie.

J'ai montré Thomas, occupé avec la brioche : finalement, le petit déjeuner à la caserne, pour lui non plus, ça n'avait pas dû être ça.

— Thomas, par exemple. Il a mis à Paul le masque à oxygène.

Sophie a opiné du menton. Le masque était dans son livre *Les Pompiers racontés aux enfants* qu'elle connaissait par cœur. Même pas peur, Sophie ?

— Et puis ?

— Et puis Martial, le copain de Paul qui a appelé pour signaler qu'il était blessé. Et un moniteur. Et tous ceux qui l'ont aidé à sortir très vite du car.

— Tout cassé, le car, on l'a vu à la télé avec bonne-maman.

— Tout cassé.

Sophie a montré le journal.

— Alors, le monsieur a menti ? Toi, t'as rien fait ?

J'ai une petite fille très curieuse qui ne lâche jamais sans avoir obtenu la « vérité vraie ». J'ai une petite fille sensible à protéger.

J'ai désigné son menton.

— Tu te rappelles, ma Sophinette, quand tu étais tombée de vélo et que tu saignais beaucoup ?

— Comme un veau.

— Un bœuf ! Le veau c'est pour les larmes, a rectifié Thomas.

Sophie a haussé les épaules :

— Même que ça voulait pas s'arrêter alors le docteur m'avait mis des agrafes.

Elle a promené fièrement son doigt sur la cicatrice.

— Ça se sent quand on touche.

— Eh bien, Paul saignait beaucoup lui aussi. Et je suis arrivée à arrêter le sang jusqu'à ce qu'un docteur s'en occupe.

Ma voix a dérapé. Je courais vers la tente, l'artère sous mon pouce, j'allais lâcher.

— Et comment t'as fait ? a insisté Sophie.

— Attends, on a oublié le monsieur et la dame qui avaient donné leur sang, est vite intervenue maman que Sophie adore accompagner au pied du camion de la Croix-Rouge lors des campagnes pour la transfusion ; tradition familiale à laquelle papa était le premier à se soumettre. Du sang qui a remplacé celui que Paul avait en moins.

— Je veux donner mon sang, a trompeté courageusement Sophie qui a une peur panique des piqûres.

— Miam ! a soufflé Thomas en avançant des dents de vampire.

Elle a éclaté de rire et couru se réfugier dans les bras de sa bonne-maman. Essayez d'être sérieux dans cette baraque !

*

Puis on a parlé d'autre chose. De la volaille qu'il était urgent de mettre au four pour le pique-nique, des leçons de nage que Sophie avait commencé à prendre. Elle a invité Thomas à venir constater ses progrès. Il lui a promis des cours de perfectionnement.

Je suis montée me changer dans ma chambre. La douleur s'entêtait. À la liste de ceux qui avaient sauvé Paul, j'aurais pu ajouter ma fille. N'était-ce pas elle qui m'avait permis de tenir jusqu'à ce que le petit soit hors de danger ?

Et j'en éprouvais une sourde culpabilité. Comme si, me servant d'elle, je l'avais mise en péril.

« Qu'est-ce que tu vas chercher là, ma Ninouchette ? » aurait ri tendrement papa.

C'est vrai, j'ai parfois de ces idées !

16

William Launay a appelé à la maison en fin de journée. Le pique-nique-piscine avait été une réussite. À l'ombre d'un châtaignier, dans les clapotis mêlés de cris joyeux d'enfants, j'étais même parvenue à dormir un peu.

L'heure du dîner approchait, en pyjama, toute proprette, Sophie regardait un dessin animé à la télévision. Dans le coin-cuisine qui prolonge le living, je venais de jeter les nouilles « papillon » dans l'eau frémissante, ses pâtes préférées – à condition bien sûr d'y ajouter sauce tomate et gruyère râpé – lorsque mon portable a frémi dans ma poche.

Aucun numéro ne s'affichait sur l'écran. Machinalement, j'ai décroché.

— Ninon Montoire ?

— C'est moi.

— William Launay.

Un cri m'a échappé :

— Mais qui vous a donné mon numéro ?

Sur le canapé, Sophie s'est retournée. J'ai quitté la cuisine.

— Le capitaine Dubiez, a répondu le journaliste. Je vous dérange ? Voulez-vous que je rappelle plus tard ?

Je suis entrée dans ma chambre. La fenêtre était grande ouverte sur une douceur bleu-grisé, le ciel se reposait.

— Ça ira ! Que désirez-vous, monsieur ?

— J'aimerais vous rencontrer. Si c'est possible, bien sûr.

— Vous souhaitez écrire un autre article ?

Un nouveau cri de protestation. Où était mon soi-disant calme ? Pourquoi pas ma « sérénité » ? Je me suis assise sur le lit. Dans la bibliothèque, entre mes livres préférés, cet homme à fière allure tenant la main d'une petite fille au visage levé, au regard extasié, c'était mon père, c'était moi. Il m'a manqué.

— On dirait que celui de ce matin ne vous a pas plu, a constaté Launay.

— Ni l'article, ni l'ange. Vous n'y avez parlé que de moi. En oubliant tous ceux grâce auxquels l'enfant a été sauvé.

— N'est-ce pas vous qui avez fait le point de compression ?

— J'étais la première à parvenir jusqu'à lui. N'importe quel autre de mes camarades aurait agi de même.

— Vous l'avez tenu jusqu'à l'extrême.

— L'extrême fait partie de notre quotidien.

Le journaliste a observé un silence. D'où m'appelait-il ? Loches ? Tours ?

— En ce qui concerne l'ange, vous avez pu lire que c'est le petit qui vous a nommée ainsi, a repris Launay. Il se trouve que je connais bien ses parents et que j'étais à l'hôpital lorsqu'on l'y a emmené. Il vous réclamait, madame.

Paul me réclamait ? J'ai revu son regard affolé m'appelant sous le masque. Je l'ai vu, apaisé, après ma promesse de rester près de lui jusqu'à ce que son père soit là.

— Vous remarquerez également que je me suis gardé de citer votre nom, a ajouté le reporter. Et il y avait de l'ironie dans sa voix.

— Je vous en remercie infiniment, ai-je rétorqué sur le même ton. À propos, puis-je vous poser une question ? Si le père de Paul n'avait pas été un médecin réputé, qui plus est conseiller municipal ainsi que vous l'indiquez dans l'article, aurais-je eu droit à la une de votre journal ?

— Tout d'abord, ce n'est pas « mon » journal, a précisé mon interlocuteur. Il m'arrive parfois d'y collaborer, c'est tout. Et le conseiller municipal n'a rien à voir à l'affaire, c'est l'ami de la famille que je suis et le parrain de Paul qui a voulu vous rendre hommage. Et, à propos de la famille, les parents du petit souhaitent vous rencontrer ; ils m'ont chargé de transmettre.

Il a eu un rire :

— Hors caméra, bien sûr.

Soudain, je me suis sentie ridicule. « Hors caméra »… En donnant tant d'importance à cet article, ce « papier » comme on dit, que, dans quelques jours, le temps aurait froissé, j'agissais comme une vedette réclamant l'anonymat. Injuste, également : William Launay, le parrain de Paul ! Que ne l'avait-il dit tout de suite…

J'ai adouci ma voix.

— Veuillez me pardonner. Hier n'a pas été une journée facile. Pouvez-vous dire aux parents de Paul que je suis heureuse d'avoir été la main ayant aidé leur enfant ? Quant à faire leur connaissance : plus tard s'ils le veulent bien.

— Plus tard ? a répondu le journaliste d'une voix vibrante. Il me semble que vous oubliez quelque chose, madame, l'ardente nécessité que peuvent éprouver un père et une mère à mettre un visage sur la personne dont ils pensent, à tort ou à raison, qu'elle a sauvé leur enfant.

Peut-être pour se dire qu'il ne leur a pas été laissé par hasard, et qu'un autre hasard pourra tout aussi bien le leur reprendre demain.

— Nous n'intervenons jamais par hasard, monsieur. Le hasard, nous sommes là pour le contrer.

Ce désir d'en finir au plus vite, cette sensation d'étouffement, d'où me venaient-ils ? De quelle blessure enfouie ? Je me suis reprise.

— Vous vouliez me rencontrer, puis-je savoir pourquoi ?

— Il me semble préférable de reporter à un autre jour, a répondu William Launay, prudent.

— Ça va. Je vous écoute, ai-je insisté.

— J'écris un ouvrage sur les femmes qui exercent des métiers auxquels, jusque-là, elles n'avaient pas accès. J'ai la faiblesse de penser qu'elles y apportent, pour le meilleur, des qualités qui leur sont propres. Un chapitre concernera les pompiers. Le capitaine Dubiez m'a autorisé à vous demander d'y apporter votre témoignage. Seriez-vous d'accord, Ninon ?

— Je ne sais pas, ai-je bafouillé.

Mon doigt a raccroché. J'ai fermé les yeux.

À la porte, il y a eu un froissement. Sophie était là, tenant son lapin par l'oreille.

— Les nouilles ont débordé, maman. Il y a de l'eau partout. Pourquoi tu pleures ?

17

Bien que de repos pour soixante-douze heures, j'ai déposé Sophie chez ma mère et je me suis rendue à la caserne.

9 h 15, sport, gym, musculation. Sans m'arrêter, je suis allée directement frapper à la porte du capitaine Dubiez.

— Entrez !

Lorsque j'étais venue dans ce bureau, trois jours auparavant, Roselyne Lancelin s'y trouvait, le sort de Myriam était en jeu. Trois jours seulement ? Cela me paraissait si loin ! On vieillit d'un coup face à la mort d'un enfant, alors de trois…

— Asseyez-vous, Ninon.

« Ninon »… Aujourd'hui, la compassion prenait le pas sur l'autorité, le père sur le chef.

J'ai pris place en face de lui, de l'autre côté du bureau. Sur celui-ci, des piles de dossiers, plusieurs téléphones, l'écran bleuté de l'ordinateur.

— Je vous écoute.

J'ai poussé sous ses yeux l'article que j'avais découpé. Comme si notre capitaine n'en avait pas eu connaissance ! Comme si tous, ici, ne l'avaient pas forcément lu, ligne après ligne, éloge après éloge, se sentant injustement traités. Et eux, n'étaient-ils pas sur la départementale 943 ? N'avaient-ils pas également sauvé des vies ?

J'ai pointé le doigt sur la signature.

— William Launay m'a appelée hier chez moi. Je lui ai dit ce que je pensais de son ridicule « papier »... L'ange, de quel droit ?

Le capitaine a réprimé un sourire.

— Celui du journaliste à exercer son métier, Ninon. Et n'oubliez pas que c'est le petit qui vous a baptisée ainsi.

Les mots de Launay hier.

— Il ne parle que de moi. Alors que n'importe lequel d'entre nous aurait agi de la même manière, abouti au même résultat. C'est injuste.

— Il se trouve que cela a été vous et que vous l'avez bien fait.

Son visage s'est éclairé :

— Votre esprit de corps vous honore, Montoire. Je crois savoir de qui vous le tenez. On m'a beaucoup parlé de votre père. Ne croyez-vous pas qu'il serait fier de ce que sa fille a accompli ?

— Je suis certaine qu'il désapprouverait cette publicité.

L'un des appareils a sonné : « Pardonnez-moi. » Il a décroché. Tandis qu'il parlait, j'ai tenté de me calmer. La question lancinante remontait à la surface : cette colère, comme une sourde tempête dans ma poitrine, d'où venait-elle ? De quelle angoisse enfouie qui m'avait tenue éveillée toute la nuit et propulsée ici ? Quelle alerte ?

J'ai regardé, au mur, le fanion de la caserne, la grande photo où toute la troupe était représentée, professionnels et volontaires, nous, nous tous. Dans une armoire vitrée, un peu plus loin, des souvenirs d'ici et là, des médailles. Et aussi des coupures de presse jaunies évoquant nos morts au feu. Une tranquille certitude m'a emplie : j'étais d'ici, de cette famille, et nul ne m'en séparerait.

Le capitaine a raccroché.

— Le préfet.

Il a désigné le journal :

— Vous ai-je dit qu'il m'avait chaleureusement recommandé l'auteur du… papier qui vous déplaît tant ?

Je n'ai pu retenir un rire : le docteur Beaumont, conseiller municipal… le préfet… et qui encore ?

— Contrairement à vous, il considère William Launay comme un journaliste sérieux, a poursuivi le chef avec humour. Si j'ai bien compris, il est également écrivain. Vous a-t-il parlé de son projet de livre ? Du chapitre nous concernant ?

Nous y étions.

— Il m'en a parlé, capitaine. C'est pour ça que je suis là : m'autorisez-vous à refuser ?

Sans répondre, le chef s'est levé. Je l'ai imité. Il a replié le journal et me l'a tendu. Puis il s'est dirigé vers la porte. Je l'ai suivi. Arrivé à celle-ci, il s'est arrêté. Sa main est venue sur mon épaule :

— Vous êtes libre, Ninon. Mais prenez le temps de réfléchir. Notre époque, voyez-vous, manque singulièrement de héros. Et, que vous le vouliez ou non, pour beaucoup, à Loches comme à Tours, mercredi, vous avez été une héroïne.

18

L'héroïne, c'est elle !

On appelle Mme Guillou « Chouquette », comme la spécialité de la boulangerie-pâtisserie qu'elle tient avec son mari au centre-ville, elle à la caisse, lui à la pâte. Il faut goûter à ses choux légers comme un souffle, sous les perles de sucre finement caramélisées. On dit que le métier déteint sur le physique de ceux qui l'exercent : crémières blanches et roses, bouchers sanguins. La femme du pâtissier, petite, ronde, cheveux roux comme du sucre filé, mérite son surnom. Le pâtissier ? Lui, on l'imagine bien, ogre la croquant.

Et ce matin, mercredi 13 juillet, exceptionnellement, ce n'est pas pour travailler que les Guillou se sont levés à l'aube, mais afin d'aller célébrer la fête nationale à Paris où vit leur fils et sa petite famille. Ce soir, concert et feu d'artifice sur le Champ-de-Mars, demain, le beau spectacle du défilé sur les Champs-Élysées, bal populaire les deux nuits.

Pour l'occasion, Chouquette s'est acheté une belle robe. Bernard portera son costume. Certes, il n'est pas raisonnable de fermer boutique en pleine saison, mais la « pleine saison », c'est toute l'année chez les Guillou, et à quoi sert de trimer comme des forçats si on se refuse quelques jours de bon temps ?

6 h 30 viennent de sonner au clocher de l'église Saint-Antoine. La place au Blé, sur laquelle donne la boulangerie, s'éveille doucettement. Ils sont attendus à Paris pour le déjeuner, avec le dessert, bien sûr. Vous pouvez employer le mot au pluriel. Il y en aura pour tous les repas et pour toutes les gourmandises.

Tandis que son mari achève de charger la voiture, Chouquette regarde le modeste immeuble, de l'autre côté de la place, la fenêtre aux rideaux tirés, et une ombre vient gâcher son bonheur. Voilà trois matins qu'elle n'a pas vu dans sa boutique la mamie qui habite là, Madeleine Lilas, quatre-vingt-cinq ans, toute courbée, toute cassée, si gentille. Trois matins qu'elle n'est pas venue vers les 10 heures chercher le demi-pain chaud qui lui fera sa journée et la brioche de son goûter. Elle vit seule. Et s'il lui était arrivé quelque chose ?

Dimanche, le premier jour, Chouquette ne s'est pas inquiétée : les rhumatismes avaient dû priver Madeleine de sa sortie quotidienne. L'escalier de la maison est raide et glissant. De plus, elle ne voit plus très bien. Lundi, elle a commencé à se poser des questions et à en poser aux voisins qui l'ont rassurée. L'une ou l'autre des associations de la ville, très actives en ce qui concerne les seniors, avait dû emmener Mme Lilas en balade. Ce ne serait pas la première fois.

Exact ! Sinon que ce serait la première que sa cliente serait partie sans lui en avoir fait part et s'en s'être réjouie avec elle.

Et hier, mardi – veille du grand départ pour la capitale –, troisième jour sans rencontrer la mamie, réellement inquiète, Chouquette a confié la caisse à l'une de ses vendeuses et traversé la place pour aller interroger les autres locataires du petit immeuble, un couple qui occupe le rez-de-chaussée, des clients également, eux du genre grincheux, tout le temps à se plaindre du bruit excessif de la télévision, seule compagnie de l'octogénaire avec son chat : « Jean-René », quelle idée ? Sinon que donner le nom d'un humain à son animal de compagnie consolide l'impression de vivre encore à deux.

Et justement, Jean-René ! La preuve que Mme Lilas s'est absentée, a remarqué le couple. Si elle était tombée, le matou ne se serait pas privé de faire tout un cirque à la porte. Selon eux, le fils de « la vieille » – Chouquette a froncé les sourcils –, garagiste en Normandie, est venu la chercher pour les vacances. N'est-ce pas ce qui est arrivé l'année dernière ?

Au mois d'août, en effet ! Et tous les clients avaient pu partager le bonheur de Madeleine qui s'était ruinée pour acheter à Chouquette un kilo de sa spécialité : un beau paquet. Mais partir en vacances sans avertir personne, qui plus est sans fermer les volets de son appartement, impossible !

*

La voiture est chargée, le rideau de fer baissé. « Réouverture samedi 16 juillet à 7 heures », peut-on lire sur la pancarte. Le patron s'impatiente. Allez, assez traîné comme ça ! Il est temps de partir s'ils ne veulent pas se retrouver dans les embouteillages ; et la chaleur risque de faire tourner certaines crèmes délicates rangées dans le coffre.

— Encore une minute, supplie Chouquette en sortant son portable et en composant le numéro des Renseignements.

Comment n'y a-t-elle pas pensé avant ? Des Raymond Lilas, garagiste à Blonville, petite ville balnéaire sur la côte normande, il ne doit pas y en avoir trente-six.

En effet ! « Souhaitez-vous être mise en communication ? » demande la voix artificielle.

— Bien sûr ! s'écrie Chouquette.

« Nous n'avons pas entendu votre réponse. »

— Oui, rectifie-t-elle avec un soupir. Et tant pis si elle réveille la belle-fille, pas une tendre, celle-là, selon Madeleine.

— Allô ?

Voix courroucée, elle la réveille. Chouquette s'excuse :

— Pourrait-elle parler à Mme Lilas mère ?

Là, c'est une stupeur indignée qui lui répond. La belle-mère ici ? Aux dernières nouvelles, c'est au mois d'août que le garage ferme et que Raymond doit aller la chercher. S'occuper d'une vieille dame impotente demande du temps. Que se passe-t-il ? Un souci ?

— Pas de souci, je m'en occupe, répond Chouquette sèchement avant de raccrocher.

— Allez, cette fois, tu montes. On y va ! tempête le boulanger.

— Non !

Quelque chose est arrivé à sa cliente, Chouquette en est certaine. Elle ne partira pas sans en avoir le cœur net.

19

Il était 7 heures à la caserne. Nous nous préparions à la Prise d'armes du lendemain, fête nationale, quand l'alarme a sonné : une octogénaire victime d'un malaise à son domicile, place au Blé. Accident signalé par une voisine, Mme Guillou, qui nous attendait sur les lieux.

Malaise, chute de personne âgée, la routine, hélas ! Thomas et moi avons décalé.

La place au Blé se trouve près de l'Hôtel de Ville. Là se préparait le vin d'honneur qui suivrait la cérémonie militaire. J'avais été étonnée d'apprendre que j'y étais conviée, ainsi que Luc et Thomas. « Un peu d'honneur, ça ne peut pas faire de mal », avait plaisanté ce dernier.

Tous les Lochois connaissent la boulangerie-pâtisserie Guillou, dont la fameuse « Chouquette » est en quelque sorte la figure de proue. Devant la boutique fermée, au centre d'un petit groupe de curieux, le pâtissier, un costaud au caractère éruptif, disait-on, fulminait près de sa voiture prête à démarrer. Un peu plus loin, au numéro qui nous avait été indiqué, son épouse nous attendait.

Mise en plis toute fraîche, joli tailleur roux, chemisier crème : à croquer… Elle s'est précipitée vers nous.

— Oh, merci d'être venus si vite. Comme vous le voyez, mon mari s'impatiente. Il a peur des embouteillages. Mais je ne pouvais quand même pas partir en laissant Mme Lilas !

Je lui ai souri :

— Eh bien, soyez rassurée, Chouquette, nous allons nous en occuper. Je suppose qu'il y a quelqu'un auprès d'elle ?

Nous arrivions à la porte. Elle s'est arrêtée, l'air confus.

— Il faut que je vous explique…

Elle s'est éclairci la gorge : non, il n'y avait personne auprès de Mme Lilas, pour la bonne raison qu'elle n'était pas tout à fait certaine que la vieille dame se trouvait chez elle. La seule chose dont elle était sûre, c'est qu'il lui était arrivé quelque chose de grave.

— Elle ne serait jamais partie sans me dire au revoir.

Thomas nous avait rejoints avec le sac de secours. Son regard a croisé le mien : fausse alerte. Celles-ci font partie du métier. Le 18 vient automatiquement sous le doigt des inquiets qui n'osent pas toujours appeler la police ou la gendarmerie. La dernière fois : un enfant de quatre ans qui délirait en crachant du sang. Le sang s'était révélé être du jus de tomate fortement agrémenté de gin que le gamin avait sifflé dans le verre d'apéritif de son père tandis que celui-ci téléphonait : un Bloody-Mary.

Résignés, nous avons suivi Chouquette jusqu'au premier. Aucune réponse, ni miaulement du chat, son compagnon, lorsque nous avons sonné, appelé, frappé. Les locataires du rez-de-chaussée, venus aux nouvelles, ont affirmé n'avoir entendu aucun bruit, suspect ou non, dans l'appartement depuis dimanche. Pour eux, Mme Lilas était en vacances.

— En tout cas, pas chez son fils, les a vertement rabroués la boulangère, avant de demander timidement à

Thomas s'il pourrait ouvrir la porte, apparemment munie d'une simple serrure, certainement pas blindée.

— Pas sans la présence de la gendarmerie, a répondu mon bi.

Nous étions de retour sur la place. Autour du boulanger furieux, se trouvaient à présent une bonne vingtaine de personnes.

Chouquette a désigné la fenêtre du premier aux voilages tirés. Même quand sa cliente s'absentait pour une demi-journée, elle fermait ses volets, terrorisée à l'idée d'être dépossédée de ses quelques trésors. Si nous jetions un coup d'œil par là, peut-être verrions-nous quelque chose ? Vérifier ne nous prendrait pas longtemps.

L'obstination de cette femme, sa réelle angoisse, m'ont touchée.

« Puisque nous sommes là », ai-je dit à Thomas.

Il a levé les yeux au ciel : « Maman Teresa ! » Il y a des moments où j'assume.

Après avoir détaché la courte échelle de l'engin, il l'a appuyée au mur. Elle atteignait juste la fenêtre du premier. Il a approché son visage de la vitre. Le bruit de celle-ci, éclatant sous son poing, a paralysé la place.

*

Dans le living dévasté, Jean-René gisait, le cou brisé. Dans sa chambre, ligotée aux bras sculptés d'un fauteuil appelé « bergère », bâillonnée, inconsciente, Mme Lilas respirait encore.

Découvrant sur la table de la cuisine une brioche et un demi-pain rassis dans le sac portant le nom de sa boutique, Chouquette a fondu en larmes.

Smur et gendarmes sont arrivés quelques minutes plus tard. Le médecin nous a laissé un espoir.

Les gendarmes nous ont appris être sur les traces d'une bande de malfaiteurs qui s'attaquaient aux personnes seules et fragiles, s'introduisant à leur suite dans leur logement, dérobant leurs maigres biens. Dans son malheur, Mme Lilas avait eu la chance de ne pas posséder de carte de crédit qui lui aurait valu d'être torturée par ses agresseurs afin d'en obtenir le code.

Voiture blanche et voiture bleue sont reparties. Après avoir rendu compte à la caserne de la fin de notre mission, nous avons suivi.

Autrefois, pour indiquer le nom des habitants d'un hameau, un village, on parlait d'âmes. Qui se soucie aujourd'hui de ces âmes fragiles qui achèvent discrètement leur séjour ici-bas ? Qui s'arrête pour les regarder, cheminant le long des murs afin de pouvoir, au besoin, y prendre appui ? Qui perçoit leur faible voix dans la joyeuse floraison de chansons qui, pour la plupart, parlent pourtant d'amour, de solitude, d'oubli, et le tintamarre de la vie à grande vitesse ?

Si Mme Guillou n'avait pas remarqué, trois jours d'affilée, l'absence de sa cliente du matin ; si elle ne s'en était pas inquiétée, n'avait pas traversé la place pour interroger les locataires du rez-de-chaussée et décidé d'appeler en Normandie ; si elle n'avait songé qu'au plaisir de retrouver les siens à Paris et revêtir sa belle robe pour aller danser, on aurait retrouvé dans quelques jours – quelques semaines ? – une petite vie de rien du tout, desséchée dans une bergère.

*

Il était un peu plus de 8 heures lorsque le patron de la boulangerie-pâtisserie, confus, silencieux, a ouvert à son épouse la portière de leur voiture. Elle s'est contentée de sourire à travers ses larmes lorsque les voisins l'ont applaudie.

La boulangère de la place au Blé n'aura jamais les honneurs de la presse. Amusez-vous à la comparer à un ange, elle vous rira au nez. Pourtant, Chouquette, l'héroïne, c'est vous.

20

Mon père n'aimait pas le 14 Juillet. La prise de la Bastille ? La belle affaire ! Il restait seulement dans les cachots sept épaves ne demandant rien à personne. Une coûteuse et inutile forteresse que Louis XVI projetait de raser. S'il avait mis son projet à exécution, l'Histoire aurait pris un autre cours, peut-être moins cruel, et le malheureux gouverneur de la prison, qui n'avait fait que son boulot en protégeant les réserves de poudre manquant aux insurgés pour leurs armes, n'aurait pas eu la tête tranchée, la première d'une longue série promenée au bout d'une pique.

Papa aimait bien Louis XVI. Un homme certes un peu indécis mais d'une grande érudition, aussi capable de chevaucher toute une journée sans descendre de sa monture que de rester penché des heures dans son atelier sur le mystère de serrures à bricoler. Marié, sans avoir eu droit à la parole, à une fillette arrachée à ses racines, devenue une femme trop poudrée qui ne voyait pas plus loin que le bout de son joli nez d'Autrichienne et parlait étourdiment de brioche quand il eût été urgent de parler de pain.

Le bon peuple de France aimait son roi. Sans les caprices du ciel – un été de sécheresse suivi de deux saisons de pluies diluviennes qui avaient anéanti les cultures et affamé les paysans, cataclysmes auxquels il fallait ajouter une succession de gaffes et autres malentendus, exploités par des adversaires de toutes sortes désireux de s'emparer du pouvoir –, Louis XVI et Marie-Antoinette n'auraient pas été conduits à l'échafaud, où tous deux s'étaient montrés d'un courage proprement… royal.

Bref, si Alfred Montoire n'avait pas été bon mari, bon père et de surcroît pompier, donc de défilé, il aurait volontiers choisi la date du 14 juillet pour aller partager avec les ours la beauté du Mont-Perdu dans ses chères Pyrénées.

J'aimais les longues soirées d'été au goût d'accalmie, les défilés colorés que l'on suit avec des yeux d'enfant, les ciels délirant sous les feux d'artifice, la mélancolie d'un bal musette, et que, partout, on célèbre mon pays. J'aimais surtout voir briller les yeux de Sophie dont c'était la fête préférée. Mais ce 14-là, si proche d'un 6 fatal, je l'aurais bien passé, moi aussi, ours ou non, dans la solitude des cimes enneigées.

*

La Prise d'armes s'est déroulée place de Verdun, devant le palais de justice où, sur une estrade, se tenaient les officiels, le maire et ses adjoints ainsi que quelques invités de marque.

Le soleil faisait étinceler les véhicules disposés en demi-cercle derrière la troupe alignée en tenue d'intervention : casque, foulard rouge de tradition, veste et pantalon bleus, ceinturon de sécurité, gants de travail, bottes lacées.

Les sapeurs qui présentaient le drapeau – orné de notre devise en lettres de feu : « Courage et dévouement » – portaient la hache sur l'épaule, guêtres et gants blancs.

Un groupe fragile d'anciens combattants, coiffés du béret bleu, la poitrine ployant sous les médailles, participait à la cérémonie.

Je n'étais plus vraiment là.

Lorsque, après le court défilé, nous étions arrivés en fanfare sur la place et que j'avais découvert sur l'estrade, près du député-maire, l'homme rondelet, en élégant costume, cheveux gris, fines lunettes, j'avais hésité à le reconnaître. Où l'avais-je déjà rencontré ? À quelle occasion ? Mon cœur, battant la chamade, me l'avait rappelé avant que j'accepte l'évidence : le préfet. L'homme qui, le 6 juillet dernier, était venu sur les lieux de l'accident pour remercier les sauveteurs et saluer les victimes et leurs familles.

Et voilà qu'au pied de l'estrade je remarque l'enfant, le petit garçon entre ses parents. Lui, je ne l'ai vu qu'étendu, blême, les vêtements souillés. Il se tient debout, bien droit, dans un pantalon de toile clair, tee-shirt immaculé, blazer. Et cette femme à ses côtés ne peut être que celle que j'ai surnommée dans mon cœur la « maman au pique-nique ». Cet homme dont la main protectrice enserre son épaule, c'est, bien sûr, le docteur Beaumont.

Derrière le couple, l'autre homme, lui vêtu de façon plus décontractée, courte barbe, lunettes solaires, j'ai su d'emblée qui il était. « Vous ai-je dit que l'auteur du “papier” m'avait été chaleureusement recommandé par le préfet ? » m'avait appris le capitaine.

Et s'éclairait d'un seul coup l'attitude de mes camarades ces derniers jours : les sourires entendus, les conversations qui s'interrompaient sur mon passage, la petite flamme dans les yeux de Luc, la grande dans ceux de Thomas : « Un peu d'honneur, ça ne peut pas faire de mal. »

*

Au son d'une marche, la revue de la troupe a commencé, conduite par le chef. L'hymne national a été joué en sourdine tandis que l'on rendait les honneurs au drapeau. Dans un roulement de tambour, l'appel des morts pour la patrie, des morts au feu, a fait frémir le temps près du monument à eux dédié. Puis, après la minute de silence, *La Marseillaise* a éclaté, reprise par tous.

Le moment de la remise des distinctions était venu.

Les récipiendaires ont été appelés à rejoindre les autorités sur l'estrade. Parmi eux, Joseph qui s'est ébranlé d'un pas lourd.

— Sapeur Montoire !

Avais-je réellement entendu mon nom ? Je n'ai pas bougé.

— Va ! a ordonné Thomas, comme il l'avait fait ce matin-là au pied d'un car disloqué, son sac de secours l'empêchant d'y entrer le premier.

Je me suis dirigée vers l'estrade, j'y suis montée. Le capitaine Jean-Marie Dubiez a remis au sous-officier Joseph Berthelot la médaille d'honneur pour trente ans de service. Puis le directeur départemental des Sapeurs-pompiers a épinglé à ma veste celle du Courage et du Dévouement, que nous appelons la « bleu-blanc-rouge ».

Nous avons regagné nos véhicules et, un à un, ceux-ci ont démarré sous les applaudissements du public : Secours aux victimes, Secours routiers, Fourgon-pompe-tonne, camion-citerne, désincarcération…

*

Lorsque les pompiers sont à l'alignement, le regard se porte automatiquement sur la bande fluo qui permet de les repérer dans la tourmente. Elle forme une ligne continue en haut de leur poitrine et au bas de leur pantalon. Elle court de poitrine en poitrine, de botte en botte. Elle va, de caserne en caserne, de pays en pays, lien indissoluble, attachement indéfectible. Si l'un tombe, tous en ressentent le sombre tremblement. Si l'un est distingué, l'honneur ne peut être que celui de tous.

21

Les invités au vin d'honneur se pressaient dans la grande salle des Mariages, à l'Hôtel de Ville.

La tapisserie colorée des murs rappelait le jumelage de Loches avec Saint-Andrew, en Écosse. Deux tableaux du peintre paysagiste Emmanuel Lansyer, gloire locale du XIXe, encadraient la haute cheminée de pierre blanche ornée d'un écusson à fleur de lis, évoquant une nature tourmentée : là, un arbre abattu par la tempête, ici, la mer à l'assaut des rochers.

Près d'une haute fenêtre donnant sur la place, ma mère et Sophie.

Maman avait-elle été mise dans le secret ? Si oui, elle avait bien su me le cacher. Il est vrai que, ces derniers temps, j'étais plutôt absorbée. Le visage fier, heureux, elle retenait Sophie qui trépignait du désir de me rejoindre : partager ma gloire ?

Avec Luc et Thomas, nous nous étions changés à la caserne. Tenue de cérémonie. Pour les garçons, vareuse, pantalon bleu, chemise blanche. Pour moi, chemisier bleu, jupe de même couleur, petits talons. Alors que nous effectuions, à pied, le trajet vers la mairie, j'avais tenté de plaisanter : ils auraient pu m'avertir, quand même ! Ça m'aurait permis de me préparer à l'épreuve !

— Arrête, s'était agacé Luc, sortant pour une fois de sa réserve habituelle. Tu étais là, tu l'as fait, assume !

Le moment est venu des discours. Le préfet et notre capitaine ont rejoint le député-maire devant la cheminée. Tandis que celui-ci parle de la France, de racines, de fierté, de douceur de vivre, je ne peux détacher mes yeux du petit garçon qui se tient bien droit, visage levé, près des « grandes personnes ». N'est-il pas un peu pâlot ? Est-ce bien raisonnable de lui avoir imposé ce trajet jusqu'à Loches, ces fastidieuses cérémonies ?

Imposé ? Son regard brillant de joie me répond que c'est lui qui l'a voulu. Et les sourires complices échangés avec l'homme à courte barbe et lunettes à verres fumés laissent entendre qu'avec son parrain, ils pourraient être à l'origine de la surprise qui m'a été faite aujourd'hui : la médaille épinglée à hauteur de mon cœur.

Le maire se tourne vers l'homme au visage sensible qui avait parlé avec tant d'émotion un jour de « Plan rouge » :

— Je laisse à présent la parole à monsieur le Préfet.

Celui-ci s'éclaircit la gorge, son regard parcourt la petite foule, s'arrête sur notre groupe, revient vers notre chef.

— Je suis venu exprimer la reconnaissance des Tourangeaux envers ceux qui ont participé au sauvetage de ce qu'ils avaient de plus précieux, leurs enfants. Ce que vous avez accompli ce jour de drame, poursuit-il, s'inscrit dans le droit-fil de l'histoire de Loches, dans ce que notre ville porte de plus haut : l'héroïsme, le combat pour la vie, l'honneur.

« Il a bien parlé, cet homme, on voyait qu'il était ému », avait remarqué ma mère après l'avoir entendu à la télévision.

Et comme ce jour-là, l'émotion l'interrompt quelques secondes avant qu'il ne se tourne vers Paul, lui tende la main, l'attire devant lui.

— Paul est venu remercier une femme qui, par son courage, son sang-froid et sa ténacité, lui a permis d'être parmi nous aujourd'hui : Ninon Montoire.

Dans le silence qui soudain emplit la salle, je marche vers le petit garçon. Je me penche et le prends contre moi. Ce jour-là, mon chat, j'en avais tant rêvé, de te serrer dans mes bras, t'embrasser, te communiquer un peu de confiance avec ma chaleur, faire taire ta peur mieux qu'avec les gestes professionnels. Mais avec le casque, le masque, les gants, dans l'urgence, tu vois…

Il murmure mon nom. À cet instant, il n'y a plus que nous deux et la brûlure éclatante du bonheur. Oui, j'étais là, je l'ai fait, j'assume.

Les applaudissements nous ont séparés. Le préfet, puis le maire, m'ont donné l'accolade – on dit comme ça. Il m'a semblé qu'on attendait que je prenne la parole. La prendre ? Ils en avaient de bonnes, tous. Dans la tourmente de mes sentiments, je n'ai réussi à attraper qu'un mot, et encore, il est sorti en bouillie : « Merci. »

*

— Tu as été très bien, m'a rassurée ma mère, plus tard. C'est avec ses larmes qu'un pompier remercie le mieux. Ce sont elles qui montrent le plus sûrement son courage.

Il était temps de passer aux choses sérieuses : le vin d'honneur, les buffets abondamment garnis.

Dans l'espace libéré par les gourmands, les Beaumont se sont rapprochés des Montoire.

— Alors, il a fallu venir jusqu'ici pour avoir une chance de vous rencontrer ? a demandé le médecin d'une voix brouillée tandis que sa femme m'embrassait en répétant : « Vous… vous… vous… »

Moi, Ninon.

« Vous oubliez quelque chose, madame, l'ardente nécessité que peuvent éprouver des parents à rencontrer la personne dont ils pensent, à tort ou à raison, qu'elle a sauvé leur enfant. »

Où était passé celui à qui, à cet instant, j'avais envie de rendre justice ? Était-ce par discrétion qu'il s'était évaporé ou parce que, lorsqu'il m'avait appelée, je lui avais pratiquement raccroché au nez ?

Entraînés par Thomas, nous avons rejoint les gourmands, heurté nos coupes à celles de personnes connues et inconnues, picoré dans les jolies plates-bandes du buffet. Paul et Sophie s'apprivoisaient du côté du sucré. Discrètement, maman se tenait à l'écart, mais on pouvait compter sur elle pour ne rien perdre d'un moment de bonheur dont elle ferait son miel durant les semaines à venir, que dis-je, les années. Chez les Montoire, on est conservateurs d'arcs-en-ciel.

*

Je ne sais plus bien à quel moment – le champagne, l'après-midi, je n'ai pas tellement l'habitude et ma tête commençait sérieusement à tourner – Paul a désigné mes boucles qui, au sortir du casque, ont une fâcheuse tendance à faire du mauvais esprit.

— Ils sont marrants, tes cheveux, j'aime bien !

— C'est des cheveux d'ange, a résumé Sophie.

L'auteur du fameux article n'était toujours pas là pour apprécier.

Je me souviens que c'est à l'instant où j'ai cru le voir, près de son ami le préfet, que, comme un avertissement, notre deux-tons a éclaté dans une rue proche. Instinctivement, je me suis tournée vers la fenêtre, dressée sur la pointe de mes bottes : qui ? Où ? Vite !

Mes bottes ? Bien sûr, tout le monde a ri.

Puis vint le temps pour Paul, dont c'était la première sortie, de reprendre le chemin du bercail. Comme il s'y refusait, je lui ai promis que la prochaine fois, ce serait moi qui viendrais le voir chez lui. Pourquoi pas sur un terrain de foot ? « Allez, le FC Tours ! »

Alors seulement, il a accepté de me quitter : une promesse de pompier compte double.

22

Il est presque 4 heures. Déjà ? Sous prétexte d'aller me rafraîchir, je m'éclipse. Je m'évade ?

Le beau bâtiment de la chancellerie est tout proche de l'Hôtel de Ville. Cet après-midi, il est ouvert au public ; une chance : j'ai rendez-vous avec mon père.

La salle des Caravage se trouve au premier. Un petit groupe de touristes, nez levé, y admire les toiles du maître italien ; photos interdites, quel repos ! Je me glisse parmi eux.

L'Incrédulité de saint Thomas représente le Christ guidant la main de son disciple vers la blessure que la lance d'un soldat, voulant s'assurer de sa mort, lui a faite au côté. Pour que Thomas croie à la résurrection, il faut qu'il touche la plaie. La torture du doute creuse de profonds sillons sur son front. Bientôt, il s'écriera : « Mon Seigneur et mon Dieu. »

Ce passage de l'Évangile émouvait toujours mon père bien qu'il ne crût plus ni à Dieu ni à Diable.

C'est à la *Cène à Emmaüs* qu'allaient nos préférences. Trois jours se sont écoulés depuis la Crucifixion. Deux disciples accablés, orphelins, font route vers le village. Ils ne peuvent se résigner à la mort de celui qui accomplissait de si beaux miracles et redonnait courage et espoir à leur peuple. Mais voici qu'un inconnu se joint à eux, chemine en leur compagnie, entend leur plainte, les apaise. Il semble connaître mieux qu'eux la parole de Jésus. À l'auberge où, à leur demande, ils prennent ensemble le repas du soir, lorsque l'inconnu bénit le pain, le rompt et le partage avec eux, leurs yeux se dessillent, l'allégresse emplit leur cœur : c'est LUI.

Dans les explications du guide, l'expression « clair-obscur » revient à plusieurs reprises. C'est cette lumière transparente, surnaturelle, mêlée d'ombre, imprégnant les visages sur la plupart de ses toiles, qui définit l'œuvre du grand peintre : joie et chagrin, espérance et doute.

J'attends que le groupe se soit éloigné pour m'approcher. Claire-obscure, mon âme, si j'en ai une ! Partagée durant toute cette journée entre la joie d'être fêtée par mes camarades, le bonheur de serrer Paul contre moi et la voix qui me soufflait que je ne méritais pas d'être ainsi honorée.

*

— C'est ce tableau-là que je préfère. Pas vous ?

Je me fige. L'homme qui vient de surgir à mes côtés n'a pas songé à se présenter. Je ne lui demanderai pas qui il est. Je le sais.

Ce matin, place de Verdun, devant le Palais de justice, sans l'avoir jamais vu, je l'ai tout de suite reconnu, lui, si peu officiel parmi les « officiels », les hommes en uniforme ou costume sombre, qui assistaient à la Prise d'armes. Dans sa tenue décontractée, avec ces cheveux un peu longs, cette barbe mal domestiquée, ce sourire surtout qui semblait flotter, léger, sur son visage, il ressemblait à son article. Et si j'avais conservé un doute, son attitude complice avec son filleul, à l'Hôtel de Ville, me l'aurait ôté.

De plus près : cheveux sombres légèrement mêlés de blanc comme la barbe, lèvres fines, yeux marron. Et toujours ce sourire, ironique ? malicieux ?, qui semble s'adresser autant à lui qu'à moi. Quoi qu'il en soit, la vaillante Ninon Montoire, médaillée pour son sang-froid face à une situation tragique, ne réussit qu'à bredouiller lamentablement.

— Comment m'avez-vous trouvée ?

— Mais je ne vous ai jamais perdue, Ninon. Vous étiez seulement un peu trop entourée à mon goût.

Ninon.

— Ce ne serait pas à cause de vous ?

— Disons plutôt que c'est grâce à Paul.

Sans cesser de sourire, il s'écarte un peu, désigne mes cheveux, imite l'enfant : « Marrantes, les boucles, j'aime bien ! » Et il ajoute :

— J'ignorais que le soldat cachait une femme aussi belle.

Clair-obscur : j'ai envie de fuir, je reste clouée au sol. L'irruption bruyante d'un nouveau groupe de touristes me libère.

— Merci. Pardonnez-moi, je dois y aller.

Je lui tourne le dos et me dirige vers la porte.

— Ninon ?

Ninon.

Je m'arrête. Il me rejoint.

— Et ma réponse ?

— Pour le tableau ? C'est en effet *La Cène* que je préfère.

— Et pour une future collaboration sur les pompiers au féminin, dans mon essai ?

— Au féminin ou au masculin, un pompier agit de la même façon.

— Ce que m'a raconté Paul de votre attitude avec lui, dans le car, n'allait pas dans ce sens. Ni votre trouble il y a un instant à l'Hôtel de Ville.

— J'étais émue. Nous l'étions tous, hommes et femmes, sans distinction.

— Dois-je en conclure que c'est non ?

Je regarde William Launay bien en face. Il y a des « non » de toutes les couleurs : de circonstance, de dédain, d'ennui. Il y en a de survie. J'affermis ma voix.

— C'est non, monsieur. Mais rassurez-vous, je ne suis pas la seule femme à la caserne. Le capitaine Dubiez se fera un plaisir de vous trouver une autre interlocutrice.

Je passe la porte de la salle aux Caravage, louvoie entre les visiteurs jusqu'à l'escalier, m'y engage.

— Pourquoi fuyez-vous ?

Je ne prends pas la peine de me retourner, continue. N'ai-je pas le droit d'être fatiguée ? J'ai simplement envie de rentrer chez moi, laisser tomber uniforme et médaille, me rafraîchir, rassembler mes idées. Il faut reconnaître qu'elles prennent de drôles de directions, mes idées ! Je ne les contrôle plus. Et l'écrivain, pardon, l'essayiste, a sans doute raison sur un point : les femmes font la part plus belle à l'émotion ; sans doute parce qu'elles portent la vie en elles, et que la vie n'est qu'émotion.

Le hall, la rue. Et le salut ! Ma mère et Sophie. Sophie qui se précipite vers moi.

— Où t'étais, maman ? On t'a cherchée partout.

Son regard intrigué – soupçonneux ? – s'arrête sur celui qui nous rejoint et, sans façon, ou plutôt si, avec élégance, se présente à ma mère :

— William Launay.

Maman a-t-elle reconnu le nom ? Fait le lien avec l'auteur de l'article ? Elle lui tend la main avec un sourire hésitant. Il la prend et la porte à ses lèvres.

— Heureux de faire votre connaissance, madame.

Puis il se penche vers Sophie.

— Salut, l'angelote !

Elle écarquille les yeux.

— C'est quoi, une angelote ?

— À ton avis ? La fille d'une ange.

— On dit pas « une ange », rectifie la bonne élève en riant.

— Et tu trouves ça juste, toi ?

Il se redresse :

— En tout cas, tu peux être fière de ta maman. Ton papa aussi. Tu le lui diras de ma part.

Son papa ? Sophie m'interroge du regard.

— Merci, nous transmettrons, dis-je.

23

On dansait place de la Marne, veillée par la tour Saint-Antoine aux élégants chemins de ronde où se chuchotait entre les crénelures que récemment un homme s'y était juché, qui se croyait des ailes. Où êtes-vous Étienne Gandois ?

On dansait place au Blé, devant le rideau baissé de la fameuse boulangerie-pâtisserie Guillou. Où êtes-vous, Chouquette ? Dansez-vous ?

On dansait à l'ombre des remparts, rue du Château, près d'une maison de tuffeau blanc où, derrière les volets clos du premier étage, filtraient des rais de lumière. Êtes-vous là, Roselyne ?

On dansait au son de l'accordéon, d'une guitare, d'un violon. Aux accents de l'orchestre de l'école de musique qui, sur la place de Verdun, avait remplacé la fanfare et les roulements de tambour à l'appel des morts pour la patrie.

Cette nuit du 14 Juillet où les façades tendrement éclairées des monuments donnaient à la ville une couleur mandarine, on fêtait tout simplement le bonheur d'appartenir à un pays où régnaient la paix, la liberté, et, pour la plupart, la douceur de vivre.

Maman dansait avec Thomas, je dansais avec ma fille. Sans casque, sans bottes, sans médaille, en robe fleurie, jambes et épaules nues, légère ?

Thomas dansait avec Sophie, je dansais avec ma mère. Son regard m'interrogeait : « Es-tu heureuse ? » Couci-couça, maman, clair-obscur, oui et non, ni oui ni non, Ninon.

Soudain, au coin d'un immeuble, un bandeau retenant ses cheveux bruns, des lunettes sombres cachant en partie son visage, il m'a semblé voir Myriam. Devais-je aller la trouver ? Lui demander de ses nouvelles ? Mais le temps que je m'interroge, elle avait disparu. D'ailleurs, était-ce vraiment elle ? Ce matin, déjà, place de Verdun, j'avais cru l'apercevoir parmi les badauds. Et aussi vendredi dernier, alors que je me rendais à la caserne pour y rencontrer le capitaine. Allons, Ninon, tu as un peu trop tendance à fantasmer, ces temps-ci !

— Vous dansez, ma dame ?

Thomas, également en civil, beau garçon, ma foi, lui « gentil homme », s'inclinait devant moi.

Nous étions place du Marché-aux-Fleurs et c'était une valse autour de la statue d'Alfred de Vigny, en redingote de bronze, port altier, fixant le lointain, nous fixant, abrogeant tranquillement le temps : nous passons…

Trois petits tours et Thomas a chuchoté à mon oreille :

— Qu'est-ce qui ne va pas, ma Ninouchette ?

Normalement, seul mon père avait le droit de m'appeler ainsi. Et, à lui seul, j'aurais osé parler de ce poids, cette ombre au cœur, qui, depuis ce matin, m'empêchait de profiter pleinement d'une belle journée de fête. Et j'aurais pu compter sur lui pour ne pas me lâcher avant confession complète.

Je n'ai pas répondu.

Trois petits tours et mon danseur est revenu à la charge.

— C'est ce journaleux ?

J'ai souri dans son épaule. Dans le « eux », son pesant de jalousie. Il sentait tout, mon bi.

— Oui et non.

— On commence par lequel ?

J'ai commencé par le « non ».

Non, parce que le poids était là avant William Launay. Oui, parce qu'avec son foutu article il l'avait décuplé. Écoute, Thomas, et promets de ne pas rire : jeu de l'oie, case labyrinthe, comme ma conscience. Ce n'est pas moi qui ai sauvé Paul, c'est Sophie. Si je ne m'étais pas dit : « C'est sa vie que je tiens, là, sous mon doigt », j'aurais lâché, juré ! Et depuis, il me semble qu'en l'appelant à l'aide, je l'ai fragilisée, que j'ai pris en quelque sorte une hypothèque sur sa vie. « Mais qu'est-ce que tu vas chercher là ? » se moquerait mon père. C'est sans doute qu'avec ce boulot de dingue on en voit un peu trop de toutes les couleurs, ça finit par vous entortiller les idées. Voilà, Thomas, c'est dit !

Il m'a écartée de lui.

— C'est tout ? Ouf ! Je commençais à croire que tu avais tué quelqu'un.

Exact ! Le remords vous empoisonne à petit feu, surtout quand on le boucle en soi en y ajoutant la honte. Et cette brûlure qui montait de ma poitrine à ma gorge débordait par mes yeux, laissant place à un douloureux soulagement, c'était le poison qui sortait. Oui : ouf !

*

Où étaient passées maman et Sophie ?

— Maintenant, viens par là qu'on en finisse, a ordonné Thomas.

« Qu'on en finisse », il en avait de bonnes !

Il a pris ma main et m'a entraînée dans la ruelle des Trois-Rois. Quels rois, déjà ? À Loches, on en avait à revendre. Il faudrait que je me renseigne.

— À mon tour d'avouer, Ninon. Tu promets de ne pas rire ?

J'ai promis. Même si, devant les airs exagérément confus de mon bi, je riais déjà : il est vrai que j'avais du retard à rattraper.

— Tu as raison pour le boulot qui vous entortille les idées. Mais il y a un rêve qui me poursuit, le même presque chaque nuit. À la vérité, on peut dire que je le caresse.

J'ai ri.

— C'est du propre ! J'espère au moins qu'il est beau.

— Oh là là, écoute ça ! Une femme est en danger : eau, gaz, feu, tu choises… Question de vie ou de mort. Et que voit-on à l'horizon galoper pour la sauver ? Quel preux chevalier ? Votre serviteur, ma dame. Et là, tu ne me croiras jamais, cette femme de mon rêve, elle a de drôles de boucles, des yeux verts, un foutu caractère. On dirait qu'elle te ressemble.

Là, c'est lui qui a ri, un peu à côté. Plus moi.

— Il est même arrivé qu'elle m'aide dans ce boulot de dingue. Qu'elle me redonne un peu de force à l'ouvrage quand la mienne flanchait.

Ses yeux m'ont caressée sans façon :

— À ton avis, je l'ai fragilisée, la pauvrette ? J'ai pris une hypothèque sur sa vie ?

— Bien sûr que non, mon Thomas.

— Waou ! Et tu vois, rien que de te l'avoir dit, ça va mieux. Alors voilà ce que tu vas faire avec ton hypothèque à toi : tu vas tout raconter à Sophie.

D'un seul coup, le poison a repiqué dans ma gorge.

— Tu es fou, Thomas, elle est trop petite, elle ne comprendra pas.

— Et si on lui expliquait tous les deux ensemble ?

J'ai demandé tout bas :

— Tu crois ?

— J'en suis sûr. Quand ?

— Demain. Au p'tit déj'.

— Ça roule. Combien de croissants ?

*

Des croissants, des fleurs, des gerbes, des fusées ont illuminé le ciel, nous apportant la bénédiction du Très-Haut. Ils sont retombés en pluie, averses et giboulées d'étoiles sur la ville, son château, son donjon, ses tours, ses maisons blanches et rouges, la petite et la grande histoire, nous.

Quand vous regardez un feu d'artifice, à la fois vous attendez avec impatience le bouquet final, l'apothéose, et vous voudriez retenir le temps car le propre de l'apothéose est d'être trop parfaite pour durer, un sommet d'où l'on ne peut que redescendre, comme des hauts plateaux incandescents de bonheurs fous, ou du plaisir extrême, au pic de l'amour.

Attaqué de tous côtés par les cris d'espoir des hommes, le ciel s'est embrasé. Puis, après la dernière salve, un silence sidéral a accompagné le retour de la nuit. Telles les pulsations d'un cœur qui se remet à battre, les accents de la musique ont circulé d'artère en artère, de place en place, entraînant les danseurs.

Mais voici que Thomas me prend contre lui, il me serre fort, je sens son désir, je le sens trembler. Je m'écarte le plus doucement, le plus tendrement possible. Non,

Thomas, pardonne-moi, ce n'est pas comme ça que je t'aime.

Et je ne t'ai pas tout dit.

« Pourquoi fuyez-vous ? » m'avait demandé le « journaleux ».

Si j'ai décidé de fuir, de le fuir, c'est que depuis cinq ans et un certain Québécois au nom impossible, un trop beau et trop caressant salaud qui m'a laissé corps et cœur sur le pavé, jamais je n'avais éprouvé un tel bouleversement.

Et on ne sait que trop bien comment l'histoire s'est terminée.

24

Mardi 27 juillet, 11 h 10. Nous sommes en exercice lorsque l'alarme sonne : feu de cave rue de la porte Poitevine. Un fourgon-pompe-tonne, armé de ses six hommes, dont un sous-officier, part sur le lieu d'intervention.

On appelle ce fourgon : l'« engin à tout faire », c'est le préféré de Sophie. Elle assure qu'il cache un mystère derrière ses stores métalliques. Que va chercher l'imagination d'un enfant ?

11 h 30, nous nous préparons à passer à la douche lorsqu'une demande de renforts nous parvient de la première équipe : dégagement de fumées important, immeuble HLM ancien, cave sans électricité au cheminement difficile.

Luc, Thomas et moi, ainsi que trois volontaires, décalons dans le second engin-pompe.

Sur le chemin, tandis que nous capelons[1] l'appareil respiratoire isolant[2], la bouteille d'air comprimé, fixée sur un harnais porté au dos, soudain mon cœur s'emballe :

1. Capeler : enfiler comme un sac à dos (l'appareil a des sangles).
2. Appelé l'ARI.

rue de la porte Poitevine, une HLM. N'est-ce pas là que Myriam habite ?

— Thomas ?

Le regard sombre de mon équipier m'indique qu'il se pose la même question. D'ailleurs, je n'ai même pas eu besoin de prononcer le nom.

— Du calme, Ninon. T'emballe pas, rien n'est certain, maugrée-t-il.

Bien sûr que si, je m'emballe ! « Vous me reverrez », cette phrase lancée tel un défi par la jeune femme le jour de son départ forcé. Son visage, qu'il m'a semblé apercevoir à plusieurs reprises ces derniers temps, comme si elle m'espionnait…

Ironie du sort, signe du destin ? Pierrot, auquel Myriam s'était affrontée le jour où son larcin lui avait valu d'être rayée des effectifs, fait partie de l'équipe. Lui semble paisible. Il n'a pas fait le lien.

*

Nous arrivons.

L'immeuble donne sur un carrefour. Un large périmètre de sécurité a été installé. Nous nous garons près du premier camion, à l'arrière duquel le tuyau d'alimentation d'eau court vers l'entrée de l'immeuble. Un second tuyau est raccordé à une bouche incendie sur le trottoir.

— Feu éteint, nous indique le conducteur.

Je respire. Que suis-je allée imaginer ? Sophie a de qui tenir avec ses mystères.

Laissant les volontaires à l'arrière, Thomas et moi suivons Luc jusqu'à la loge. La robe fleurie de la gardienne, une robuste femme d'une cinquantaine d'années, tranche joliment avec les uniformes du capitaine de gendarmerie et du sous-officier du premier fourgon. Ce dernier nous confirme l'information : le feu a été circonscrit. Ventilation en cours. Dans les étages, des hommes s'assurent qu'aucun locataire n'a été incommodé par les fumées. Ils frappent à toutes les portes, rassurent les angoissés.

11 h 45, voilà un peu plus de trente minutes que l'alarme a retenti à la caserne : opération rondement menée. Luc sourit à la gardienne.

— Vous nous avez appelés à temps, madame. Merci.

Celle-ci ouvre de grands yeux.

— Mais ce n'est pas moi qui ai appelé. C'est Mlle Legendre.

Je ne peux retenir un cri : « Myriam ? »

— Oui, c'est elle qui a senti la fumée en premier, acquiesce la gardienne. Elle a dit qu'elle appelait sa caserne et elle est descendue avec l'extincteur.

« Sa » caserne ?

— Et où se trouve-t-elle à présent ? demande Luc d'une voix tendue.

— Mais je ne sais pas. Je pensais qu'elle était avec vous ?

Le capitaine de gendarmerie regarde notre sous-officier, interrogateur : qui est cette Myriam ? Je n'ai pas envie qu'il le lui dise.

— L'avez-vous vue remonter, madame ?

— Je n'ai pas regardé. Vous arriviez, et il y avait les locataires…

C'est non !

D'un même mouvement, Thomas et moi nous tournons vers Luc.

— Caporal Vailly, sapeur Montoire, fouille des caves, ordonne-t-il.

*

Vite !

La porte, au fond du hall, est gardée par un pompier. Nous y courons. Tout en examinant le plan fixé au mur, j'accomplis les gestes tant de fois répétés : vérification que la bouteille d'air est bien ouverte, branchement des écouteurs qui nous permettront, Thomas et moi, de rester en contact l'un avec l'autre et tous les deux avec le chef.

Celui-ci nous rejoint, accompagné de Pierrot. Le regard du volontaire supplie. Les nouvelles circulent vite lorsque l'un des nôtres est impliqué. Des nôtres, Myriam ? Lui qui a si souvent travaillé en binôme avec la rebelle réclame d'y aller aussi.

La ligne-guide, une corde qui va de l'entrée de la cave au lieu du sinistre, a été tendue par les premiers attaquants. Elle leur a permis de ne pas s'égarer, et à ceux qui ont suivi, d'acheminer en un minimum de temps les moyens de combattre l'incendie. Leurs noms, ainsi que leur heure de départ, sont inscrits à la craie sur le bois de la porte. Pierrot a déjà sorti la sienne pour y ajouter les nôtres.

Prêts !

Dernier flash avant l'enfer : Luc ouvre grande la porte pour nous, un épais rouleau de fumée grise s'échappe du boyau comme le souffle d'un mauvais génie, la craie se brise entre les doigts du volontaire.

Main sur la corde, nous descendons l'escalier abrupt, nous enfonçons dans l'obscurité. On appelle également la ligne-guide le « fil d'Ariane », du nom de la déesse qui permit à Thésée de sortir du labyrinthe après avoir tué le Minotaure. Et c'est bien un labyrinthe qui nous attend en bas des marches, réseau compliqué d'allées étroites et terreuses, ponctué de portes numérotées. Thomas devant, nous avançons sans hâte, fouillant de nos torches chaque local, chaque réduit, chaque recoin, explorateurs d'un monde enfoui : meubles disloqués, machines ménagères rongées par la rouille, matelas souillés, le guidon d'un vélo. Dans mes écouteurs, j'entends la voix de Thomas rendant compte de notre progression à Luc. Dans ma conscience, celle de Myriam me crie que je n'ai pas su mesurer la profondeur de sa détresse.

Arrêt de la ligne. L'eau dans laquelle nous pataugeons confirme que nous avons atteint le but. Au fond de la cave, un petit monticule de bois et autres débris calcinés indique le départ du feu. Thomas fait le tour des lieux avec sa torche, se baisse pour ramasser quelque chose.

Sa voix, altérée : « C'est bon, on remonte. »

Depuis combien de temps sommes-nous dans le labyrinthe ? L'ARI nous fournit vingt minutes d'autonomie respiratoire. Lorsqu'il n'en reste que cinq, un sifflement nous avertit que nous atteignons la réserve de la bouteille et qu'il est temps de faire demi-tour.

Je demande :

— Es-tu sûr qu'on a bien regardé partout ?

— Sûr, répond Thomas. Elle n'est plus là.

Et, comme il prononce ces mots, ma torche déclenche, de l'autre côté de l'allée, un bref scintillement rouge. « Elle est descendue avec l'extincteur », a dit la gardienne.

Je m'arrête, insiste avec la lampe. L'appareil se trouve à l'entrée d'une sorte de goulet au fond duquel on distingue une poubelle.

— Ninon, tu suis ? demande la voix de Thomas dans mes écouteurs.

Près de la poubelle, on dirait un tas de vieux vêtements. Je lâche la corde, pénètre dans le goulet. Mon cœur bondit : une botte ? Je tombe à genoux, écarte les plis d'un foulard et dégage un visage noirci. N'aie pas peur, Myriam, je suis là ! Penchée sur elle, je tapote les joues, guette un souffle de vie. Reviens, Myriam, reviens ! Une main agrippe la courroie de mon ARI, une bouche se colle à mon cou, une voix murmure : « Je suis désolée », un corps retombe.

— Ninon, Ninon, où tu es, bon Dieu ?

Vite, mon Dieu !

Je me redresse, empoigne les épaules de Myriam, la tire dans l'allée, me colle à la corde, entame la marche arrière. Et soudain mon talon bute sur un objet, je perds l'équilibre. Choc violent à la nuque. Plus rien.

25

Lorsque Thomas est parvenu jusqu'à Ninon, le sifflement de sa bouteille lui indiquait qu'il était temps de rebrousser chemin. Le même qui devait avertir Ninon du danger, mais qu'elle ne pouvait entendre.

Elle gisait, inanimée, près de Myriam. L'aide réclamée dès qu'elle avait cessé de lui répondre arrivait : Luc et Pierrot. Les laissant s'occuper de la victime, il a soulevé dans ses bras son équipière, sa femme, son amour, et l'a portée jusqu'à l'escalier. Gravissant les marches abruptes, il se sentait la force d'un géant, la faiblesse d'un Titan soumis aux battements de son cœur. Il l'a ramenée à la lumière.

26

— Ma Ninon, tu m'entends ?

J'ouvre les yeux. Paupières de plomb, brouillard. Au-dessus du mien, le visage de Thomas et celui d'une femme.

Je baisse le rideau, si fatiguée.

— Tout va bien, madame. On s'occupe de vous. Je suis médecin. Respirez.

Je rouvre. Masque à oxygène, aiguille de perfusion dans mon poignet, couverture de survie, bercement continu sous mes reins. Je suis dans une ambulance et c'est pour moi que retentit la sirène.

« Thomas ? »

J'ai voulu crier, aucun son n'est sorti de ma bouche. Le visage de mon bi se rapproche. Il sourit.

— Le coup du lapin, causé par une bûche, assaisonné d'un bon bol de fumée, il fallait le faire, ma Ninon !

La fumée, la cave, l'extincteur, mon pied qui trébuche, soudain tout est là.

— Myriam ?

Là, j'ai réussi à émettre un couinement lamentable. Thomas ne sourit plus. Combien de fois nous sommes-nous juré de ne jamais nous mentir ? Toute la tristesse du monde dans ses yeux m'apprend que, pour la « bonne à rien », la partie est terminée.

*

En ce qui concernait le « coup du lapin », les radios n'avaient rien montré d'alarmant, le casque avait joué son rôle protecteur lorsque j'avais chuté sur la bûche. Plutôt qu'une rasade de fumée, c'était un bref manque d'air qui m'avait envoyée dans les vapes. Après quelque temps passé aux Urgences, état jugé satisfaisant, la perfusion m'a été retirée ; mais lorsque j'ai demandé à quitter l'hôpital, un refus net m'a été opposé. Si tout allait bien : demain en fin de matinée.

Ma mère m'attendait dans ma chambre lorsque j'y ai fait mon entrée, en fauteuil roulant. À elle également, un serment avait été fait : quoi qu'il arrive à sa fille, Thomas l'en avertirait.

L'infirmière sortie après m'avoir calée à mes oreillers et expliqué un tableau de bord que je connaissais par cœur – comment appeler, allumer, éteindre, monter et descendre le lit –, maman est venue poser ses lèvres sur mon front.

— Alors, ma fille ?

C'était un jour à lunettes noires et à voix trop rose. Je lui ai tendu la main. Elle l'a enfermée dans les siennes.

— Inutile de parler, repose-toi, ma chérie, je sais tout.

Tout ? Même le prénom impossible à prononcer sans tomber dans le mystère caché derrière les stores métalliques d'un camion-pompe ? L'eau sans laquelle toute vie est impossible. Le fleuve noir dans lequel s'était noyée la vie de Myriam.

J'ai demandé :

— Sophie ?

— Je l'ai confiée à la voisine. On lui parlera ensemble quand tu rentreras à la maison, d'accord ?

D'accord, bien sûr ! Pour une petite fille de cinq ans, même se targuant de tout connaître du métier de sa maman, la savoir à l'hôpital sans avoir le droit de lui lancer la phrase fétiche, pas précisément top !

Ma mère à moi ne s'est guère attardée. Consigne avait été donnée de ne pas fatiguer la patiente. Elle devait récupérer Sophie avant que de sombres bruits et rumeurs alarmantes n'aient frappé aux murs de la voisine. Et il lui fallait préparer son acte d'héroïsme à elle : s'assurer, pour venir me chercher demain matin, soin qu'elle ne laisserait à nul autre, que la voiture de son époux, qui sentait encore, dans les replis de ses sièges en cuir, l'air des cimes et le bonheur enfui, consentirait à sortir du garage.

*

Plus tard, j'avais eu droit à une tasse de thé et une madeleine – bonjour, Madeleine Lilas, n'êtes-vous pas dans ce même hôpital ? –, on a frappé à ma porte.

Voyant entrer le capitaine et Luc, j'ai voulu remonter le lit.

— Restez comme vous êtes, Ninon ! a ordonné le chef.

Et il a ajouté d'une voix brouillée :

— Quand cesserez-vous de nous donner des émotions ?

L'émotion était dans ses yeux et dans ceux de notre sous-officier. Elle ne s'adressait pas seulement à moi. Après quelques questions touchant mon état, mots de circonstance qui tombaient dans le vide, vains, inutiles, je leur ai facilité la tâche en prononçant la première le prénom qui nous brûlait les lèvres et la conscience : Myriam.

Ils étaient venus me parler d'elle.

Tout avait été tenté pour la ranimer : en vain ! Elle était déjà partie lorsque Luc et Pierrot l'avaient ramenée à la surface, vaincue par la fumée. Je n'avais pas à m'en vouloir, j'avais fait le maximum.

Partie, Myriam ? J'ai senti sa main agrippant la courroie de mon ARI. J'ai entendu sa voix : « Je suis désolée. » La fumée s'est déployée dans mon cœur. Merci pour le cadeau.

Myriam n'avait révélé à personne qu'elle avait été exclue de la caserne, ni à sa famille, ni dans son HLM. Elle quittait régulièrement celle-ci comme si elle faisait toujours partie des nôtres, pour accomplir des heures de garde fictives. De quelle façon employait-elle ses journées ? Je n'étais pas la seule à l'avoir vue rôder autour de « Pompier-land », terme qu'elle affectionnait et que, contrairement à nous, elle prononçait sans plaisanter. Land : territoire, terrain, qui avait pour elle remplacé la lande aride, désertée par l'amour familial.

C'était bien Myriam qui avait donné l'alerte ce matin, raccrochant sans se nommer. L'adresse du sinistre avait mis la puce à l'oreille de la stationnaire à qui il n'avait pas été difficile de trouver l'identité de son interlocutrice, au moyen du numéro de portable que celle-ci n'avait pas songé à masquer.

— D'après les premiers éléments de l'enquête, il s'agirait d'un incendie volontaire, a déploré sombrement le capitaine. On a retrouvé sur les lieux les restes d'une bouteille d'essence ainsi qu'un briquet de la caserne.

J'ai revu le petit monticule calciné, Thomas ramassant quelque chose : la preuve irréfutable.

Myriam prépare son feu avec ce qu'elle trouve alentour. Ce ne sont pas les munitions qui manquent. Elle y répand le contenu de la bouteille, utilise le briquet, remonte en vitesse, appelle la caserne, avertit la gardienne de notre arrivée, redescend avec l'extincteur.

Mais voilà que celui-ci, pas ou mal vérifié, refuse de fonctionner, ses yeux la brûlent, sa tête tourne, elle étouffe. Elle parvient à s'extraire de la cave. Où est le chemin ? L'extincteur lui échappe. Elle trouve la force de se traîner au fond du goulet à poubelles. A-t-elle entendu notre deux-tons avant de perdre conscience ?

— Vous avez fait tout ce qui était en votre pouvoir pour la sauver, Ninon, m'a répété le chef. Elle nous avait déjà quittés lorsqu'elle a été remontée.

« Je suis désolée »… Ses regrets ? Ses adieux ?

Fallait-il que son éviction de la caserne lui ait fait perdre la raison pour qu'elle ait espéré un instant, en combattant un feu allumé par elle-même et en faisant preuve de bravoure, retrouver sa place au sein de notre compagnie ?

À moins que l'ex-soldat du feu n'ait choisi ce moyen pour nous fausser compagnie, en signant son adieu avec le briquet ?

Le saurons-nous jamais ?

*

Avant de me laisser, le capitaine a annoncé qu'il me mettait sur la touche durant une quinzaine. Il ne voulait plus me voir à Loches avant la mi-août. N'avais-je pas prévu de prendre mes vacances à cette date ? Ordre m'était donné de les avancer. J'ai seulement obtenu de ne partir qu'après l'enterrement du sapeur volontaire Myriam Legendre.

— Le caporal Vailly a reçu les mêmes instructions, a-t-il ajouté. Comme vous pouvez l'imaginer, cette mission l'a un peu secoué lui aussi.

« Secoué » m'a bien plu. N'emploie-t-on pas ce mot pour des personnes atteintes de folie douce ? Durant cette opération où la folie avait été furieuse, trois soldats – pas de féminin à ce mot-là – avaient joué leur vie. Le premier l'avait brûlée, comme on brûle ses vaisseaux, sans espoir de retour. Le second avait failli perdre la sienne pour la sauver, oubliant la règle d'or : un pompier ne part jamais seul au feu. Le troisième avait été mis, bien malgré lui, en demeure de concrétiser un rêve que, jusque-là, selon ses propres termes, il s'était contenté de caresser. Oh, mon Thomas !

27

Il est revenu un peu plus tard en compagnie de notre garde-chiourme.

Une chambre d'hôpital, une femme pompier en toute petite tenue dans un lit, des regrets à exprimer, ce n'était pas tellement la chope de bière de l'intraitable sous-officier Joseph Berthelot et je l'ai vu, pour la première fois, accomplir une mission à reculons.

Tandis que mon sauveur s'assurait que je respirais toujours, ne se privant pas de me caresser de la main et du regard – certes secoué, blafard, mais dans les yeux une joie à tout casser, y compris le cœur de la rescapée –, notre macho de service a bougonné que oui, il ne portait pas la petite dans son cœur et qu'il le lui avait fait sentir plus d'une fois, mais que ça se termine comme ça, grands dieux, c'était une catastrophe. Il a confessé qu'il s'était trompé en pensant que Myriam n'avait rejoint nos rangs que pour l'uniforme, la frime, le « paraître ». Il avait fallu que ce soit Pierrot – un comble –, Pierrot inconsolable, Pierrot au grand cœur, qui lui fasse comprendre qu'elle avait mis en nous tous ses espoirs « d'être », tout simplement. Être, grâce à l'uniforme, autre chose qu'une bonne à rien.

Lorsque j'ai vu les larmes monter aux yeux du garde-chiourme, j'ai fait semblant de m'assoupir afin qu'il ne me reproche pas, demain, d'avoir été témoin d'un instant de faiblesse, selon lui indigne d'un homme qui se respecte. Oubliant que c'est lorsque les braves s'exposent en mettant leur cœur et leurs sentiments à nu qu'ils sont le plus dignes de respect.

— À demain, ma Ninouchette, a murmuré tendrement Thomas à mon oreille, utilisant le nom réservé à mon père.

Il en avait gagné le droit.

*

Le jour déclinait. J'avais réussi à avaler quelques cuillerées de potage – potiron – et de compote – pêche. L'heure des visites était passée depuis longtemps – je m'endormais vraiment, vaincue par la fatigue, à laquelle on pouvait ajouter la généreuse dose de somnifère accordée par une infirmière compatissante, soucieuse de m'éviter d'errer toute la nuit dans l'antre du Minotaure, mangeur de chair humaine –, lorsqu'il est entré.

Ce devait être parce que j'étais couchée, sans bottes ni talons, privée de toute possibilité de fuir, mais il m'a semblé plus grand encore que dans mon souvenir.

Il s'est assis sans façon sur mon lit.

— Promis, je n'en parlerai pas dans le journal.

Et le hoquet mêlé de larmes qui m'a échappé était mon premier rire de la journée. Il faut un début à tout.

J'ai bredouillé :

— Comment avez-vous su ?

Il a mis un doigt sur ses lèvres, roulé des yeux d'espion :

— Les Renseignements généraux.

Ce qui lui a valu un second spectaculaire hoquet.

Dès que l'homme qu'il avait sur place, chargé de surveiller mes mouvements et de lui en rendre compte, lui avait appris mon dernier exploit ainsi que le triste lieu où celui-ci m'avait menée, il avait sauté sur sa moto, franchi tous les barrages, routiers et hospitaliers et s'était même pris à voler.

— Pardonnez-moi, Ninon, mais j'ai eu une frousse de tous les diables. Il fallait que je vous touche au plus vite, comme notre copain saint Thomas, pour m'assurer que vous étiez toujours de ce monde.

Sitôt dit, sitôt fait, il s'est emparé de ma main.

— Vous pensez que je déraille ? C'est exact. Et c'est votre œuvre, ma chérie.

Ma chérie…

— Savez-vous que vous me causez de sérieux soucis ?

Ils avaient commencé lorsqu'un môme qui lui était cher lui avait raconté, le regard encore un peu vague mais la voix émerveillée, comment, alors qu'il se sentait aspiré par la nuit, qu'il avait très froid et très peur, une femme casquée d'argent s'était penchée sur lui, l'avait sorti du noir avec sa voix, réchauffé avec ses yeux. Comment elle avait pris sa main et ne l'avait plus lâchée avant de l'avoir mise dans celle de son père. Une femme dont le petit avait cru qu'elle venait du ciel.

À la demande de son filleul, il avait adressé, via la presse, un message à l'être céleste afin de lui exprimer leur reconnaissance et leur désir de la rencontrer au plus vite. Mais le message avait fait flop, il s'était retrouvé envoyé sur les roses, remis vertement à sa place de simple scribouillard de papier journal, bref, proprement éconduit. C'est alors que, pour m'obliger à me démasquer, il avait fomenté avec Paul le fameux plan dit « du 14 Juillet ».

Là, il s'est interrompu. Il a abandonné ma main et s'est penché sur moi, terrorisée à l'idée que pourrait lui venir celle de soulever le drap et découvrir l'être céleste dans sa nudité, corps sans ailes pour lui échapper, mal protégé par une vulgaire chemise d'hôpital ayant tendance à se retrousser, attachée à son cou par un nœud précaire.

Le plan avait parfaitement réussi, a-t-il repris. Sous le soldat casqué d'argent, la femme était apparue, triomphante.

— Et depuis, c'est la catastrophe !

Elle s'était installée dans sa tête, elle squattait ses pensées, l'empêchait de travailler, détraquait les horloges, donnait au temps qui, avant sa venue, filait clair et joyeux, des allures de tortillard cahotant vers un port inaccessible appelé Montoire.

Il éprouvait, comme disent les ados boutonneux, des « sensations » qui lui mettaient le cœur et le corps à l'envers sans que la raison puisse dire son mot. Il écoutait des chansons bêlantes, aux mots ringards : amour toujours, perdu, retrouvé, divinisé, pourquoi pas « bonheur » ?, et les trouvait admirables. Bref, il ne se reconnaissait plus, il n'était plus lui-même, où il était ? La faute à qui ?

— Alors, si vous pouviez m'éclairer un peu sur ce qui m'arrive, ça m'arrangerait, mademoiselle.

« Mademoiselle », maintenant… Mes sensations à moi m'ont soufflé que les Renseignements généraux avaient dû lui apprendre que je l'étais toujours. Quant à lui expliquer quoi que ce soit alors que j'étais frappée du même mal, totalement paumée dans mes sentiments, toute raison en débandade, relevait de la mission impossible. Aussi me suis-je contentée d'un profond soupir, des plus hypocrites, j'en conviens, car il n'est jamais désagréable d'apprendre que l'on n'est pas la seule à avoir déraillé, surtout si l'on galère en compagnie de celui qui a provoqué le désastre.

William Launay a continué un moment sur la même veine. Bien sûr, c'était l'écrivain qui parlait. Lorsqu'un écrivain, un peintre ou un musicien se mêlent de vous décrire la valse sempiternelle des sentiments qui agitent le cœur des hommes, on a toujours l'impression, quand bien même ils vous parlent du milliard d'occupants de la planète Terre, que c'est pile sur le vôtre qu'ils pointent leur plume, leur pinceau ou leur archet.

Vu l'état du mien, je l'aurais bien écouté toute ma vie, mais la fatigue, le double somnifère, sans compter un certain nombre de nuits blanches à me passer en boucle les mêmes interrogations que lui, m'ont conduite en douceur, pourquoi pas en bonheur, dans les bras de Morphée, dieu des songes, fils de la Nuit et du Sommeil, qui permet aux humains que nous sommes de remettre à plus tard l'impossible explication d'un coup de foudre.

Troisième partie

Le sage de l'île de Ré

28

Si la voiture aux confortables sièges de cuir beige d'Alfred Montoire fleurait encore l'air vif du Mont-Perdu dans les Pyrénées et l'odeur bourrue des ours qu'il rêvait d'y rencontrer, elle conservait aussi des effluves marins : la mer à l'île de Ré. Et si l'on avait bien cherché dans ses replis, on aurait trouvé un peu de sable des Charentes Maritimes.

Là-bas, ce n'étaient pas des ours que l'on pouvait espérer rencontrer, mais des ânes bien réels, vêtus de pantalons à carreaux bleu et blanc, comme on leur en mettait autrefois pour les protéger des moustiques dans les marais salants où ils travaillaient en compagnie d'hommes aux visages rudes, grignotés par le sel.

C'était à l'île de Ré que j'avais, pour la première fois, rencontré la mer. Je devais avoir l'âge de ma Sophie aujourd'hui et j'en gardais un souvenir émerveillé qui commençait par la permission de marcher pieds nus dans le sable, éclabousser, sans risque d'être grondée, l'ourlet de ma robe ou celui de mon pantalon, en explorant les mares à crevettes, avant de faire mon entrée, cramponnée à la poitrine de mon père, dans la turbulente dame bleue.

De Loches, il ne fallait que deux petites heures pour arriver à Bois Plage, notre village et notre plage à nous, et le grand moment était pour moi celui où, passant le pont, à La Rochelle, il me semblait changer de monde, quitter celui plan-plan du quotidien pour un monde ouvert à toutes les couleurs, les odeurs, les bruits, les sensations. Et très vite j'avais envié ceux qui, pour le gagner, devaient autrefois y accoster en bateau, barque ou radeau et non pas sur un pont, si beau et utile soit-il.

« Mon aventurière... », s'émouvait papa.

*

— On arrive bientôt, maman ?

— Une petite demi-heure, mon chat.

Pour échapper à la grosse chaleur, nous avons démarré dès 8 heures de Loches. Maman a tenu à prendre le volant. Quand elle le prend, une petite dizaine de fois par an à tout casser, c'est toujours pour transporter sa famille ; aussi n'a-t-on pas intérêt à la distraire : charge d'âmes. Je me suis donc installée à l'arrière avec le moulin à paroles.

— Maman, est-ce qu'il y aura Angèle ?

— Elle doit déjà piaffer en t'attendant.

Sophie rit de satisfaction : Angèle, dix ans, sa grande sœur de vacances, petite-fille de Maéva, la patronne de l'Auberge.

Lorsque nous avons appelé celle-ci pour avancer notre séjour d'une quinzaine, elle a répondu qu'elle s'arrangerait. Nous trouver une chambre sur les douze que compte son hôtel, réservées d'année en année par des inconditionnels, n'a pas dû être chose aisée. Mais pour les Montoire, que ne ferait Maéva ? N'avons-nous pas été ses premiers clients en des temps plus difficiles ? Et depuis que papa nous a quittés, à l'amitié s'est ajouté quelque chose qui ressemble à un devoir de mémoire.

— Et Thomas, maman, il va venir ?

— Bien sûr.

— Bientôt ?

— On ne sait pas. Il nous fera la surprise.

— J'aime pas les surprises.

Fille de pompier ?

En ce qui concerne Thomas, à la vérité, j'aurais préféré faire une coupure complète, rester entre femmes durant la « mise sur la touche ». Mais comment lui refuser ces quelques jours « en famille » qu'il attendait avec impatience depuis sa découverte de l'île l'été précédent ? Surtout après m'avoir tirée d'embarras – il refuse le mot « sauvée » – lors d'un trop fameux incendie de cave.

L'enterrement de Myriam avait eu lieu la veille – hier vraiment ? – dans le tout petit cimetière d'un hameau aux toits gris, à une dizaine de kilomètres de Loches. À Thomas et à moi s'étaient joints Joseph et Pierrot : ils n'allaient quand même pas la laisser partir ainsi ! Une poignée de paysans assistaient à l'inhumation. Bien sûr, nous étions en civil et pas question d'hommage, mais tous savaient d'où nous venions. Et lorsque nous avions serré la main des parents de la disparue – ça se dit comme ça – tous les yeux étaient fixés sur nous, sur eux. Peut-être, pour la première fois, s'étaient-ils sentis fiers de la « bonne à rien ».

*

— Maman, maman, ça y est, le pont !

Et, passé la porte bleue du péage, des voiles, des mouettes ; là-bas du sable blond ourlé de vert.

Arc bandé d'une rive à l'autre, le pont forme une courbe élégante, telle une révérence aux maisons blanches, toits roses, volets amande, couleurs de l'île, son drapeau.

Le village de Rivedoux Plage nous accueille le premier. C'est marée basse, les bateaux sont au port, les pêcheurs à pied, à l'œuvre, les ostréiculteurs s'affairent dans les parcs à huîtres.

Sophie baisse sa vitre et, digne fille de l'« aventurière », respire à pleins poumons l'air de l'« autre monde ».

Il l'est resté.

Où trouver un lieu où les hommes sont pêcheurs le matin et paysans l'après-midi ? Où fruits de la mer et fruits de la terre se côtoient, marais salants voisinant avec la vigne, cultures maraîchères mordant sur la plage. Le ciel lui-même y perd son latin, hésite entre les bleus, les mauves, les gris, les neige, offrant au regard cette lumière particulière qui affole les peintres.

Voilà le clocher de Sainte-Marie de Ré, haut dressé comme les vagues de sa plage, paradis des surfeurs, dont on dit qu'elles sont les plus fougueuses de l'île. Même élan vers le ciel ?

— Maman, maman, est-ce que tu pourras louer un vélo pour moi ? Je suis grande maintenant !

Qui dit Ré dit pistes cyclables. Les vélos ont priorité partout. On en trouve pour tous les âges, de toutes les tailles.

— On verra ça. Mais casque obligatoire !

Le casque ? Un bonheur de plus.

Après avoir roulé entre les vignes, nous entrons dans une forêt de pins, pins maritimes, pins parasols, pins d'Alep. L'air se charge de senteurs acides mitonnées par le soleil. Je m'abandonne à la douceur du revenir. Les yeux me picotent, le cœur aussi, dirait-on. Où êtes-vous, William Launay ?

*

Les flash-back n'existent pas qu'au cinéma. C'est il y a deux jours, le petit matin… Vous ouvrez les yeux dans une chambre inconnue. Ces murs blancs, ces odeurs, le jour qui filtre entre les lattes d'un store, ce lit dur sous vos reins : où es-tu, Ninon ? Et alors que vous revient la mémoire, qu'enfle la vague de la douleur, un homme se dresse entre elle et vous comme pour lui barrer le chemin.

« Ma douce, ma chérie, mon cœur. »

Un homme qui, somme toute, vous a révélé qu'il vous aimait.

Vite, vous refermez les yeux. N'avez-vous pas rêvé ? S'est-il réellement assis sur cette chaise ? A-t-il vraiment prononcé ces paroles ? Le choc à la tête, le manque d'air les somnifères ne vous ont-ils pas brouillé l'esprit ?

Plus tard, retapant votre oreiller, l'aide-soignante éclate de rire. Elle vient de découvrir dessous une feuille de papier pliée en deux, ornée d'un cœur, portant votre nom. Trois mots à l'intérieur : « Appelle-moi vite. » Un numéro de portable.

Et, dans votre poitrine, le bonheur qui explose, douloureux, déchirant. Ça existe, du bonheur qui crie « Au secours » ?

Vous vous étiez promis de ne plus le revoir : danger !

Votre mère vient vous chercher pour vous ramener chez elle : repos. Vous insistez pour qu'au passage elle monte chez vous récupérer le mobile perso que vous y laissez durant vos gardes.

« Appelle-moi vite »…

Sophie vous accueille : « Même pas peur, maman ? » Avec sa grand-mère, vous avez convenu de ne pas lui parler de Myriam, seulement d'intoxication : le mot est expliqué dans son livre sur les pompiers. Vous ne lui direz pas non plus que Thomas vous a sauvée. Elle en conclurait que la vie de sa maman a été en danger. Sous un « Même pas peur », la peur peut se cacher.

— Un petit peu, mon chat. C'est noir, une cave.

Il fait soleil, vous êtes là, elle dans vos bras, cela passera comme une lettre à la poste. Comme est passée l'annonce qu'elle vous avait aidée à sauver Paul. Bien la peine de vous faire un tel mouron. Elle en a été toute fiérote. Depuis, elle ne cesse de demander à le revoir. Qu'êtes-vous allée chercher ? Cesserez-vous un jour de vous sentir coupable, responsable de tout, coupeuse de cheveux en quatre ?

« Appelle-moi vite »…

Thomas vient aux nouvelles. Il partage votre déjeuner. Vous parlez de « mise sur la touche ». Il répond île de Ré. Votre mère appelle l'Auberge. Il est presque 3 heures lorsque vous vous retrouvez enfin seule dans votre chambre, à part ça, vous étiez censée vous reposer !

Et voilà qu'au moment de former le numéro qui clignote dans votre tête depuis la surprise sous l'oreiller, vos doigts bégayent sur le clavier. Finalement, que savez-vous de William Launay ? Et lui, que sait-il de vous ?

Ne courez-vous pas, l'un et l'autre, vers une déception ? En termes simples : au casse-pipe ? N'auriez-vous pas intérêt, l'un comme l'autre, à vous en tenir là ?

Et voici que ça vibre dans votre main, votre corps, votre cœur, partout.

— Ninon, ça va, pas d'ennuis ?

Vous vous entendez répondre que « oui, ça va, merci ». Vous parlez trop rapidement, comme lorsqu'on n'est pas au clair avec soi-même. Vous êtes chez votre mère, vous allez partir durant une quinzaine à l'île de Ré : il connaît ? Pas encore, mais on la lui a souvent vantée. À la fois, vous brûlez qu'il dise : « Je viens » et vous le redoutez. Ni oui ni non, Ninon ? D'une phrase il balaye vos états d'âme. Lui aussi, des vacances ! Une quinzaine sur le lac de Genève.

« Mais vous ne perdez rien pour attendre, ma chérie. »

Le lac de Genève ?

*

Un rire, la main de Sophie me secoue.

— Maman, maman, réveille-toi, on est arrivées.

29

Maéva, Aldo, Angèle.

Maéva, la cinquantaine, cheveux de jais, yeux assortis, formes généreuses enveloppées dans un châle de couleur : les châles, son péché mignon, papa l'appelait sa « Bohémienne », elle aimait bien. Aldo, son cuistot de mari, son contraire. Son complément ? Long, sec, regard impassible gris-argent. Angèle, onze ans, roussinette aux yeux verts, parents continentaux – les pauvres –, abonnement vacances à l'année chez ses grands-parents. Tous nous ont accueillis à la porte de l'Auberge, rue des Dunes, deux minutes à pied de la plage des Gollandières, où l'on entendait battre la mer sous les rires ironiques des mouettes et des goélands.

L'Auberge, c'était trois bâtiments aux couleurs de l'île, autour d'un jardin où l'on dînait le soir – pas de déjeuners servis. Chaque matin, poussant les volets, le spectacle des roses trémières, des bouquets blancs d'un althéa, d'albizias aux fleurs-plumes, sans compter les buissons de « belles de nuit » s'ouvrant et se refermant à la guise du soleil, attendait les bienheureux clients.

Hôtesse compréhensive, Maéva nous a conduites tout de suite à notre chambre pour nous permettre de nous rafraîchir avant le repas-causette. Un grand et un petit lits, une majestueuse armoire de mariée, ornée de roses de bois sculptées, deux chaises et une table composaient le mobilier. Pas de télévision. Pas de couette sur les lits : édredon, couverture, draps sentaient le rugueux et la lavande. Une spacieuse salle de douche complétait l'habitat et, rue des Dunes oblige, il y avait du carrelage partout.

Les deux Montoire qui bénéficiaient d'un bon sommeil et prisaient les grasses matinées se sont adjugées d'autorité le lit double. Celle que son métier avait habituée à dormir d'une seule oreille et qui aimait se lever au premier clin d'œil du jour s'est vu attribuer le petit.

Ça m'allait.

Le contenu de la valise – maman – et des sacs réparti sur les profondes étagères de l'armoire, dont la porte ornée d'une glace grinçait juste comme il fallait, grand-mère et petite-fille ont filé, pressées d'aller retrouver les copines. J'ai allumé mon portable. Exercice de volonté, je me l'étais interdit durant le trajet.

Clic-clac, une enveloppe jaune est apparue sur l'écran. Je l'ai ouverte, le cœur battant.

« Toi, la mer, moi, un lac. Arrivée à bon port ? »

Lui, le lac de Genève, pour une quinzaine. Seul ?

Courage, Ninon ! J'ai pianoté : « Je ne sais rien de vous. »

La réponse est venue par retour de SMS.

« Je sais tout de toi. »

*

Nous avons pris dans l'intimité de la cuisine le repas préparé par le chef afin de saluer notre arrivée. Ce serait pratiquement le même à tous les déjeuners : fruits de mer divers et variés pour les adultes, pâtes ou pizza pour les petites. Pour tous, pain bis, beurre salé des Charentes et mayonnaise. Aujourd'hui : huîtres, langoustines, crevettes et bigorneaux d'une part. Pizza quatre-saisons de l'autre.

Au centre de la table, du nouveau : une tirelire en forme de phare.

— À ce que j'ai compris, tu es là pour te reposer, a déclaré Maéva en me fixant de ses beaux yeux sombres. Alors, durant ton séjour, celui ou celle qui prononcera les mots « caserne, pompier » et tout le toutim en sera de sa poche : vingt centimes d'amende. À commencer par toi.

Bien sûr, maman lui avait dévoilé la raison du changement de dates, évitant de parler de Myriam : attention, Sophie !

Celle-ci a échangé un regard avec Angèle.

— Pompiers ! a-t-elle clamé.

Et lorsque avec un rire elle a engagé la première piécette dans la tirelire, j'ai compris qu'elle était du complot, ourdi pour mon repos.

*

Après une courte sieste, nous sommes descendues sur la plage, entre les dunes.

Les dunes… Vous imaginez sans doute de blondes et douces collines de sable se dispersant sous le pied. Il n'en est rien. À Bois Plage, la dune est engrillagée, plantée d'oyats, de panicauts et de liserons : interdit d'y mettre la patte. C'est qu'à Ré, si vous n'y prenez garde, le sable comme les aiguilles de pin, le vent vous les apporte jusque dans votre lit.

Quatre heures. Il nous a fallu de la patience pour trouver un endroit à peu près tranquille où planter le parasol. Voilà ce que c'est que d'avancer ses dates de vacances ! Sous la garde d'Angèle, Sophie, flotteurs aux bras, est aussitôt allée goûter à l'eau. Pas de souci à se faire pour sa sécurité : mer tranquille, plage surveillée.

Dans son fauteuil de plage, coiffée d'un chapeau de paille, lunettes sur le nez, maman entame la lecture d'un polar emprunté à la petite bibliothèque de l'Auberge. J'y dénicherai ce soir un Dumas que je dévorerai en souvenir de papa. Allez savoir pourquoi, nous partagions le même goût pour les récits chevaleresques et les fiers défis qui vous boostent.

En attendant, abandonnée sur l'épaisse serviette orange fournie par Maéva, protégée par la crème adéquate, je savoure mon premier soleil dans la rumeur commune à tous les bords de mer : cris d'oiseaux, rires d'enfants, sourd tam-tam des vagues.

De loin en loin, le regard maternel glisse sur moi : trois secondes et puis s'en va, seulement pour me dire qu'elle est là.

As-tu deviné, maman, qu'un homme existe à nouveau dans ma vie ? Entré par effraction, à mon cœur et mon corps défendant ? Vraiment, je ne l'attendais pas ! Sincèrement, j'étais bien comme ça, heureuse, au chaud, dans mes deux familles, mes deux foyers. Aucune envie de rempiler après l'épisode Ambroise Tremblay. Certes, j'avais eu quelques aventures pour apaiser mon corps quand le manque se faisait trop sentir. Mais avec une seule règle : personne de la caserne – vingt centimes d'amende – seulement de gentils passants, dont certains n'auraient pas demandé mieux que de s'attarder, mais pas question !

Et voilà que survient un inconnu, beau de sa personne et trop beau parleur. Quelques semaines auparavant, je n'avais jamais entendu parler de lui, à présent je ne peux plus m'imaginer sans lui. « L'aventurière » n'est-elle pas sur le point de retomber dans un piège ? Il me semble que tout recommence. Que fait William Launay à Genève ? N'y a-t-il pas là-bas une femme qui l'attend comme, près du lac Labrador, celle de mon beau Canadien, père de la petite qui, à quelques pas, crie de joie dans l'eau ?

Maman soulève ses lunettes, me sourit.

— Fais quand même attention, ma chérie. Gare aux brûlures du premier jour.

On peut avoir une mère légère, discrète, parfaite. On peut l'aimer, lui faire confiance et garder ses jardins secrets. C'est aussi de désir que mon corps brûle, maman. Non pas un désir dans le vide que quelques caresses suffiraient à apaiser, mais pour un homme précis, un homme au regard malicieux, à la voix tendre quand il le veut, aux longues mains d'écrivain. C'est en pensant à ses mains que j'ai mal, là. En me souvenant de ses mots que mon cœur s'embrase. Le cœur est partie prenante, c'est le souci. Il me semble même que c'est par lui que tout a commencé.

Et Sophie, dans l'histoire, qu'est-ce qu'elle devient ?

Justement, la revoilà, si petite et innocente, si fragile ma « même pas peur » ! Elle se plante au-dessus de pauvre de moi, s'ébroue, tord ses cheveux, m'asperge d'eau salée.

— Sophie, qu'est-ce que tu fais, arrête !

Elle rit. Elle dit.

— J'ai raconté à Angèle pour Paul. Ange, angelote, Angèle, ça fait que, maintenant, on est vraiment sœurs.

30

« Le temps passe, tout casse, tout lasse. »

Le proverbe tournait dans ma tête.

À Ré-la-Blanche, ainsi nommée pour ses maisons chaulées, autrefois goudronnées au pied afin de les protéger de l'humidité venant de la pluie ruisselant de toits dépourvus de gouttières – accessoire trop cher pour les Rétais –, le temps passait, tranquille. D'une chambre fraîche au jardin de l'amitié, du jardin de l'amitié à la plage, du sable blond de la plage à la mer, sans bottes, sans gants, sans bipeur, torche ou vérin à la ceinture, sans ceinture – autant d'amendes que vous voudrez –, la casse se réparait. Et se lasse-t-on jamais d'espérer ?

Le matin, j'aimais accompagner Maéva ou Aldo au marché de Bois Plage, le plus vaste de l'île. Nous allions directement sous la halle et commencions par les légumes et les fruits. Pour l'alcamaria, la fameuse pomme de terre fondante, légèrement sucrée, dont on faisait des confitures, la saison était passée. C'était celle, entre autres, des melons, asperges et figues. Auxquels il arrivait que l'on ajoute un bocal de salicorne, cette algue qui se déguste comme un cornichon.

Puis nous passions à la mer. À l'étal du poissonnier, rien qui ne soit pêché du jour. Aux poissons qui « en jetaient », les connaisseurs préféraient le « maigre », bon marché, au goût savoureux de bar. C'étaient surtout crustacés et coquillages qui attiraient le chaland : les montagnes de langoustines et crevettes tous gabarits, les collines bleutées des moules et, plus loin, les huîtres venues de la pointe du Grouin. Son choix fait, Aldo ne manquait jamais d'y mêler quelques poignées de vermets, ce petit coquillage enroulé autour de lui-même comme une boucle d'oreille, trouvé en abondance sur nos rochers, plus délicat que le bigorneau. J'ai bien dit « nos » rochers. J'étais chez moi.

Un matin, nous avions eu la surprise de voir trôner sur une couche d'algues moirées un requin-renard, ainsi nommé pour sa longue queue. Eh oui, on trouvait de tout dans les eaux de Ré.

Pour terminer, nous nous arrêtions à l'étal du berger, venu de Loix, et lui achetions le fromage fait du lait de ses chèvres.

*

— Et Thomas ? Quand il va venir ?

Pas de jour où l'une ou l'autre fillette ne me pose la question. Aucune nouvelle de Thomas. Qu'attendait mon bi ?

Sur mon portable, à longueur de journée, j'attendais, moi, d'autres appels que les siens.

Une nuit, près de mon lit d'hôpital, William avait parlé des chansons ringardes qui mettaient son cœur à l'envers. Ce n'était même pas une chanson qui faisait retomber le mien en adolescence, mais le bref clic-clac annonçant l'arrivée d'un message. Quelques mots auxquels, de plus en plus, j'avais envie de croire, qu'ils me viennent de Genève ou non : croire quoi qu'il m'en coûte.

J'avais cédé au vœu de Sophie et loué un vélo en y mettant une condition : jamais sans sa mère. Ainsi, cet après-midi-là, en compagnie d'Angèle – jamais sans sa sœur –, nous avions pédalé jusqu'à Saint-Martin de Ré afin d'y admirer les ânes en pantalon à carreaux. Les descendants des forçats des marais salants étaient devenus de prospères bourgeois au poil luisant qui promenaient nonchalamment des enfants sur leur dos. Jugeant avoir dépassé l'âge, Sophie avait refusé d'y monter. Au contact d'Angèle, ma petite grandissait.

Tout en dégustant une glace sur le port où les bateaux de plaisance se disputaient les anneaux, j'avais raconté aux donzelles jouant aux coquettes comment, ici même, des galères cinglaient autrefois vers les bagnes de Guyane ou de Nouvelle-Calédonie, leurs cales emplies de malheureux, enchaînés, fers aux pieds. Durant quelques secondes, elles avaient oublié de rire. Angèle avait montré la mer, le ballet bien réglé des voiles.

— Pourtant, c'est la même… avait-elle remarqué d'une voix étonnée.

Même mer, même refrain tantôt léger, tantôt tragique et, comme aujourd'hui, pourquoi pas, même douceur de fin de soirée lorsque le ciel s'apaise sous la poussée de la nuit. Acteurs différents sur la scène d'un même théâtre.

Tout passe, tout casse. Il arrive que le malheur se lasse ?

Nous arrivions à mi-séjour. Thomas continuait à se faire désirer.

Je savais pour qui je me voulais désirable.

— Te voilà comme un abricot, tout juste bonne à croquer ! appréciait Maéva.

Dorée du bout des pieds à mes boucles qui blondissaient avec le soleil et que les bains salés avaient tendance à enfiévrer, je savais par qui je rêvais d'être croquée.

« Es-tu heureuse ? » m'interrogeait parfois le regard de maman.

Aux questions toutes simples des mères, il arrive que les filles peinent à répondre. Ces douces explosions dans ma poitrine, ces soudaines bouffées de bonheur en évoquant William, trois mots murmurés par Myriam dans la cave suffisaient à les transformer en pétards mouillés.

« Je suis désolée »…

Le surlendemain du drame, lorsque j'étais retournée à la caserne pour l'arrêt obligatoire case « psy », je n'avais pas jugé nécessaire de les rapporter à la jeune femme qui m'avait proposé son aide. Étais-je seulement sûre que Myriam les avait prononcés ? Résultat, le murmure enflait, se faisait cri : un appel au secours que j'entendais comme une accusation, un doigt pointé en permanence sur ma conscience.

Si j'en parlais à ma mère, elle répondrait par la voix de la raison. N'avais-je pas fait pour Myriam tout ce qui était en mon pouvoir, allant jusqu'à mettre ma vie en danger pour elle ? Thomas me tiendrait le même langage, lui sur le ton de la tendresse moqueuse. Allez parler raison à une déraisonnable coupeuse de cheveux en quatre.

Alors ?

*

Alors, nous sommes jeudi. Il est 11 heures du soir, 23 heures pour les pompiers – vingt centimes d'amende. Je traînasse à la cuisine en compagnie d'Aldo qui n'en finit pas de faire reluire le cuivre de ses casseroles. Maman et Sophie sont depuis longtemps au lit. Maéva vient d'en prendre le chemin avec de langoureux effets de châle et une tendre injonction.

— Aldino, ne tarde pas trop.

Aldino et moi avons en commun un sommeil couci-couça. Il me semble que, malgré tout l'amour qu'il porte à sa Bohémienne, le « taiseux » – elle l'appelle volontiers ainsi – n'est pas mécontent de goûter un peu au silence, chose difficile avec Maéva. Moins enclins que les femmes à livrer leurs sentiments, les hommes ont des jardins secrets plus enfouis, parfois plus luxuriants que celles-ci. Il m'arrive d'en débusquer le reflet dans les yeux gris-argent du cuistot. Papa l'aimait bien. Il affirmait – et c'était un compliment – qu'il était une « âme simple ».

Ce qu'il faut à mon âme compliquée ?

D'un coup, les digues lâchent ; la psy serait jalouse.

— Aldo, il faut que je te parle de Myriam. Secret ! D'accord ?

Il abandonne ses cuivres, jette sans façon sa peau de chamois sur la tirelire-phare – ça commence fort – s'assoit près de moi.

— Vas-y, petite !

Et si c'était précisément pour écouter la « petite » qu'il avait traîné si tard à son nettoyage, pressentant qu'il y avait aussi à faire de ce côté-là ?

Je lui raconte tout, du début à la fin de la triste vie de la « moins que rien ». Je fais déborder la tirelire. Elle était belle, Aldo, volontaire, hardie, sauvage. Lorsque, après avoir commis l'irréparable, elle a été virée de « Pompier-land », je n'ai pas su mesurer sa détresse, j'ai tardé à lui tendre la main, j'ai échoué à la sauver.

« Je suis désolée. »

Comme c'est douloureux, un aveu ! Comme ça fait du bien en même temps. Les spécialistes emploient le mot « cautériser » : on brûle la plaie pour détruire la partie malade. Une larme idiote tombe sur le bois de la table.

Les yeux d'Aldo n'ont pas quitté les miens. Toutes les rides de la vie sont inscrites sur son visage, sauf celles d'amertume. La vie, il la prend comme elle est : trois petits tours et puis s'en va.

— Les yeux de ta Myriam, tu m'as pas dit de quelle couleur ils étaient ?

Ah bon ?

— Jaunes, avec un peu de vert. Ceux qui ne l'aimaient pas parlaient d'yeux de félin.

Il sourit.

— Alors voilà ce que tu vas faire, Ninouchka – lui, il a le droit, il le tient de son ami. À chaque fois qu'elle reviendra te tourmenter, au lieu de lui tourner le dos et de te sauver, tu regarderas droit dans ses yeux jaunes et tu lui diras : « Moi aussi, Myriam, je suis désolée. » Voilà ce qu'elle attend. Que vous vous pardonniez l'une l'autre.

Et figurez-vous que ça a marché. N'est-ce pas le propre des âmes simples que d'aller droit à la solution ? J'aurais d'ailleurs pu la trouver toute seule : lorsque mon père me manquait trop, je fixais ses yeux bleus et lui lançais : « Je t'aime, papa. » Et tout de suite, j'allais mieux.

31

Thomas a débarqué le dimanche 8 août, une semaine après nous, à l'heure où le soleil relâche. Le ciel se tend de rose, les bateaux de pêche s'apprêtent à sortir, bientôt des romantiques viendront s'asseoir sur la plage enfin libérée dans l'espoir de voir apparaître le fameux rayon vert, se lever à l'horizon de leur cœur la lumière du véritable amour que nous attendons tous sans être certains qu'il existe.

20 heures. Toutes les tables étaient occupées dans le jardin de l'Auberge. Chaque jour, on refusait du monde ; ce soir-là plus encore, car c'était soir d'éclade, la façon royale d'accommoder les moules.

Août est la saison des moules de bouchot, ce pieu planté dans la mer auquel s'accrochent les mollusques, celles d'en bas servant d'abri aux crabillons. Une longue planche hérissée de gros clous remplaçant les pieux avait été installée sur des tréteaux au centre du jardin, les moules disposées autour des clous en épais colliers de plusieurs rangs, comme de grosses fleurs aux pétales noirs. La cuisson se ferait sous une couche d'aiguilles de pin séchées qu'Angèle et Sophie étaient allées chercher à pleins paniers dans l'après-midi. Le chef s'apprêtait à en recouvrir les moules, cul en l'air afin que les aiguilles ne se mêlent pas à la chair, avant de les enflammer, lorsque Thomas est apparu.

Bien sûr, il avait calculé son coup : il voulait être accueilli. S'en lasse-t-on lorsque après un sale divorce on est devenu un enfant indésirable, ballotté de foyer en foyer, de pension en pension : confidences glanées entre deux coups de dés au jeu de l'oie, et on n'en parle plus, ça n'intéresse personne.

Pieds nus, sac de marin à l'épaule, pantalon blanc, pull rayé, boucles châtain en vrac sur le front, barbe de plusieurs jours, on aurait dit qu'une vague plus puissante que les autres nous l'avait déposé sur la plage. Et quand certains ont applaudi, je me suis souvenue que mon bi était beau.

— Merci, merci, c'est trop, a-t-il dit en saluant le public.

Et, bien sûr, il a ri.

Face aux coups que nous porte la vie, chacun se défend comme il peut. Le rire servait d'armure à Thomas. Son métier de pompier – vingt centimes d'amende – lui permettait de rire au nez de ceux qui, durant toute sa scolarité, avaient appelé le petit garçon apeuré Vailly-Vaillant.

Avec un cri de bonheur, Sophie a couru se jeter dans ses bras, suivie par Angèle, plus discrète car elle était à l'âge où l'on cache les élans de son cœur. Maman et moi nous sommes levées et, après l'avoir embrassé, lui avons fait place à notre table. Angèle s'est précipitée pour avertir sa grand-mère.

Il n'avait fallu à Thomas qu'une saison pour gagner le cœur de Maéva. Elle est arrivée vent debout et a désigné la petite traînée de sable sur ses belles dalles ocre-rosé.

— Et tes chaussures, qu'est-ce que tu en as fait ?

— C'était gênant pour nager, a répondu Thomas.

— Et ta chambre, tu l'as retenue peut-être ?

— Un petit coin de la tienne me suffira.

— Écoutez-le, a protesté la patronne de l'Auberge en prenant le public à témoin. Il se croit tout permis. Pourquoi pas dans mon lit ?

— Tu veux bien ? a demandé Thomas en écarquillant des yeux éblouis d'enfant, et tout le monde a ri.

— Quand cesseras-tu de fanfaronner, fils ? l'a grondé Maéva.

Le regard de Thomas est passé brièvement sur moi.

— Jamais ! Si j'arrête, on ne m'aimera plus.

*

C'est à cet instant que j'ai compris qu'il savait que j'aimais ailleurs. Quelqu'un lui avait-il parlé de la visite nocturne de William à l'hôpital ? D'un mot laissé sous mon oreiller ? Pas forcément. Pour tout ce qui me concernait, les Renseignements généraux, Thomas les avait dans le cœur.

Les aiguilles de pin ont été répandues en couche épaisse sur les bouquets de moules. Une chance : soir sans vent pour les éparpiller. Tout le monde était debout pour admirer. Cela crépitait allègrement, cela sentait divinement, c'était Ré.

Le feu éteint, le cuisinier dans son tablier blanc a donné un coup de balayette afin d'écarter la cendre sous laquelle les moules étaient cuites, celles du centre un peu plus, un peu moins sur les côtés, il y en aurait pour tous les goûts. Puis chacun est venu se servir.

Tartines de pain bis coupées épaisses, beurre salé des Charentes, une bouteille de Soif d'évasion, vin d'ici, cépage chardonnay, accompagnaient le festin. Large serviette nouée autour du cou obligatoire, car, c'est bien connu, on s'en met partout les soirs d'éclade : mains, bouche, moustache, jusque dans la poitrine gonflée d'allégresse.

C'était bon à tomber. Ce que nous avons fait à pas d'heure, les Montoire dans leur grande chambre, le marin dans celle d'Angèle, Angèle dans le lit de ses grands-parents.

32

Sous le règne de l'empereur romain Tibère, à la période des migrations, trois cents baleines vinrent s'échouer à la pointe nord de l'île de Ré, donnant son nom au phare.

Du haut du phare des Baleines, par temps dégagé, on peut apercevoir celui d'Oléron, rayé de noir afin d'éviter que les bateaux ne les confondent, ce qui lui vaut le joli nom de « Phare en smoking ».

Le phare-amendes avait enchanté Thomas qui n'avait eu de cesse de le remplir, s'attirant les feintes colère de notre hôtesse et les fous rires des filles. Il était gai, prévenant et faisait volontiers le clown pour amuser la galerie bien fournie des clients. Il savait pour William et moi, il souffrait. Qu'est-ce que cela aurait été s'il avait pu lire les messages que, telle une collégienne, je conservais sur mon portable et relisais chaque soir, le cœur battant, la gorge serrée.

Aldo, l'âme simple, aurait-il su trouver les mots pour me libérer du remords que j'éprouvais à briser celle de mon frère de feu ? Nous nous efforcions d'éviter les tête-à-tête. Et je voyais avec soulagement arriver le jour du départ, fixé au samedi 14.

*

— Pas question de quitter Ré sans avoir été saluer l'esprit des cétacés, déclara-t-il le jeudi. Et, pour terminer le pèlerinage, bain et pique-nique chez Charles. Charles Aznavour, dont la chanson : *Trousse-Chemise* avait immortalisé les lieux, proches du phare.

Celui-ci se trouvant à une quinzaine de kilomètres de Bois Plage, il a été convenu que maman irait par la route dans la Méhari de Maéva, voiture à toit ouvrant, tout-terrain et toutes couleurs de l'île, en emportant le pique-nique. Le reste de la bande emprunterait la piste cyclable, Sophie derrière Thomas sur le fameux « vélo suiveur », tandem adulte-enfant où l'adulte fait tout le boulot. Départ prévu à 8 heures afin d'arriver au but avant le débarquement des cars de touristes.

Cette nuit-là, le noroît s'est levé. J'ai mal dormi. J'ai espéré la pluie qui annulerait le pèlerinage, mot rimant avec « orage », un orage que je sentais monter depuis l'arrivée de Thomas. Lors d'un pèlerinage, ne célèbre-t-on pas la mémoire de ce qui n'est plus ? Je me suis réveillée en proie à une peur obscure. Comment me défausser ?

Face au bonheur des filles, trépignant d'impatience durant un petit déjeuner trop long à leur goût, j'ai renoncé. Je n'allais quand même pas leur gâcher la fête avec mes états d'âme !

Le vent soufflait toujours. Maman a décidé d'emporter quelques vêtements de rechange au cas où. Elle partirait plus tard, le trajet par la route étant beaucoup plus court. Au dernier moment, Thomas a glissé un sac sous l'un des sièges de la Méhari. Je me suis demandé ce qu'il contenait.

Si j'avais su…

*

La piste qui mène au phare des Baleines est l'une des plus appréciées de l'île pour sa traversée des marais salants. Une lumière mauve, étrange, irréelle, baignait le paysage. Sur de rares arbres, des oiseaux blancs immobiles se dressaient comme des sentinelles. En moi, le malaise grandissait, que je m'efforçais de combattre. Allons, ce soir, nous nous retrouverions tous dans la chaleur de l'Auberge. Et demain, retour ! Il était quand même un peu triste d'en arriver à souhaiter quitter Ré.

Vers 9 h 30, entre les vignes et les cultures maraîchères, le clocher d'Ars est apparu comme un cri de concorde. Blanc, coiffé de noir, il servait autrefois d'amer[1] aux bateaux. Que l'on soit ou non croyant, c'est beau, une église-phare, lumière dans la tempête.

Notre route traversait le village. En ce jour de marché, sur le port, les terrasses des cafés étaient bondées. Nous y avons fait halte. Thomas a offert une tournée : café pour les adultes, Coca pour les petites. Il y avait des fleurs aux fenêtres, de la gaieté dans l'air. Je me sentais mieux. J'ai sorti discrètement mon portable et relu le dernier SMS reçu : « *Forget me not.* » Ne m'oublie pas. Le nom d'une fleur. Laquelle, déjà ?

— Ça va mieux, les jambes ? a lancé Thomas alors que nous nous remettions en selle.

« Ça va comment, le cœur ? » demandait son regard, s'attardant sur moi.

*

Maman nous attendait au phare. Pierre claire, chemin de ronde gris, kiosque orange renfermant la lanterne, il

1. Objet fixe et visible servant de point de repère sur une côte. Il remplace le phare.

se dressait, impérial, dans la verdure. Les touristes arrivaient. Nous nous sommes présentés au guichet. Combien de billets ?

Deux cent cinquante-sept marches, une ascension un peu dure pour les jambes d'une grand-mère. Les filles ont déclaré qu'elles y étaient déjà montées et préféraient faire un tour sur la plage pour y chercher des coquillages. Les pompiers – vingt centimes d'amende – ont entrepris, seuls, de partir à l'assaut de la tour.

— Après vous, ma dame.

L'escalier, joliment éclairé, tournait autour de lui-même comme un coquillage précieux. Montant les marches de granit bleuté, je pensais à celles de pierre usée menant en haut d'une tour d'où un homme avait menacé de se jeter. Ce jour-là, débouchant sur le chemin de ronde, une marée de visages levés nous attendait, place de la Marne. Ce matin, c'était le grondement d'une mer turquoise bousculée par un vent violent. Pas de voiles, mais l'avertissement criard de mouettes croisant dans le ciel.

Thomas a désigné les vagues.

— Tu connais la maxime ?

— Il y en a tellement !

D'un coup, il s'est penché sur le vide. Ma poitrine s'est bloquée.

— « Quand l'océan par trop se fâche, il devient anthropophage », a-t-il récité.

Était-ce le noroît qui avait brisé sa voix ? À Étienne Gandois, j'avais crié : « Viens ! » Un mot venu directement du cœur, poussé par l'urgence. Là, j'ai cherché en vain ceux que je pourrais dire à mon frère, mon équipier. Mais déjà, il se redressait, un sourire ironique aux lèvres.

— Tu vois…

Que rien de ce que je pourrais dire ou faire ne saurait le sauver du désespoir ?

33

Une dizaine de kilomètres seulement séparaient le phare des Baleines de la plage de Trousse-Chemise où nous avions prévu de nous baigner avant le pique-nique dans la forêt, rebaptisée « Petit Bois » pour les besoins de la chanson.

Il n'était pas loin de midi lorsque nous sommes arrivés sur la plage au sable réputé pour sa finesse. De nombreux promeneurs traînaient autour de barques et bateaux couchés sur le flanc et de quelques pêcheurs qui ne prenaient rien. Un peu partout, des écriteaux incitaient à la prudence : courants dangereux. Personne dans l'eau.

Afin de consoler les filles, privées de bain par le noroît, maman leur a proposé d'aller dénicher tout de suite le bon coin pour pique-niquer : les places seraient chères.

— On vous rejoint, a déclaré Thomas en s'emparant de ma main.

Pourquoi la lui ai-je laissée ?

Il m'a entraînée jusqu'à la mer, l'écume salie d'algues et de coquillages brisés. Il y a mis le pied.

— Tu connais le jeu, Ninon ?

Tout le monde le connaissait ici. On l'appelait bizarrement le « grand jeu du Mao », nom du dictateur chinois. Il consistait à nager jusqu'au Fier, le chenal qui se vide et se remplit comme un entonnoir au gré des marées, et, se soumettant aux courants, à tenter d'atteindre Ars, situé au fond du goulet. Pari impossible, jeu dangereux et, bien sûr, interdit.

Thomas a avancé. La vague a recouvert ses baskets.

— On tente le coup ?

À nouveau, les mots m'ont manqué. L'étau s'est resserré autour de ma poitrine.

— Tu ne me laisserais quand même pas y aller seul ? a-t-il raillé. Aurais-tu oublié ta promesse ?

J'ai tout de suite su de laquelle il parlait : elle nous ramenait à Myriam. Nous nous l'étions faite devant le fameux jeu de l'oie, jeu des confidences, jeu panseur de blessures, le soir où elle avait été virée de la caserne. J'étais tombée sur la fatidique : « Tête de mort, retour à la case Départ ». Thomas avait triché pour m'y rejoindre. En ce soir de grande tristesse et de besoin de fraternité, nous nous étions promis, si l'un de nous se retrouvait un jour « pour de vrai » dans la case maudite, que l'autre lui tendrait la main.

— N'importe où, n'importe quand ! a claironné Thomas en entrant dans l'eau jusqu'aux genoux.

Les mots que j'avais ajoutés.

Ceux que je lui ai criés ont déchiré ma gorge.

— Thomas, arrête ! Ça n'est pas drôle.

Il a continué.

— Mais qu'est-ce qu'il fait ? C'est dangereux, s'est inquiétée une femme derrière moi.

C'était vers lui, cet homme qui narguait la mer en y entrant tout habillé, qu'à présent tous les yeux étaient fixés. À quoi jouait-il ?

Un coup de sifflet a retenti.

— Hé, vous, là-bas, revenez ! a ordonné un homme en uniforme.

Thomas s'est immobilisé, de l'eau jusqu'à la taille. Il s'est retourné lentement. J'entendais déjà les paroles qu'il prononcerait en nous rejoignant, avec le sourire que je connaissais par cœur.

— Si on n'a même plus le droit de s'amuser !

Jouer avec sa vie ?

*

— Maman, où est Thomas ? demande Sophie d'un ton accusateur.

De quoi me soupçonne-t-elle ? Non-assistance à personne en danger ?

Tout est prêt pour le pique-nique. On ne peut pas dire que le coin soit tranquille : au pied de chaque bouquet de résineux, dans l'odeur chaude-acide de la terre mêlée de sable et d'aiguilles de pins, familles et amis sont rassemblés. Sur la nappe plastifiée, maman a disposé les sandwichs tirés de la petite glacière, préparés quelques heures auparavant avec amour par Maéva : poulet, jambon, thon, gruyère, il y en a pour toutes les gourmandises. Sans oublier les incontournables chips et la mayonnaise. Côté boissons : eau, Coca, jus de fruit. Pas d'alcool au guidon.

— Thomas se change dans la voiture. Il a voulu se baigner tout habillé et a failli se prendre une contravention.

Angèle rit, un rire indulgent montant du ventre d'un brin de femme, d'une future mère, excusant par avance les bêtises des garçons et leurs parades.

Si le coup de sifflet du garde ne l'avait pas arrêté, jusqu'où Thomas aurait-il poursuivi le défi ? Le chantage ?

— On commence, décide maman. Il rattrapera.

Elle a rempli un verre de jus de fruit et me l'a tendu.

Je m'étais interrogée sur le contenu du sac que Thomas avait glissé dans la Méhari avant notre départ. La voix de Charles Aznavour, montant entre les pins, m'a apporté la réponse : une réponse implacable, évidente. Si Thomas était venu à Ré, c'était pour ce moment-là, ce pèlerinage à la mémoire d'un espoir perdu.

« *Dans le petit bois de Trousse-Chemise,*

Quand la mer est grise et qu'on l'est un peu. »

Ipod pourvu de ses baffles sur l'épaule, son mis au maximum – on fait des merveilles aujourd'hui –, il chaloupait vers nous dans ses baskets trempées, un pull sur son short foncé par l'eau, semant le silence sur son passage avec la chanson bien connue.

Parvenu à nous, il s'est immobilisé et il a salué à la ronde. On l'a applaudi.

La suite défile dans ma tête comme un mauvais film. On voudrait quitter la salle, il n'y a pas de salle, on fait partie du casting.

« *Dans le petit bois de Trousse-Chemise* […]

Souviens-toi nous deux. »

Ravies de se trouver près du point de mire, les filles se lèvent, imitées par d'autres pique-niqueurs. Elles entourent Thomas.

Il se tourne vers moi et me tend la main. Je suis paralysée. Croyant à un jeu, les spectateurs m'encouragent : « Hou, hou. »

« […] *J'ai voulu* […] *conjuguer le verbe aimer son prochain.* »

C'est l'histoire d'un homme qui aime une fille qui ne l'aime pas, c'est une chanson qui a fait le tour du monde, l'une de celles que vous écoutez en pensant qu'elle a été écrite pour vous. Et les plus belles, les éternelles, sont celles qui finissent mal.

Les yeux de maman, bouleversée, passent de Thomas à moi. Innocentes, insouciantes, les filles dansent. Une grosse dame se dandine. Un homme rit grassement. Je me lève.

« *Quand on est rentrés, la vie t'a reprise.* [...]
T'es jamais r'venue. »

Je me revois quittant la scène, courant entre les pins, détestant cet homme, me détestant de l'aimer trop, tandis que tous reprennent en chœur les dernières paroles de la chanson.

« *On coupe le bois à Trousse-Chemise.*
Il pleut sur la plage, à morte saison[1]. »

Sans entendre sonner le glas.

1. *Trousse Chemise*, paroles de Jacques Mareuil, musique de Charles Aznavour, © 1962, Éditions musicales Djanik.

34

L'expression « dormir sur ses deux oreilles » fait sourire le pompier qui ne dort que d'une seule, attendant que, dans l'autre, retentisse l'alarme qui l'avertira que, quelque part, quelqu'un a besoin de lui.

Les jours de relâche, j'apprécie d'émerger en douce du sommeil, aborder sans bruit au rivage d'une journée sans surprise, et toute sonnerie, fût-elle musicale, pour m'en tirer est bannie. Si j'ai besoin de me lever à une heure précise, je règle mon horloge interne et c'est bon.

À ce souci près qu'elle commence à frémir bien avant l'heure choisie.

*

Ce samedi de fin de vacances, avec trente minutes d'avance sur l'horaire prévu, la respiration un peu lourde de ma mère, le souffle léger de Sophie dans le lit voisin m'ont donné le signal de quitter le mien.

La veille, j'avais laissé dans la salle de douche tout le nécessaire à mon expédition : pull, pantalon, chaussettes – petits matins frais au bord de la mer. Je m'y suis glissée et, après une toilette de chat au lavabo, j'ai quitté la chambre sans avoir provoqué le moindre mouvement du côté des dormeuses. Si un jour – Dieu m'en garde – je devais lâcher la caserne, mon nouveau job était tout trouvé : gentlewoman cambrioleuse.

6 h 50. De la cuisine montait un bruit de vaisselle. Les petits déjeuners, servis une heure plus tard, se préparaient. Sur la table, la tirelire-phare avait disparu, vidée hier soir après le dernier repas, pris en commun avec nos hôtes. Trop de sous pour compter, Aldo avait été chargé d'acheter de la part des mis à l'amende un beau châle à Maéva, et Maéva priée de le porter pour nous accueillir l'été prochain.

L'été prochain ? Soudain, un voile noir était tombé sur mon cœur. Qui serait là, l'été prochain, autour de cette table ? Les mêmes ? Impossible ! Qui manquerait au rendez-vous ? Face à la panique qui m'avait saisie, j'avais su où je devais aller.

De toute urgence.

J'ai filé par le jardin, récupéré mon vélo dans le petit parking réservé aux clients et pris la route. Le départ avait été fixé à midi. J'avais le temps.

Le « Sage », que les ignorants appelaient le « Sorcier », vivait à une dizaine de kilomètres de Bois Plage, dans un coin aride et rocailleux d'où la mer était inaccessible, ce qui le protégeait des touristes. Je devais avoir une douzaine d'années quand mon père m'avait jugée digne de lui être présentée. Il s'appelait Elbe. Rien à voir avec l'île italienne, prison de Napoléon, Elbe comme Elbe de Mauléon, l'un des plus anciens seigneurs de Ré, dont la rumeur affirmait qu'il était le descendant.

Aux alentours de 1150, Elbe de Mauléon, après avoir fondé l'église Saint-Barthélemy à La Rochelle, avait fait ériger sur l'île une abbaye dédiée à la Vierge : Notre-Dame de l'île de Ré, dont on pouvait admirer les vestiges au fort de la Prée.

Notre Elbe à nous ne savait ni lire ni écrire. À ceux qui s'en étonnaient, il répondait, comme saint Bernard, contemporain de ses ancêtres, que les arbres et les rochers, pour peu qu'on prenne le temps de les écouter, vous en apprenaient autant que les livres. Il vivait de dons reçus pour celui qu'il avait d'éclairer les âmes. À une époque où l'on perd le chemin de la sienne, vivant dangereusement à fleur de soi-même, les gens venaient de plus en plus nombreux et de plus en plus loin le consulter.

Aldo, l'âme simple, m'avait permis de répondre à Myriam. En éclairant mon âme, Elbe me permettrait-il de libérer ma conscience de la hantise de faire souffrir Thomas ?

*

Il était près de 7 h 30, le soleil achevait de se lever quand je suis arrivée à sa maison – sa grotte ? – de pierre rugueuse, coiffée de tuiles verdâtres mangées par la mousse. Un peu de lumière tremblait à la fenêtre. J'ai appuyé ma bicyclette à la margelle du puits ornant sa petite cour et j'ai poussé la porte. On ne frappait pas chez Elbe, c'eût été l'offenser. Il avait été averti de votre visite.

Comment me recevrait-il ? Je n'étais jamais venue sans mon père. Notre dernière rencontre datait de trois ans.

35

— Entre, ma fille, a-t-il dit.

Il était assis près de la cheminée où rougeoyaient les braises. Je me suis approchée. Il a montré le siège à côté du sien. J'y ai pris place.

— Je t'attendais.

De quelle couleur étaient ses yeux ? Gris, sans doute, délavés par l'âge. Cheveux et barbe blanche, robe de même couleur. Comment restait-il si propre, si soigné, avec seulement l'eau du puits pour se laver ? Mais aurait-on posé la question à un arbre, un rocher ? Telle était l'impression qu'il donnait : un rocher frappé par toutes les tempêtes, un arbre indéracinable.

Il s'est levé, il a disparu un instant dans l'obscurité et il est revenu avec un verre d'eau claire qu'il m'a tendu : quoi de plus précieux que l'eau ? J'ai bu quelques gorgées, j'avais très soif, je crois que c'était la peur.

Elbe ne venait pas à vous, il fallait aller à lui, donner la raison de votre présence. Si, subitement, vous ne vous en sentiez plus la force, le courage, il vous laissait partir sans chercher à vous retenir : votre heure n'était pas venue. On murmurait qu'un puissant chef d'État ayant entrepris le voyage dans l'unique but de rencontrer le Sage, effrayé par son apparence, avait rebroussé chemin sans oser prononcer un mot. Avant de se représenter à nouveau quelques semaines plus tard, confus et repentant.

L'apparence d'Elbe m'était familière, ce devait être mon heure, avant d'avoir terminé mon verre, je lui avais tout dit : Ambroise Tremblay, l'abandon ; Thomas Vailly, l'amour impossible ; William Launay, l'amour danger. Une histoire vieille comme le monde : deux femmes pour un homme, deux hommes pour une femme. Une histoire que chacun croit être le premier à vivre, dont certains ne se remettent jamais. Un choix à faire, des doutes, des incertitudes, des remords, la peur.

Elbe m'a écoutée sans m'interrompre, sans un geste d'encouragement. Lorsque je me suis tue, il est resté un moment immobile, les yeux fermés. Les lignes de la main, les boules de cristal, le marc de café, les cartes, il les laissait aux autres. Il n'était pas là pour prédire l'avenir mais pour l'éclairer en vous rappelant qui vous étiez.

Sa voix est montée comme du fond des âges.

— Ce mot que tu as prononcé en dernier…

« Peur ».

— Cette phrase que tu répètes à ceux que tu secours…

« N'ayez pas peur, nous sommes là »…

— Te l'es-tu jamais adressée à toi-même ?

« N'aie pas peur, Ninon, tu es là » ?

J'ai retenu un rire.

— Tu ne sais pas qui tu es. Tu ne sais pas qui est là. Il est temps, ma fille.

Ma fille ?

« Mon garçon manqué », plaisantait papa.

Jusqu'à quel âge avais-je tenté d'être un garçon pour remplacer Charles, le petit frère parti avant ma naissance, dont le souvenir faisait monter les larmes aux yeux de mes parents ? Escaladant tout ce que l'on disait trop haut pour moi, refusant les poupées, m'appliquant à faire pipi debout. Je ne devais pas être loin de celui de Sophie quand j'avais renoncé. J'y avais mis le temps !

« Tu ne sais pas qui tu es. »

Mon père avait-il parlé à Elbe de Charles ? Le saurai-je jamais ?

« Il est temps, ma fille. »

Et soudain, j'ai ri ; cette fois franchement. « À la bonne heure », aurait dit papa. La bonne heure où certaines souffrances, que l'on croyait avoir oubliées, remontent à la surface et où l'on se demande si elles ne vous auraient pas un petit peu pollué la vie. À voir ! On verrait.

N'empêche que le Sage aurait bien pu, tout inculte qu'il était, mettre une plaque de psy à l'entrée de sa grotte

Il m'a dit que l'amour était le soleil intérieur de l'homme et que nul ne guérissait du besoin d'aimer et d'être aimé, qu'il vienne d'ici ou d'ailleurs, qu'il s'appelle Ambroise, Thomas, William… ou Ninon. Un jour, bientôt, je me souviendrais du frisson qui m'a parcourue, comme un signal d'alarme, lorsqu'il a prononcé le nom du Canadien.

Il m'a raconté que, durant la Révolution, lorsque les hommes imaginaient pouvoir modifier le cours du temps en changeant le nom des mois du calendrier et celui de certains lieux, le Bois Plage avait été rebaptisé : « La Vérité ». Il y a toujours du bon à prendre dans la naïveté des hommes : on ne peut vivre en se cachant sa vérité par peur de souffrir ou de faire souffrir.

Puis il s'est courbé et, sur le sol, parmi d'autres, a ramassé un galet, un insignifiant caillou gris veiné de blanc, usé par le temps, poli par la mer, comme on en trouve à n'en savoir que faire sur toutes les plages du monde. Et il me l'a tendu.

— Prends-le.

Il tenait dans ma paume. Un peu bêtement, j'ai demandé :

— C'est pour quoi ?

— À toi de lui confier le message de ton choix.

Un message ?

36

Le soleil s'en donnait à cœur joie quand j'ai quitté le Sage.

Cœur joie ! Sur le chemin de Bois Plage, jamais les odeurs, mer et terre, ne m'avaient semblé si belles. Dit-on « belle » pour une odeur ? Dit-on « planer » pour une conscience ?

Avant de regagner l'Auberge, je suis descendue sur la plage de la Gollandière. Certains affirment que ce nom vient de « goéland » ; à la vérité, on n'a jamais su exactement.

Le galet serré dans ma main, j'ai appelé Genève.

— Ninon, c'est bien toi ?

J'ai dit à William Launay que je l'aimais. Je quittais l'île ce matin, j'étais de garde lundi, pourrions-nous nous voir mardi ?

N'en déplaise à ses fans, je peux affirmer que le Sage est aussi sorcier.

Quatrième partie

L'espoir au cœur

37

Ce matin, lundi 16 août, à la ferme Saint-Benoît, près de Chanzy-sur-Indrois, entre Loches et Montrésor, mamie Émilienne, quatre-vingt-trois ans, bon pied bon œil mais ouïe laissant à désirer, a entrepris de trier ses échalotes. Semées au printemps dans son bout de jardin, récoltées fin juin, mises à sécher dans la soupente, il est temps d'en faire de jolis filets et de les offrir autour d'elle, seul cadeau qu'elle a encore le droit d'offrir, les brus tenant serrés les cordons de la bourse.

À 8 heures, elle a trempé ses tartines dans sa chicorée en compagnie du petit-fils, Matthieu, et de sa couvée, qui partagent son bâtiment. À 10, elle a mis son fichu et fait comme si elle partait pour son tour à la chapelle, près de Chanzy, histoire d'allumer son cierge à Marie et de se dégourdir les jambes. Deux cents mètres et, ni vu ni connu, elle est revenue par-derrière afin de monter dans la soupente. Pour n'être pas dérangée par les gamins qui, sous prétexte de l'aider dans son travail, lui piétineraient sa récolte, elle a tiré le verrou. Comme c'était torride là-haut, elle a ouvert le vasistas. Et quand le bon vieux Gaspar est venu gratter et pleurer à la porte, elle n'a pas cédé. À déjeuner, elle lui glissera en douce les morceaux trop durs à mâcher du ragoût et il lui pardonnera.

*

Ce lendemain de 15 août, Benoît le Prévost, fils aîné d'Émilienne, propriétaire de la ferme Saint-Benoît, deux cents hectares de bonne terre à blé, maïs et tournesol, est rentré plus tôt du travail.

Pour le blé et le maïs, la moisson est engrangée, le tournesol baisse la tête ; dans une quinzaine, ce sera son tour. En attendant, on prépare le sol aux prochaines semailles. De ferme en ferme, de champ en champ, on s'adresse des signes d'encouragement. Il fait beau, la récolte s'annonce abondante, que demander de plus au bon Dieu ?

Si Benoît est revenu plus tôt, c'est qu'il veut accueillir comme il faut son ami Bernard qui doit lui livrer son engrais. Dix mille litres du meilleur. Bernard approvisionne toutes les exploitations des environs, aussi Benoît est-il assuré d'être le premier averti lorsque l'une d'elles est sur le point d'être vendue, par un paysan que sa terre ne suffit plus à nourrir ou par la descendance qui préfère travailler à heures fixes en ville. Du bel héritage qui sent bon la sueur des anciens, entre les mains d'étrangers les transformant en « fermettes » sans couleur ni odeur, quel chagrin, quelle pitié ! Heureusement que ça n'est pas près de lui arriver à lui. Il possède suffisamment de terre pour faire vivre sa famille, et son fils est prêt, le moment venu, à reprendre le flambeau. Sans compter le gamin, Matthieu, le calé en informatique, qui rêve de se lancer dans le bio ; c'est la mode.

Dans la grande salle du bâtiment principal, Benoît se rafraîchit en regardant les femmes s'affairer autour des fourneaux ; la sienne, la douce Henriette, les brus et leurs aînées. Pour n'avoir pas les petits dans les pattes, elles les ont envoyés jouer, sous la surveillance d'un grand, sur la plage au bord de l'Indrois. Ils reviendront, crocs sortis comme des louveteaux au moment du repas. Ça sent bon la ratatouille, légumes frais, oignon, ail. Fines côtes d'agneau ou œufs compléteront ce plat. Bien sûr, Bernard restera déjeuner. Depuis le temps, il est comme un frère. Il est même mieux qu'un frère : ceux de Benoît portent le col blanc.

Celui-ci se penche sur le chien, flatte l'épaisse fourrure : mais qu'est-ce que tu fais là, mon vieux Gaspar ? Tu n'as pas accompagné la mamie à la chapelle, aujourd'hui ? Ne me dis pas que tu fais grève. Ça aussi, c'est la mode. Ici, on n'a pas le temps. Après tout, c'est peut-être ça, le bonheur.

*

Ce lundi 16 août, au volant de son camion-citerne roulant à allure d'escargot en direction de la ferme Saint-Benoît, Bernard Valerne se sent bien, chez lui en somme. Ces petites routes, ces chemins, ces sentes, il en connaît tous les détours. Avec son ami Benoît, il les a bien parcourus un millier de fois. D'abord à vélo pour aller partager le même banc à l'école de Montrésor, puis en mob à l'âge où on commence à draguer les filles. Plus tard, dans la vieille guimbarde qu'ils se partageaient. Et finalement, quand Bernard y songe, outre qu'ils ont épousé deux amies, Henriette et Margot, ils continuent sur la même lancée, les deux à faire fructifier le sol : lui en l'engraissant, Benoît en le plantant.

À l'horizon pointe une bétaillère transportant de gros rouleaux de paille destinés aux animaux. Bernard arrête son camion, la laisse passer. Pas le droit de courir le moindre risque, les losanges au cul de son bahut indiquent clairement qu'il transporte des produits à risque : losange blanc avec une tête de mort pour le toxique, noir et blanc pour le corrosif. Le mois dernier, en voulant éviter un cycliste, un collègue a basculé dans le fossé. Le pauvre ne transportera plus jamais rien.

Mais voilà le pont sur l'Indrois. Un peu plus loin, la plage. Des gamins barbotent dans l'eau claire, d'autres pêchent, une famille pique-nique. Les grandes vacances ! En janvier prochain, ce sera son tour, et là, des vraiment grandes : la quille. Il ne s'en plaindra pas. Le stress use un bonhomme. Et aucun risque qu'il s'ennuie. Quand la descendance ne les mobilisera pas, Margot et lui seront toujours les bienvenus à la ferme. L'un comme l'autre trouveront à s'y occuper. Sans compter la belote.

Voici le chemin de terre qui mène à Saint-Benoît. Comme il négocie son tournant, un corbeau s'envole sous ses roues en ricanant méchamment. Il n'aime pas ça, Bernard. Même s'il n'est pas superstitieux, le chauffeur se signe.

Au bout du chemin, un petit troupeau d'enfants galope. Les toits rouges des trois bâtiments de ferme apparaissent. 11 h 20. Le temps de remplir la cuve et sonnera l'heure de passer à table. Bernard baisse sa vitre. Il lui semble déjà sentir les bonnes odeurs du repas de l'amitié.

38

Il était 11 h 45, ce lundi 16 août, quand l'alarme a sonné au CPI, Centre de première intervention de Chanzy-sur-Indrois, petit bourg situé entre Loches et Montrésor. L'adjudant Roland Malavoix, chef de centre, profession peintre en bâtiments, artiste à ses heures, s'apprêtait à partir chez un client après avoir vérifié ses engins et fait un peu de paperasse : douze hommes sous ses ordres, ce n'était pas rien ! Le directeur du Crédit agricole, celui de la supérette, Bonloup, le préparateur en pharmacie – ça ne s'invente pas –, M. le curé, Toinou le cantonnier, pour le reste, des agriculteurs.

« Fuite importante de liquide toxique à la ferme Saint-Benoît. Un blessé grave, le conducteur du camion-citerne venu livrer l'engrais. »

Roland a bipé ses hommes en vitesse : tous encore au boulot, bien sûr ! Avant qu'il n'en récupère assez pour décaler, il faudrait compter au moins dix minutes. Dix de plus pour s'équiper, le temps d'arriver là-bas, ça ferait du largement midi. Il a appelé le maire, lui aux champs. Les gendarmes devaient déjà être avertis par le centre de traitement d'alerte.

Liquide toxique. Pauvre gars ! Sûr que ça devait paniquer à la ferme. D'autant qu'avec les vacances ils y étaient une colonie. Pourvu qu'il ne trouve pas d'autres victimes, des enfants, qui sait ? Bon, on assurerait !

Roland Malavoix a revêtu la tenue d'intervention et ouvert sa remise : deux engins, un VTU, véhicule tous usages, et un FPT, fourgon-pompe-tonne. En passant, il a jeté un coup d'œil au coin « rétrospective » qui ornait le foyer, son œuvre. Drapeaux, casques dorés, une pompe à bras avec sa bâche en cuivre. Belle, sa caserne ! Il lui arrivait d'y dormir rien que pour le plaisir et, bien sûr, sa femme râlait.

Mais déjà son cantonnier rappliquait sur son vélo. Toujours le plus rapide à répondre à l'appel, le Toinou. Bonloup, le boulanger, suivait, de la farine sur les moustaches. Le curé débarquait sur sa mobylette. Il leur a expliqué la situation pendant qu'ils se changeaient. D'autres arrivaient, suant, soufflant : « La ferme Saint-Benoît ? Mon Dieu, vite ! » Quinze minutes après l'alarme, le deux-tons du FPT faisait vibrer les murs du paisible petit bourg, des gens couraient aux fenêtres, c'étaient les leurs qui partaient.

Des hommes comme les autres qui, ce matin s'étaient mis à leur travail quotidien, le boulanger à son pétrin, le pharmacien à ses ordonnances, le cantonnier à ses bords de route, le curé à pêcher les âmes.

Des soldats du feu avec, au cœur, les mots inscrits sur leur drapeau : « Courage et dévouement ».

39

Ce lundi 16 août, lorsque je suis arrivée à la caserne, à 7 h 30, Thomas était déjà là. Comme moi, il avait dû attendre ce moment avec impatience. Comme moi – je l'ai vu à sa façon de m'accueillir –, il avait décidé de tirer un trait sur un petit bois de pins, une plage, un implacable instant de vérité. Mais tire-t-on un trait sur des sentiments si profondément ancrés ? Obtient-on si facilement la paix des cœurs ? Drôle de paix, annonçant la guerre ?

Demain, j'avais rendez-vous avec l'homme que j'aimais.

« Je passe te prendre chez toi. »

*

Tout ce dimanche de l'Assomption – pardon Sainte Vierge –, je l'avais employé à nettoyer mon appartement au cas où William Launay souhaiterait y monter. Était-ce pour lui présenter mon père que j'avais placé son portrait dans la bibliothèque du living ? Dans l'intention de le faire asseoir à mes côtés sur le canapé, que j'avais aspiré les mille miettes des goûters de l'angelote et battu les coussins ? Pendant que j'y étais, pourquoi ne pas changer les draps de mon lit ? Ce que j'avais fait en m'adressant une grimace de défi : « N'aie pas peur, Ninon. »

Hier soir, déposant Sophie chez maman, je l'avais avertie que je ne la lui reprendrais que mercredi. Bien qu'au courant de mes horaires, elle n'avait posé aucune question. Un sourire, un baiser un peu plus appuyé sur ma joue avant que j'enfourche mon vélo, c'est tout. Pour lire dans les états d'âme, elle n'était pas mauvaise non plus.

*

À la caserne, nous avons été félicités, Thomas et moi, pour notre bonne mine. Il est vrai que le casque n'est pas l'idéal pour bronzer. Pendant l'appel, Joseph nous a lancé un regard noir, comme à des déserteurs repentis.

— Il était temps ! a-t-il maugréé.

Le plus joli des compliments venant de notre cher garde-chiourme.

Le nom de Myriam ne serait plus prononcé. Il rejoindrait la cohorte de ceux que notre métier nous avait amenés à côtoyer, le plus souvent pour le meilleur, parfois pour le pire.

« Je suis désolée. »

« Moi aussi, Myriam. »

Nous avons été saluer le capitaine Dubiez. Il semblait heureux de nous revoir. Dans ma poitrine, cette sensation de plénitude, cette gratitude : j'étais rentrée chez moi.

L'alarme a sonné à 12 h 20 alors que nous nous apprêtions à déjeuner. Importante fuite de liquide corrosif, non enflammé, dans une ferme près de Chanzy-sur-Indrois. Pronostic vital engagé pour le conducteur du camion-citerne. Le propriétaire de la ferme était blessé plus légèrement, de très nombreuses personnes avaient été mises en sécurité dans l'un des bâtiments.

Luc, Thomas et moi étions de premier départ, nous

avons décalé dans le VSAV, suivis par le fourgon-pompe-tonne armé par six hommes.

Durant le trajet, nous avons appris que les pompiers du CPI de Chanzy se trouvaient sur place. La gendarmerie du bourg ainsi que celle de Montrésor, ville voisine, avaient été mobilisées. Enfin, une Cellule mobile d'intervention chimique, seule à pouvoir colmater la fuite, venait de quitter Tours pour nous rejoindre.

— Vive le bon air de l'île de Ré, n'a pu s'empêcher de plaisanter Thomas.

Après m'avoir lancé un coup d'œil, Luc a ri du bout des lèvres. Se doutait-il de quelque chose ? Quoi qu'il en soit, notre très discret sous-officier ne se permettrait aucune question.

Encore une belle et chaude journée. La clameur du soleil planait sur la blondeur des champs ourlés de forêts, parsemés de bottes de paille dorée. Là-bas, au milieu des vagues orangées des tournesols aux cœurs bruns, les lumières tournoyantes des gyrophares formaient comme des bouquets de feux de Bengale. Nous arrivions !

*

À grands coups de sifflet, les gendarmes s'efforçaient de mettre de l'ordre dans les nombreux véhicules arrêtés au bord de la départementale, dont des tracteurs appartenant à des agriculteurs voisins accourus proposer leur aide.

À l'entrée d'un chemin creux, un panneau de bois annonçait la ferme. Nous nous y sommes engagés, suivis par le fourgon-pompe-tonne. Plus personne ne parlait : et si le liquide s'était évaporé et transformé en gaz, envahissant tout ? Quel spectacle nous attendait-il sous le beau ciel d'été ?

J'ai serré dans ma poche un galet gris veiné de blanc.

40

La masse du camion-citerne, tel un objet maléfique tombé d'un monde maudit, écrasait la cour. S'échappant d'un tuyau, un liquide épais prenait lentement possession des lieux, formant une nappe sombre, aux vapeurs bleutées, vénéneuses, sous le regard d'un groupe de pompiers trépignant d'impatience, attendant les spécialistes.

Ce matin encore, au lever du soleil, elle devait être jolie, cette cour, avec son puits fleuri, ses bancs de pierre grise creusée de roux par les années, disposés le long des vieux murs de la ferme aux portes encadrées de vigne à travers laquelle des grappes apparaissaient. Une ferme d'autrefois, aux volets verts percés de cœurs, solidement mariée avec le paysage, de celles que viennent admirer les touristes, en poussant des « oh » et des « ah », rêvant de les acquérir pour s'approprier un passé qui les attire autant qu'il leur aurait répugné d'y vivre.

Sous le liquide empoisonné, la cour avait cessé de respirer.

— Oh, doux pays de mon enfance, a chantonné Thomas entre ses dents.

Comme nous sortions du véhicule, une odeur d'ammoniac nous a agressés. Un homme se hâtait vers nous.

— Adjudant Roland Malavoix, chef du centre de Chanzy, premier COS, s'est-il présenté. Merci d'être venus si vite.

C'était un homme carré, solidement planté sur ses jambes, regard franc, fine moustache. Quel métier ? Aucun professionnel dans un Centre de première intervention. Rien que des volontaires, corvéables à merci ; à leur demande, bien sûr !

— Le blessé ? s'est enquis Luc.

— Mis à l'abri dans la ferme par Benoît, le propriétaire. Mains et avant-bras sérieusement brûlés, visage plus légèrement. Apparemment, pas d'intoxication.

Il a montré le camion :

— Il semble qu'un joint du tuyau d'alimentation ait cédé alors qu'il commençait à remplir la cuve. On attend Tours pour arrêter le massacre.

Thomas avait sorti le sac de secours du fourgon.

— On y va ?

Malavoix s'est tourné vers un autre pompier :

— Armand, tu les emmènes ?

Lui, court sur pattes, lunettes, regard aigu :

— Directeur du Crédit agricole de Chanzy, s'est-il présenté.

Laissant Luc avec l'adjudant, nous l'avons suivi vers l'arrière des bâtiments. Soudain, sur le toit, un oiseau s'est mis à chanter.

— Tu vois, c'est comme ça, il suffit qu'on arrive, a dit Thomas.

41

La chambre est vaste, éclairée par un lustre auquel manquent plusieurs ampoules : fait exprès ?

Autour du lit à montants de bois, deux pompiers : le pharmacien et le curé du bourg, nous indique notre guide. Derrière eux, visage défait, un homme à carrure puissante, masse de cheveux blonds-blancs, vêtu d'une chemise à carreaux et d'un jean. Ses mains sont bandées : le fermier ?

Le blessé, une petite soixantaine d'années, est torse nu. Yeux fermés, état somnolent, entrecoupé de gémissements. Le visage est peu atteint. De larges plaques de peau, roussie par le liquide, marquent mains et avant-bras. Sur ceux-ci, des lambeaux de tissu appartenant à un vêtement se mêlent aux lambeaux de chair. Le préparateur en pharmacie humidifie les brûlures au moyen d'un vaporisateur et poursuit le déshabillage. Le curé-pompier lui parle doucement. Nous nous présentons.

Alors que Thomas ouvre le sac de secours, l'homme à la chemise à carreaux s'empare de ma manche. Ses yeux, d'un bleu très clair, m'implorent.

— Je vous en prie, madame. Il faut l'emmener tout de suite à l'hôpital, sinon, c'est sûr, il tiendra pas le coup.

Thomas me fait signe de m'en occuper, lui se chargera du blessé. Je dégage doucement mon bras.

— N'ayez pas peur, monsieur, nous sommes là. Comment vous appelez-vous ?

— Benoît, répond-il. Je suis le propriétaire de la ferme.

— Tout va bien aller, Benoît.

Je l'entraîne un peu plus loin. Le Crédit agricole suit.

— Vous comprenez, j'étais juste à côté quand c'est arrivé, explique le fermier avec désespoir. J'ai rien pu faire.

— Rien pu faire ? Attends ! proteste le banquier en désignant les mains bandées. Et qui donc l'a tiré jusqu'ici, monté dans son lit ? Qui nous a appelés ?

Benoît hausse les épaules, accablé. C'est toujours les plus braves qui se reprochent de n'avoir pas fait assez. Du lit, la voix de Thomas, penché sur le blessé, nous parvient : « Bernard, est-ce que vous m'entendez ? Ouvrez les yeux, Bernard, s'il vous plaît. »

Le pompier-curé nous rejoint avec un verre d'eau.

— Si tu buvais un peu, Benoît ?

Tandis qu'il se penche pour l'aider à prendre le verre, une chaînette avec une croix apparaît.

Je demande au fermier :

— Voulez-vous que je regarde vos mains ?

— Pas la peine, on s'en est occupé.

Alors qu'il boit, un curieux montage de photos, formant comme un arbre généalogique, occupant une grande partie d'un mur, attire mon attention. Au sommet de la pyramide, un homme et une femme vêtus de sombre, un peu trop bien vêtus – ça doit être dimanche –, posent devant la ferme : deux visages graves, fiers, deux personnes à leur place, là où il faut et n'en doutant pas. Sous la photo sépia aux bords dentelés, d'autres en noir et blanc, de couples : les enfants. Et sous celles-ci, tant de branches et de rameaux qu'on s'y perd. De noir et blanc, les clichés passent à la couleur, les visages s'égaient, les tenues prennent de la fantaisie. Et, pour terminer, en bas, les derniers venus, les enfants d'aujourd'hui, aux sourires jusqu'aux oreilles, aux grimaces parfois insolentes, comme des pieds de nez naïfs adressés au dur labeur des anciens. Une chanson légère soulignant une épopée. Et il n'y a rien à dire ni à regretter, c'est comme ça, c'est la vie.

— C'est l'avenir, observe le pompier-curé.

Mes yeux reviennent au lit près duquel Thomas poursuit le bilan. Est-ce entre ces montants de bois que la belle histoire a commencé à s'écrire ?

Benoît a sorti un mouchoir de sa poche. Il éponge son front. Il fait chaud, plus encore à attendre. Je demande :

— La famille de votre ami a-t-elle été avertie ?

— Sa femme est en vacances avec les enfants. On n'arrive pas à la joindre, grommelle-t-il. Qu'est-ce qu'elle est allée foutre en Roumanie ? Comme si on n'avait pas tout ce qu'il faut ici !

Et voici Luc. Le chef va directement au lit. Thomas et lui se concertent. Luc me fait signe d'approcher. Benoît me suit.

— J'appelle le Samu. Thomas et toi, vous transportez la victime dans le VSAV, okay ?

Ainsi, dès que les médecins du Samu, seuls habilités à orienter le transfert du blessé vers tel ou tel hôpital, auront donné le feu vert, Bernard sera prêt, pas une minute ne sera perdue.

— Vous allez le sauver, n'est-ce pas ? supplie Benoît.

*

Il est 12 h 52. Voilà environ trente minutes que l'alarme a sonné à Loches. Dans la cour où le liquide poursuit son œuvre destructrice, un vaste périmètre de sécurité se met en place. C'est enrageant, désespérant de ne pouvoir intervenir plus vite sur la fuite, mais seuls les spécialistes de la Cellule d'intervention chimique pourront s'en charger sans risques.

Tout en sortant le brancard du VSAV, je me livre à des calculs savants : la Cellule, venant de Tours, était en route lorsque nous avons décalé, à 12 h 20. Elle devrait arriver d'ici quinze à vingt minutes. Un peu plus pour la voiture du Samu. Patience ! Parfois, la patience, on voudrait lui tordre le cou.

Nous retournons dans la chambre pour y prendre le blessé. Un, deux, trois, on soulève ! Nous le ramenons au fourgon en nous efforçant de lui éviter les cahots. Seul son visage torturé émerge de la couverture de survie. Ses yeux sont ouverts, ils s'affolent. Je me penche sur lui.

— Bernard, je m'appelle Ninon. Nous vous préparons pour le départ à l'hôpital. Ça va aller.

Si j'ajoutais que le vent de noroît finit toujours par tomber, qui comprendrait ? Oh, Elbe !

Trois pompiers, trois copains, s'installent à ses côtés dans le VSAV : église, pharmacie, banque... il sera sous bonne garde.

L'adjudant Malavoix se hâte vers Thomas et moi.

— Je vous emmène dans le bâtiment principal. Il y a aussi à faire là-bas.

— Eh bien, allons faire, répond Thomas.

42

Dans la grande salle au plafond barré de poutres dont toutes les ouvertures avaient été hermétiquement fermées pour empêcher les émanations de vapeurs d'y pénétrer, une délicieuse odeur de ratatouille montait d'une marmite à larges flancs posée sur la cuisinière éteinte. Une vingtaine de personnes étaient rassemblées là, dont de nombreux enfants qui couraient en tous sens, se faufilant entre les adultes, d'autres s'agglutinant aux fenêtres pour tenter de voir ce qui se passait dans la cour à travers les cœurs percés dans le bois des volets. Quelques pompiers géraient la situation.

Sur une chaise, près de la longue et lourde table de bois, une jeune femme sereine, tout à sa tâche, allaitait un nourrisson. Quelle place dans l'arbre à photos ? Près d'elle, une grand-mère au doux et indulgent visage, cheveux teints, deux petites émeraudes aux oreilles, yeux clairs, pleurait silencieusement. Laissant Thomas aller vers d'autres, je me suis approchée.

— Je peux vous aider, madame ?

Elle a levé vers moi un regard noyé.

— Comment va Bernard ? Et Benoît ? Vous lui avez parlé ? Lui aussi a été brûlé, vous avez vu ?

La femme du fermier : Henriette.

— Votre mari va bien, on s'est occupé de ses mains. En ce qui concerne votre ami, on attend le Samu. Il sera très vite transporté à l'hôpital.

Un bref sourire est passé sur les traits crispés. Puis les larmes ont recommencé à couler. Elle m'a montré le portable enfermé dans sa main.

— Impossible de joindre sa femme. Elle ne sait rien. Mon Dieu, comment je vais lui annoncer ça ? Pauvre Margot.

Soudain, quelque chose a frappé ma botte. Je me suis retournée. Ce devait être un briard. Il avait de longs et épais poils gris-blanc. Il levait vers moi un regard d'attente et de totale confiance, comme seuls les chiens en sont capables. Il a ajouté un petit coup de museau au premier, assorti de jappements brefs pour m'indiquer qu'il avait quelque chose à me dire.

— Ne vous en faites pas, c'est Gaspar, m'a appris la femme au nourrisson avec un sourire. Il ne ferait pas de mal à une mouche. C'est bizarre, mais il n'a pas l'air de comprendre pourquoi on l'empêche de sortir ! Pourtant, il a dû sentir l'odeur, comme tout le monde.

J'aime beaucoup les chiens. Pas les chiens de salon, les solides et affectueux compagnons qui chahutent votre cœur et votre quotidien. Malheureusement, si mon cœur est prêt, mon quotidien m'empêche d'en avoir un. Un jour, qui sait ?

J'ai retiré mon gant – une manie, aurait dit Thomas – et passé les doigts dans la fourrure mi-douce, mi-rêche. Alors, mon vieux Gaspar, si tu me disais ce qui ne va pas ? Tu sais, des comme toi, j'en ai souvent tiré d'embarras. J'en ai sorti de l'eau et du feu, quelquefois d'un puits, parfois de la maltraitance. Il est arrivé aussi qu'après une attaque féroce de l'un de tes frères contre l'un des nôtres la décision ait dû être prise d'arrêter sa vie. Qui a mordu mordra ? Hélas, chez les animaux comme chez les humains, même les plus civilisés, du sauvage peut resurgir à tout instant.

Les oreilles frémissantes, Gaspar a écouté le message, puis a tiré le bas de mon pantalon pour m'ordonner de le suivre.

— Ninon ?

Thomas revenait vers moi, accompagné par un homme de forte corpulence, visage coloré, sourcils broussailleux, bonne bouille d'agriculteur.

— Je te présente monsieur le maire de Chanzy. Sa salle des fêtes est prête à accueillir tous ceux qui sont ici. Il a fait préparer un repas. Dès que la fuite sera colmatée, on procédera à l'évacuation.

Le maire m'a broyé la main. J'ai remis mon gant.

— Un miracle qu'il n'y ait eu qu'un seul blessé, a constaté l'élu avec un soupir. Quand le camion est arrivé, les enfants venaient juste de rentrer de la baignade, tous en maillots de bain. Ils passaient à la douche avant le déjeuner. À quelques minutes près, ils se trouvaient dans la cour, peut-être à regarder le transvasement. Vous imaginez ?

Le spectacle d'un car renversé dans le fossé m'a traversé l'esprit. Le regard de Thomas a croisé le mien.

— On imagine très bien, a-t-il acquiescé.

Le portable du maire a sonné. Il s'est éloigné pour répondre. Des gens nous entouraient, demandaient des nouvelles du blessé. Et pour la fuite, où on en était ? Gaspar, lui, gémissait à mes pieds.

— Ce que c'est que l'amour, a remarqué Thomas en levant les yeux au ciel.

— J'ai faim, quand est-ce qu'on mange ? s'est impatientée une petite fille aux bonnes joues rouges.

Le maire était déjà de retour, sourcils froncés.

— Ça bloque partout sur la route. Les gendarmes ont demandé du renfort. Il paraît que les chacals commencent à arriver. Il ne manque que la télé…

Les « chacals », les « journaleux »… Je me suis gardée de relever.

À l'extérieur, une série de deux-tons a retenti. La Cellule d'intervention chimique, enfin !

Nous sommes ressortis. L'odeur du gaz a effacé celle de la ratatouille.

43

Plusieurs véhicules se suivaient : Cellule mobile d'intervention chimique, Cellule de reconnaissance et Cellule anti-pollution.

Avant d'intervenir sur une fuite, la première tâche des spécialistes est de confirmer la nature exacte et toutes les composantes du produit déversé. Deux d'entre eux, munis de l'ARI, ont couru jusqu'au camion pour y récupérer les papiers utiles à leurs recherches. Deux autres revêtaient déjà la « tenue Casimir » ; une combinaison orange, passée sur les bouteilles d'air comprimé, bottes et gants incorporés, qui leur donnait l'aspect du célèbre personnage de *L'Île enchantée.*

« Drôle d'île », aurait pu dire Thomas.

Une fois le masque mis, le vêtement ne laissait plus un millimètre de peau exposée. Au périlleux travail que les soldats avaient à accomplir s'ajoutait une chaleur torride ; ils en ressortaient épuisés et en eau.

Vite !

Ceux de la Cellule de reconnaissance revenaient déjà avec les documents. Quelques minutes leur suffisaient pour les étudier. Les Casimir s'ébranlaient pesamment vers l'îlot empoisonné, éphémères passagers d'une planète où le progrès pouvait mener à une vie plus douce comme à sa destruction.

— Hardi ! a lancé une voix parmi les pompiers.

Hardi, les braves ! Dès qu'ils auraient, à leurs risques et périls, mis fin à la fuite du liquide toxique, la reconstruction commencerait.

*

Alors que chacun retenait son souffle dans un relatif silence – plus loin, sur la route, le concert de klaxons se poursuivait –, une autre sirène, bien reconnaissable, a retenti : celle de l'ambulance blanche et bleue du Samu.

Vite !

Un médecin et une infirmière en ont sauté, aussitôt dirigés vers le blessé. L'infirmière a grimpé dans le VSAV, sac de secours au dos. Avant de la rejoindre, le médecin, jeune, cheveux courts, lunettes, visage résolu, nous a posé les questions d'usage : heure de l'accident, nature du produit toxique, soins dispensés jusque-là à la victime. Puis il est monté à son tour.

Sous le masque à oxygène, Bernard avait les yeux fermés. Il respirait difficilement : chute de tension. L'infirmière le mettait sous perfusion. Le médecin a échangé quelques mots avec elle, puis il s'est penché vers le conducteur du camion.

— Bernard, vous m'entendez ? Je demande un hélicoptère pour vous emmener à l'hôpital. Ça va aller.

Il a quitté le véhicule. Les paupières du blessé s'étaient légèrement soulevées. Benoît a approché son visage du sien.

— Tu as entendu ? Un hélicoptère… un hélicoptère pour toi, a-t-il bredouillé.

Il s'est redressé et a saisi le bras de l'infirmière.

— Dans combien de temps, s'il vous plaît ?

Celle-ci s'est dégagée doucement :

— Cinq, six minutes.

Un sourire chancelant, fragile, a fait un instant trembler les lèvres du fermier : du bonheur qui crie au secours ?

— Alors… il va vivre ?

— Il sera très probablement transporté à Chambray-les-Tours. Là-bas, ils sont au top pour l'équipement, a répondu prudemment l'infirmière.

Alors qu'elle enveloppait les mains et les avant-bras du blessé de champs stériles en prévision de l'évacuation, à l'extérieur, des applaudissements ont éclaté. Nous sommes sortis. Les Casimir revenaient vers leur véhicule, mission accomplie. Un bracelet de métal, doublé d'une poche en plastique, avait été placé sur le tuyau déficient, plus une goutte de liquide ne souillerait la cour. Un tapis de mousse compléterait bientôt leur travail.

On leur tendait des serviettes, des bouteilles d'eau. Ils riaient : des hommes heureux.

Un bourdonnement est monté dans le ciel.

— Regardez, le voilà ! a crié une voix.

Tous les visages se sont levés. L'appareil jaune rayé de rouge a affolé les tournesols, hérissé les bottes de paille, agité la forêt, fait fuir les oiseaux, gonflé les poitrines de gratitude. Il s'est posé dans un champ, au plus près de la ferme. La portière s'est ouverte, un homme et une femme portant le blouson marqué Samu ont sauté sur le sol. Ils ont galopé jusqu'au fourgon où ils ont disparu avec le médecin.

Thomas s'est tourné vers moi.

— Dernier acte. On y va ?

Ce matin, jour heureux de reprise à la caserne, vérifiant ce brancard sous l'œil vigilant de notre garde-chiourme, nous ignorions que nous le faisions pour ce moment-là, ces précieuses et inoubliables minutes où, courant sur un chemin de terre entre des champs, nous transporterions un homme grièvement brûlé, appelé Bernard – applaudis par des paysans debout sur leurs tracteurs –, vers un hélicoptère affrété par nos frères de combat, dans l'espoir de lui conserver la vie.

Décidément, l'espoir, on dirait que le pompier n'a que ce mot au cœur !

Le pilote était à ses commandes. Nous avons monté le blessé par l'arrière de l'appareil. Il ne réagissait plus : restez avec nous, Bernard, restez dans le monde des vivants, s'il vous plaît !

Alors que l'infirmière s'apprêtait à refermer la porte, soudain, Benoît s'est précipité.

— Je viens avec ! a-t-il crié. Je vous en prie.

Il restait une place. Après une légère hésitation, le médecin l'a laissé grimper.

— Je m'occupe de Dieu, a crié le curé en traçant une croix dans l'air.

Et, comme l'appareil prenait de la hauteur, une main, puis dix, puis cent, se sont tendues vers le ciel et agitées pour exprimer à celui qui partait que tous l'accompagnaient. Et j'ai pensé à ces petites flammes des briquets brandis par le public lors des concerts pour exprimer un moment de partage et de joie. C'était naïf. C'était magnifique.

— Mais tu pleures, ma Ninon ? a murmuré Thomas.

Amitié, solidarité, joie. Amour.

Pas un instant, durant l'épreuve, William n'avait quitté mes côtés. Adoucissant ma peine, éclairant la nuit.

44

— Attendez, ça sent pas bon, on peut pas partir comme ça ! s'écrie l'un des pompiers du CPI, cantonnier, surnommé « Le Toinou ».

L'évacuation de la grande salle est terminée. Les véhicules des habitants de la ferme étant inaccessibles, garés dans une remise donnant sur la cour, on a fait appel à ceux des nombreux agriculteurs voisins venus offrir leur aide. Trop nombreux : toutes les générosités n'ont pu être satisfaites.

La femme au nourrisson est sortie la première, toujours sereine, accompagnée par Henriette, la maîtresse des lieux, refoulant ses larmes, s'efforçant de rester digne. Puis cela a été le tour des enfants. Éblouis par le soleil, ils papillotaient des yeux. Et, avançant entre la haie de pompiers et de gendarmes derrière laquelle se pressaient sympathisants et curieux, même les plus bruyants se sont retrouvés intimidés, héros sans l'avoir cherché, comme ceux de leurs séries télévisées. Et, bien sûr, il y a eu des applaudissements.

Les femmes ont suivi avec les hommes. Jean-Benoît Le Prévost, fils de Benoît, qui aurait voulu garder les lieux en l'absence de son père, a accepté de les quitter en échange de la promesse qu'il pourrait y revenir, lui au moins, dès ce soir, une fois le travail de la Cellule d'intervention chimique terminé. En attendant, deux gendarmes veilleraient à ce que nul ne s'introduise chez lui.

Il est 13 h 45. Cela fait presque une heure trente que l'alarme a retenti à Loches. Vraiment ? Seulement ? Notre mission se termine. Luc est sorti en rendre compte à la caserne.

*

— Puisque je vous dis que ça sent pas bon, répète inlassablement le cantonnier.

Grand brun filiforme aux épaules voûtées, on a peine à lui donner un âge, sans doute à cause d'un visage travaillé par le souci, comme d'autres sont éclairés par un sourire intérieur.

— Et, à ton avis, à part la bonne odeur d'engrais, ça sent quoi, cantonnier Toinou ? persifle l'un de ses camarades, lui plutôt costaud et sûr de lui.

— Ça sent qu'on n'a pas vu la mamie Émilienne !

— Tu n'as pas dû bien écouter, le reprend gentiment l'adjudant Malavoix. Quand c'est arrivé, elle faisait son tour à la chapelle. Toi qui la connais, tu dois savoir qu'elle y manque jamais. Si M. le curé était là, il pourrait témoigner.

— Justement, le curé, il l'a pas croisée ce matin !

— Il n'a pas que Chanzy comme paroisse, et après la messe, il a été occupé ailleurs, figure-toi.

Le dénommé Toinou désigne Gaspar, étendu devant la porte, museau entre les pattes, queue en berne, image de la désolation.

— Gaspar aussi, il dit que ça sent pas bon. Il a pas arrêté de pleurer depuis ce matin.

— Il dit qu'il a pas eu sa pâtée, rigole le costaud.

Le Toinou fonce vers la cuisinière et ramène la gamelle pleine.

— Il l'a eue ! Et il n'y a pas touché, triomphe-t-il.

— Il n'avait pas envie d'être empoisonné.

Rire général. Moins Thomas et moi. Thomas, l'œil noir, lui toujours du côté des têtes de Turc pour en avoir fait partie. Et tous les humiliés ne trouvent pas le rire comme parade. Il se tourne vers Malavoix.

— Pardonnez-moi, adjudant, mais cette mamie Émilienne, vous êtes sûr qu'elle n'était plus là quand la livraison d'engrais est arrivée ? s'enquiert-il avec précaution.

— Sa belle-fille l'a vue partir à 10 heures. De toute façon, on a vérifié partout : la maison est vide.

Comme s'il avait compris de qui nous parlions, Gaspar se met à trottiner vers nous en jappant faiblement. Je le désigne.

— Et lui, il vit avec la mamie ?

— Il ne la quitte pas, répond vivement le Toinou. Elle dit que, pour un peu, il dormirait dans son lit. C'est là qu'il faut aller voir.

— Dans le lit de la mémé ? Ça, c'est sûr que ça doit pas sentir la rose, ricane le même balaise.

Thomas le foudroie du regard.

Celui du Toinou me supplie de prendre son parti. Comment le faire sans risquer de froisser le chef du CPI ?

— Verriez-vous un inconvénient à ce qu'on fasse un petit tour là-bas avant de repartir ? interroge Thomas.

Les paroles que j'attendais, pas les cheveux coupés en quatre. C'est pour ça que je t'aime, Thomas. Que je t'aime beaucoup.

L'un des gendarmes file vers le petit placard fixé au mur près de la porte de la salle. Il l'ouvre. Des rangées de clés apparaissent, suspendues à des clous, sous des étiquettes couvertes d'une écriture appliquée. Ça va avec les photos dans la chambre du fermier. La vie d'une famille est là : clés des trois bâtiments de ferme, clés de la remise ? Du cellier ? Grosses clés de cave, fines clés d'armoires joliment travaillées. En bas, à des clous neufs, celles des voitures.

Devenu fou, Gaspar saute comme s'il voulait attraper celle dont, après réflexion, s'empare le gendarme. Celle de la vie d'une mamie ? En moi, un sentiment d'urgence a remplacé la vague gêne éprouvée depuis le coup de museau dans ma botte. Vite !

Après que Thomas a appelé Luc, Malavoix, le Toinou et moi lui emboîtons le pas et quittons la salle sous l'œil dépité de la grande gueule.

*

Dans la cour, les pompiers venus de Tours poursuivent leur travail, disposent du sable et des bottes de foin autour de la zone sinistrée afin d'éviter que le liquide ne se propage davantage. Plus tard, une entreprise spécialisée viendra le pomper avec l'aide des hommes de la dépo[1]. Ils vérifieront aussi que les terrains environnants n'ont pas été contaminés. Principe de précaution, l'eau de l'Indrois sera analysée avant que pêche et baignade n'y soient à nouveau autorisées.

Quelques gendarmes tournent autour du camion. L'enquête est ouverte pour déterminer les causes de la fuite. Joint défectueux ? Mal serré ? Manque d'entretien ? Vu l'ampleur des dégâts, la bagarre entre les assurances s'annonce chaude.

Tandis que nous nous hâtons vers le plus petit des

1. Dépollution.

bâtiments, le Toinou nous apprend qu'Émilienne, quatre-vingt-trois ans, doyenne de la famille, y vit avec son petit-fils, Matthieu, qui travaille à la ferme, l'épouse de celui-ci, institutrice à Montrésor, et leurs deux enfants.

Les volets sont fermés. L'adjudant se charge d'ouvrir la porte, Gaspar fonce, le Toinou allume.

La salle est petite en comparaison de celle que nous venons de quitter. Une odeur de café flotte. Sur la table, une boîte de chicorée, un sucrier, un pain enveloppé dans un torchon. Sur l'égouttoir de l'évier, bols et couverts.

— Il y a quelqu'un ? lance Malavoix.

Silence. J'allais dire : « Bien sûr. » Et l'angoisse monte d'un coup. Si quelqu'un est là, il n'est pas en état de répondre.

À l'étage, Gaspar aboie désespérément. Le Toinou l'a suivi. Malavoix, Thomas et moi nous lançons dans l'escalier. Le long du couloir, les portes sont ouvertes sur des chambres vides : chambre de couple, bien rangée. Chambre d'enfants – on connaît.

— Venez vite ! appelle le Toinou.

Aucun doute, c'est la chambre de la mamie, encombrée d'un bric-à-brac de souvenirs. À la tête du lit de bois, un crucifix avec sa branche de buis séché. Sur le lit, un châle bien plié. Au pied, une paire de souliers poussiéreux.

À l'autre extrémité de la pièce, derrière un rideau qu'écarte le Toinou, une courte échelle mène à une porte basse. Gaspar hurle en tentant de monter les échelons.

— Ça ressemble à l'entrée d'une soupente. C'est fermé de l'intérieur, grommelle sourdement le cantonnier. Je vous jure que ça sent pas bon.

Et cette fois, personne ne rit.

Tandis que je retiens Gaspar par son collier – « N'aie pas peur, mon vieux, tu vois, on a fini par t'écouter » –, les hommes s'élancent l'un après l'autre contre la porte, l'attaquent comme ils peuvent de l'épaule et de la botte. Un verrou tombe de l'autre côté. Elle s'ouvre d'un coup.

Ça sent l'ammoniac à plein nez. Sous le vasistas ouvert sur la cour, une grand-mère en bas noirs gît dans un tapis d'échalotes. Elle en tient encore une dans sa main.

45

Lorsque Émilienne a ouvert les yeux, elle s'est demandée où elle était. En tout cas, pas chez elle, ça, sûr et certain. Et pourquoi se sentait-elle si fatiguée ? À ne pas pouvoir garder les paupières levées plus de deux secondes ?

On l'appelait comme de loin, comme dans un brouillard. Elle a reconnu la voix de son Benoît : « Maman, maman. » D'autres voix aussi, celles-là qu'elle ne connaissait pas. On lui faisait des misères partout, on lui frappotait les joues : « Ça va, madame ? Vous m'entendez ? »

Quand elle a compris où elle se trouvait, elle a tenté de se mettre debout afin de rentrer chez elle, mais c'était comme si on l'avait attachée. Et, même si elle voulait pas, elle s'est endormie.

Plus tard – elle y voyait plus clair sauf qu'elle avait mal à la tête et au cœur –, la mémoire lui est revenue. Ses échalotes, l'odeur dans la soupente, les yeux qui lui brûlaient. Benoît lui a raconté la fuite dans la cour, le pauvre Bernard à l'hôpital comme elle, lui, un plus grand, à Tours.

— Il va s'en tirer, l'a rassurée son fils, mais question de prendre le volant, c'est terminé. Et pour rejouer à la belote, il faudra du temps aussi. Il en a pris sa dose sur les mains.

À propos de mains, ça n'échappait pas à Émilienne qu'il essayait, lui, de cacher les siennes.

— Et toi, t'en aurais pas pris aussi, de l'engrais, par hasard ?

— Moi, c'est pas grave.

Il s'est penché sur elle, l'œil gourmandeux :

— Pour toi, ça a été de justesse, maman. On te croyait tous à la chapelle. Comme si tu avais encore l'âge d'aller fricoter dans ta soupente. Sans rien dire à personne, en plus ! T'as rien entendu ?

Rien de rien de rien du tout. Depuis le temps qu'on lui faisait la guerre afin qu'elle accepte un appareil, elle allait devoir s'y résigner. Quant à la chapelle, pour une fois qu'elle manquait d'y allumer son cierge à Marie histoire de ne pas finir à l'hôpital, voilà qu'elle s'y retrouvait toute crue. Il allait l'entendre, M. le curé.

— Il faut que tu saches, maman… C'est pas moi, c'est le Toinou qui t'a trouvée là-haut, lui a appris Benoît d'une voix brouillée. Sans lui…

— Sans lui, vous auriez été bien débarrassés, pardi ! a répliqué Émilienne. Et quand son grand s'est mis à pleurer, elle n'a pas été mécontente. Apparemment, on tenait encore un peu à elle, ici.

*

Le lendemain matin, le Toinou est venu frapper à sa porte, tout timide et gauche, emberlificoté dans ses sentiments, comme d'habitude. Elle l'aimait bien, le cantonnier, le seul qui parlait assez fort pour qu'elle ait pas besoin de faire répéter. Elle, la seule qui prenait le temps de l'écouter. Et toujours prêt à rendre service dans l'espoir de se faire aimer, le pauvre ! Tiens, elle y pensait, il l'avait aidée à les planter, ses échalotes, ses oignons blancs aussi. S'il lui en restait, il serait le premier servi.

En attendant, il la regardait en dansant d'un pied sur l'autre, la bouche ouverte comme si elle était une apparition.

— Et qu'est-ce que tu attends pour t'asseoir, le Toinou ? Tu vas rester longtemps à te balancer comme ça ?

Il s'est assis.

— Alors, à ce qu'il paraît, tu m'as sauvé la vie ?

— Avec Gaspar ! Lui aussi, il disait que ça sentait mauvais.

Émilienne a soupiré.

— Malheureux ! Depuis le temps que je te répète d'arrêter avec tes mauvaises odeurs. Tu sais bien qu'ils en profitent pour se moquer de toi, à ta caserne. Au moins si, de temps en temps, tu parlais des bonnes.

Le cantonnier a caché un petit sourire dans son poing. Bientôt, plus personne ne le raillerait, à la caserne ou ailleurs. Le chef lui a dit qu'à la fête de la Sainte-Barbe, patronne des pompiers, M. le préfet pourrait bien lui remettre une lettre de félicitations lors de la cérémonie à Tours : une lettre devant tout le monde en disant son nom haut et fort.

Il a dit, le chef, qu'il la méritait pour son flair. Le flair, chez un pompier, c'est capital. Ça sert à démêler les bonnes et les mauvaises odeurs, n'est-ce pas, Gaspar ? Et la mamie Émilienne, elle peut bien soupirer, aujourd'hui, pour les mauvaises, on a été les rois !

Cinquième partie

Oser aimer

46

« À toi de lui confier le message de ton choix », m'avait enjoint Elbe en m'offrant la pierre grise veinée de blanc.

Un message ? Je m'étais étonnée.

Le Sage m'avait dit aussi que l'amour était le soleil intérieur de l'homme et qu'il sentait sa chaleur en moi. Il m'avait appris que Bois Plage, mon territoire, avait été rebaptisé durant la Révolution : « La Vérité ».

J'avais trouvé le message que porterait pour moi ce galet, ce caillou banal, « insignifiant », avais-je pensé, que roule la mer sur toutes les plages du monde :

« Oser aimer. »

Et bien qu'il s'adresse à tous, il n'était ni banal ni insignifiant, car aimer est un combat et qu'en faire le choix consiste à parier sur la vie.

« Mais tu pleures, Ninon ? » s'était ému Thomas lorsque l'hélicoptère avait pris son envol vers l'espoir.

En osant aimer en plein jour, pleine lumière, je condamnais mon bi, mon frère, au désespoir.

« On ne peut vivre bien en se cachant la vérité par peur de souffrir ou de faire souffrir. »

On coupe le bois à Trousse-Chemise.

47

Aujourd'hui, mardi, j'ai rendez-vous avec William Launay.

À la caserne, la nuit a été miséricordieuse : pas de sortie pour les soldats épuisés. Dès 7 heures du matin, séchant le petit déjeuner, j'ai filé chez moi. Fixant le rendez-vous, pouvais-je imaginer qu'une alerte toxique mettrait, la veille, les nerfs du sapeur Montoire à rude épreuve ? Ce n'est pas tous les jours que semblable accident se produit. William avait-il suivi l'histoire ? Très certainement, la télévision en ayant montré des images au journal du soir. En parlerions-nous ? « Non ! » a tranché la tirelire-phare.

Il doit venir me prendre à midi et demi. Douche et café pris, j'ai quatre heures devant moi. Tout juste suffisant pour répondre à une question cruciale qui m'a empêchée de dormir cette nuit, miséricorde ou pas : quelle tenue adopter en vue du grand rendez-vous ? Jupe ou pantalon ? Tee-shirt ras du cou ou top léger. Chaussures à talons ou baskets ?

Foin d'hypocrisie : aujourd'hui, ferai-je l'amour avec William ?

Sur la plage de la Gollandière, offrant mon corps au soleil, j'étais prête. Hier, dans la tourmente, je m'imaginais dans ses bras. Et, devant une pyramide de visages sur le mur d'une chambre où un homme luttait pour vivre, une voix m'avait soufflé : « On a si peu de temps. »

Mais voici que je doute ! Non d'aimer William et de le lui dire, mais de me donner si vite au risque de passer pour facile. Je suis partagée entre envie et peur. Pardon, Elbe, mais, après tout, ce sont là des questions de fille, de femme amoureuse, et non des questions de « garçon manqué ». Y a progrès.

Aide-moi, le ciel.

Radieux, rigolard, ouvert, prêt à tout coiffer, le ciel !

Au finish, ce sera un pantalon blanc, un top arachnéen, une veste légère et des espadrilles joliment lacées. Sans oublier, au fond de ma poche, une précieuse pierre grise. Je préfère « pierre » à galet. Sur la pierre, des royaumes se sont construits.

Voix de Maéva à mon oreille : « Te voilà comme un abricot, tout juste bonne à croquer. »

Je ne me suis pas déplu dans la glace. J'ai laissé mes boucles libres.

Question annexe : William montera-t-il me chercher ?

« Je passe te prendre chez toi. »

Je me suis vue lui ouvrant les bras, j'ai imaginé ses lèvres contre les miennes.

Question cruciale réglée.

À l'heure dite, mon portable a sonné.

— Je suis là, tu descends ?

Question annexe, itou.

*

Avant de refermer la porte, j'ai regardé la pièce bien rangée, le portrait de mon père dans la bibliothèque, le canapé, territoire de Sophie, haut lieu de délices avec les plateaux-télé que j'étais la seule autorisée à partager. Je me suis dit que, fatalement, lorsque je rentrerais ce soir – ce soir ou demain ? – plus rien ne serait tout à fait pareil ; et moi, je ne serai plus tout à fait la même.

« Fatalement », fatal, fatum : le destin.

Il m'était arrivé de m'interroger sur la voiture que William conduisait. À quel volant sillonnait-il les routes de France et d'ailleurs, de Suisse par exemple ? Petite ou grosse cylindrée, comme on dit ? J'étais restée en panne. Sortie du VSAV et du carrosse de mon père, moi et les bagnoles…

La scintillante moto bleu-gris, style « requin », offrait un mélange d'élégance et de puissance. Appuyé à la carrosserie, mon ravisseur balançait un casque au bout de son doigt. Derrière les lunettes à verres teintés, le regard riait.

— Rien contre le vent ?

Il ne m'a pas prise dans ses bras, il ne m'a pas embrassée, il s'est emparé du sac à dos où j'avais mis ce qu'on appelle le « strict nécessaire » – papiers, porte-monnaie, petit matériel de coquetterie – et l'a jeté dans l'un des top-case du requin. J'ai enfilé ma veste, il m'a aidée à coiffer le casque, la montagnarde a escaladé la moto, j'ai entouré de mes bras la taille de l'homme que j'aimais, et en avant ! Tous états d'âme oubliés, c'est ça, le vent.

Et c'était un requin volant. Suivant le courant, sans cahots, il a fendu rues et avenues, rallié la campagne, pris sa vitesse de croisière, laissant sur le bas-côté petits et gros poissons à quatre roues. J'avais envie de crier : « Pas si vite ! Ralentis ! » Le paradis, c'est mieux d'y aller doucement.

*

Il se présentait sous la forme d'un joli château-relais en haut d'une colline. Saint Pierre, un jeune homme imberbe, cravate et souliers cirés, nous a accueillis à la porte d'entrée.

— Bienvenue, mademoiselle.

Et, à William :

— Votre table vous attend, monsieur Launay.

Il nous a menés à une terrasse où, sous des parasols blancs, de nombreux élus étaient attablés.

— Souhaitez-vous prendre un apéritif ?

— Bien sûr, a répondu William en m'adressant un clin d'œil, du champagne, s'il vous plaît.

Un 14 juillet, à la mairie de Loches, il ne lui avait donc pas échappé qu'en cas d'émotion les bulles dorées ne me déplaisaient pas.

Saint Pierre est reparti, nous laissant le menu.

— Puisque tu connais si bien mes goûts, tu décides, l'ai-je défié.

« Tu » ?

Ce qu'il y a de bien avec les SMS, c'est que vous pouvez passer sans trop rougir du « vous » au « tu » et nous ne nous en étions pas privés. Mais face à face, ça m'a quand même fait un p'tit choc : doux.

Le paysage était un résumé de paix ; on se serait cru dans une image de livre d'enfant. Des nuées blanches, comme tracées par de légers coups de pinceau, effleuraient l'azur du ciel. Une rivière serpentait entre une haie de peupliers argentés. Ici, un clocher veillait sur des coteaux coiffés « afro » par la vigne. Ailleurs, une digne assemblée de saules parlementait. Et là-bas, tout là-bas, autour d'une île, la mer interprétait une chanson disco rien que pour moi.

— À toi, mon cœur, a murmuré William en levant sa coupe.

— À nous.

Il avait choisi des asperges pour commencer – bonjour, Ré. Une matelote de poissons d'eau douce pour suivre – bonjour, la Loire. En apothéose, la spécialité du chef : sorbets poivron rouge-fruits de la passion.

— Tu viens souvent ici ? me suis-je étonnée.

— J'y ai récemment établi mes Renseignements généraux. Tours était un peu loin.

Il a posé sa coupe et plongé ses yeux dans les miens.

— Échange d'informations ?

Je l'ai laissé commencer.

*

Une femme l'attendait bien au bord du lac de Genève : sa mère, ex-pilote, une passionnée de voltige, il me raconterait un jour. Victime de la maladie de l'oubli, elle vivait dans une résidence où l'on s'occupait bien d'elle. On pouvait dire que le père de William était mort de chagrin – même à notre époque, cela arrive encore. William et sa sœur aînée se relayaient aussi souvent que possible auprès de Bernadette Launay. L'essai qu'il écrivait sur le courage des femmes, et auquel il espérait me voir collaborer un jour, lui serait dédié. Pour le reste, rien d'important. « Et puis tu es venue. »

Je lui ai parlé d'un premier amour qui avait capoté. D'un Québécois qui, sans le vouloir, sans le savoir, m'avait laissé en cadeau d'adieu une petite blonde aux yeux incroyables, changeant au gré du ciel, comme l'eau du lac Labrador près duquel il vivait. Cadeau pour moi inestimable. Pour le reste, rien d'important non plus. « Et puis tu es venu. »

Plus tard, entre asperges et matelote, festin qu'une tempête intérieure me privait d'honorer au grand dam de Saint Pierre, William m'a demandé ma main. Cela pouvait paraître désuet, mais Montoire-Launay, il trouvait que ça sonnait juste. Évidemment, il faudrait l'accord de la petite aux yeux Labrador avant d'échanger les anneaux ; évidemment, moi entre deux gardes, lui entre deux reportages, la vie commune risquait d'être acrobatique ; mais n'avions-nous pas tous les deux été formés à cet art ?

Sans façons, il a pointé le doigt vers l'une des fenêtres du paradis. Un petit rétablissement et, si je le souhaitais, nous pourrions enterrer nos vies de baroudeurs après le repas. Il brûlait d'impatience !

Sans façons, je lui ai accordé ma main.

Et puis, nous arrivons au dessert – le fameux sorbet poivron rouge-fruits de la passion – quand mon portable frémit dans ma poche. Peu de personnes en possèdent le numéro. C'est certainement Thomas ; j'ai filé ce matin de la caserne sans lui dire au revoir. Alors, j'ignore.

Quelques minutes plus tard, le frémissement se reproduit. « Pardon, William. » Je décroche.

— Viens vite, Ninon, dit la voix étouffée de maman. Ambroise est là.

48

Lorsque Elbe, dans sa grotte, avait prononcé le prénom de l'homme autrefois aimé, ce lâche que je n'aimais plus, un frisson m'avait parcourue comme une lointaine alarme. Je m'étais empressée d'oublier.

« Nul ne guérit du besoin d'aimer. »

On guérit d'un amour fondé sur le mensonge. Ne restait en moi que la sourde crainte qu'il découvre un jour que, de cet amour, un enfant était né. Je ne m'y attardais pas : aucun risque qu'il revienne sur les lieux de son forfait.

« Ambroise est là, viens vite ! »

Il était revenu.

Avait-il vu Sophie ? Les yeux de ma petite fille, ma fierté, mon angelote, si semblables aux siens, l'avaient-ils trahie ? Et elle, avait-elle reconnu l'homme dont je m'étais sentie obligée de lui montrer la photo deux années auparavant afin de lui permettre de faire la différence entre « bon-papa » et « papa » ?

William a pris ma main, nous avons couru jusqu'à sa moto, il a dit : « Accroche-toi » et nous nous sommes arrachés au sol du paradis. À l'aller, le trajet m'avait semblé trop court. Roulant vers ce que je me refusais à appeler l'« enfer » pour ne pas tenter le diable, chaque seconde durait une éternité.

« N'aie pas peur, Ninon, tu es là »...

Il en avait de bonnes, Elbe ! La peur me roulait dans sa vague, m'étouffait, brouillait mes pensées. Une peur qui montait du fond des entrailles, peur primale, vie ou mort, lui ou moi. Je comprenais seulement ce que ce mot signifiait pour certains. Plus jamais je ne le prononcerais de la même façon.

*

Arrivés à Loches, j'ai guidé William jusqu'à la maison de ma mère, rue Victor-Hugo – on n'est pas avare de grands hommes chez nous –, tout près de la maison natale d'Alfred de Vigny.

— Veux-tu que je vienne avec toi ? a-t-il suggéré.

J'ai fait « non » de la tête. Il a désigné, un peu plus loin, le café devant lequel quelques clients étaient attablés.

— Je serai là. Appelle !

J'ai saisi sa manche. Surtout, ne pas pleurer. Tenir !

— William, tu ne le laisseras pas me la prendre ?

— Bien sûr que non, mon cœur. Tu as ma parole.

49

Un sac à dos est posé contre le mur du vestibule. Il n'y a personne dans le salon, ni dans la cuisine où la lumière est restée allumée au-dessus de l'évier : un oubli qui ne ressemble pas à ma mère. Ils sont dans le jardin, autour de la table ronde en fer ornementé sur laquelle verres et boissons sont disposés. Sophie sur les genoux de maman, Ambroise… Thomas.

Thomas était-il là quand Ambroise est arrivé ? Ou, ne parvenant pas à me joindre, maman l'a-t-elle appelé au secours ?

Le Québécois porte une chemise à gros carreaux rouge et noir. Il a laissé pousser sa barbe, poivre et sel. Une pipe dépasse d'une de ses poches ; c'est vrai, il fumait la pipe, j'aimais l'odeur de miel du tabac. Il parle avec Thomas. Que se disent-ils ? L'atmosphère semble détendue. Le visage de maman n'exprime rien. Il ne sait pas ! À moins qu'il ne cache son jeu. Ne me l'a-t-il pas caché pendant un an ?

Sophie, elle, sait ! Alors qu'elle adore les visites, en particulier les visiteurs, on dirait qu'elle cherche à disparaître dans le giron de sa grand-mère. Ma fille a reconnu l'homme de la photo. Durant un instant, j'ai craint qu'elle ne se jette dans ses bras. Sur ce point, je peux être rassurée : elle ne veut pas de lui.

Je prends une grande inspiration et j'entre en scène.

— Ninon, te voilà donc !

Ambroise se lève, vient vers moi, m'embrasse sur les deux joues, me prend aux épaules, m'écarte pour mieux me contempler.

— C'est qu'elle n'a pas changé, la Ninette !

« La Ninette », j'avais oublié. L'accent également. Il va avec la chemise à carreaux et la barbe : le bûcheron est de retour.

Je me dégage.

— Toi non plus, Ambroise, tu n'as pas changé. Que nous vaut la surprise ?

— Ambroise est de passage avec un groupe, intervient vivement Thomas. Voyage historique : journée « Loches ».

Ton léger, regard impératif, mon bi me guide : rien n'a été dit.

On est galant au Canada, Ambroise me présente une chaise. À peine y suis-je assise que Sophie quitte les genoux de maman et fonce sur les miens. Je l'entoure de mes bras : n'aie pas peur, mon chat, je suis là.

— Je ne pouvais quand même pas passer chez Louis XI sans faire un petit coucou à la Ninette, reprend Ambroise. J'ai trouvé ton adresse sur Internet. Tu n'étais pas à la maison, alors j'ai tenté ma chance en frappant chez ta mère.

Il soupire :

— J'ai appris pour ton papa. Toutes mes condoléances.

Un éclair de colère me traverse. Si mon papa était là, voilà longtemps qu'il aurait mis le traître à la porte. Maman remplit mon verre de jus de fruit, le fait glisser vers moi : du calme, Ninon ! Sophie s'en empare et boit goulûment, Ambroise sourit.

— Je vois que la famille s'est agrandie.

Va-t-il me demander où se trouve le père ? Croit-il qu'il s'agit de Thomas ? Vite, trop vite, pour couper court, j'interroge :

— « Journée Loches »... Alors, tu repars déjà demain ?

Et c'est là qu'il se dévoile. Son regard oscille de Sophie à moi. Il s'éclaircit la gorge.

— Il faudra peut-être que nous nous parlions avant, tous les deux, tu ne crois pas ?

Un silence immense, à tout casser, silence-aveu, tombe. Maman le rompt.

— Thomas, ordonne-t-elle calmement, si tu emmenais la petite faire un tour ?

Thomas est déjà debout. Il tend la main à Sophie.

— Un tour avec une glace au bout ? Deux ou trois boules ?

— Je veux pas faire un tour, je veux rester avec maman.

Ses yeux me supplient, pleins de larmes. « Même pas peur » a peur. Que cet homme à l'accent étranger, cet inconnu : son père, nous sépare ? J'enfonce mes lèvres dans les boucles et murmure à son oreille : « Va. » Elle chuchote : « Tu seras là quand je rentrerai ? »

Je ris. Je comprends les rires à la crête de la vague qui va vous emporter. Dans l'obscurité d'un petit bois dont la chanson raconte qu'il retient les cœurs prisonniers.

— Mais où veux-tu que je sois, mon chat ? C'est chez NOUS ici.

Le « nous » la décide. Elle accepte la main de Thomas. Arrivée à la porte, elle se retourne, le visage plein de reproche.

— Pourquoi tu m'avais dit qu'il reviendrait pas ?

50

— Alors, tu m'as caché ma fille ? a attaqué Ambroise.

— Tu m'avais demandé d'avorter. Toi, tu m'avais caché ta femme.

— C'est fini avec ma femme.

Maman et moi nous sommes figées : plus d'épouse près du lac Labrador pour sortir Sophie du jeu. Ambroise, libre ?

Il s'est levé et a marché jusqu'à la haie qui borde le muret donnant sur la ruelle, l'entrée privée. Au clocher de l'église Saint-Antoine, un coup sourd a retenti : 16 h 30. « Appelle », avait dit William. Oh, William ! Ambroise revenait vers nous, lourd, massif.

— Ninette, écoute-moi…

Il a pris ma main :

— Je te demande pardon, j'ai mal agi. Je m'en suis tellement voulu, si tu savais. Tu n'es jamais sortie de mon cœur.

« Tu y es encore », m'ont crié ses yeux.

On guérit d'un amour fondé sur le mensonge. La lâcheté ne tue pas l'amour. Elle peut même l'augmenter de remords, de regrets. Libéré de sa femme, Ambroise était revenu me dire qu'il m'aimait toujours. Et voilà qu'il découvre une petite fille qui a ses yeux, qui a cinq ans. Et la petite fille confirme.

Un sursaut de révolte m'a soulevée : qu'espérait-il ?

— Moi, je ne t'aime plus, Ambroise. C'est fini. Et il y a quelqu'un dans ma vie.

— Ce… Thomas ? a-t-il demandé d'une voix cassée.

— Non ! Il s'appelle William.

Le regard de maman a plongé dans le mien, incrédule. Heureux ? Oui, maman, William ! Et dans la tourmente, l'espace de quelques secondes, un peu de jour est revenu.

— Ton William ne me prive pas d'être le père, s'est rebiffé Ambroise.

Ma mère s'est levée d'un bond :

— Taisez-vous, monsieur ! a-t-elle ordonné.

La petite femme douce, discrète, qui ne prononçait jamais un mot plus haut que l'autre, la femme « effacée » – trop, au goût de Maéva – s'est plantée sous le nez du bûcheron, lui, 1 mètre 90, elle, 30 centimètres de moins, lui, la force apparente, elle, la bravoure incarnée, digne fille de celle dont elle portait le nom : Agnès Sorel, dame de Beauté.

— Qu'est-ce qu'un père ? lui a-t-elle lancé, les mâchoires crispées de colère.

Pour le savoir, pas besoin d'être professeur à l'Université. Pour l'être, insuffisant de donner sa semence. Un père était celui qui accueillait l'enfant avec bonheur, lui dispensait amour et protection, guidait ses premiers pas, consolait ses premiers chagrins, répondait à ses questions. Jour après jour, un père aidait son enfant à grandir.

— Où étiez-vous durant ces cinq années ? a-t-elle attaqué.

— Mais… je ne savais pas, a tenté de se défendre l'accusé.

— Vous saviez que Ninon portait votre enfant ! Vous

n'en vouliez pas, vous lui aviez demandé de le faire passer.

Ce n'était plus la colère, mais l'indignation qui faisait vibrer la voix d'Agnès Montoire. Comment Ambroise osait-il revendiquer la paternité d'un enfant dont il avait réclamé l'élimination ? Non ! Il n'était pas digne d'être le père de Sophie.

— Elle vous a reconnu : Ninon lui avait montré une photo. Avez-vous vu son visage ? Avez-vous entendu ce qu'elle vous disait ? a ajouté ma mère impitoyablement : « Tu me fais peur. Va-t-en ! »

Et si Ambroise avait du cœur, le plus beau cadeau qu'il pourrait lui offrir serait de partir comme il était venu. Sophie était une petite fille heureuse n'ayant jamais manqué de visages masculins autour d'elle. Allait-il, en s'imposant, jeter le trouble dans sa vie ?

— Vous vous êtes bien passé d'elle toutes ces années. Vous l'oublierez, a-t-elle conclu sèchement.

On n'oublie pas. Tandis que maman parlait, je regardais les mains du bûcheron, larges, fortes, et je me souvenais combien, posées sur moi, elles pouvaient se montrer douces et adroites. Des mots revenaient, auxquels j'avais cru. Cinq ans, c'est hier pour celui qui aime encore ! Une petite fille à qui il avait, même involontairement, donné ses yeux, s'inscrivait à jamais dans la mémoire d'Ambroise : « Coucou, papa ! » Durant quelques secondes, j'ai même éprouvé de la pitié.

L'a-t-il senti ? Il a relevé la tête.

— Alors, toi aussi, Ninette, c'est ce que tu penses ?

Je l'ai regardé aussi loin que j'ai pu. Jusqu'à ces moments d'abandon d'après l'amour, ces moments où il n'y a plus ni fort ni faible, ces instants où le mensonge n'a pas sa place ; et j'ai reconnu l'homme que j'avais aimé.

— Je sais une chose, Ambroise. Tu es incapable de faire du mal à ta fille. Tu n'es pas comme ça.

Il a baissé les yeux. M'étais-je trompée ? J'avais très peur.

— Je ne peux te répondre si vite, Ninette. C'est trop soudain, il faut que je réfléchisse, pardonne-moi.

51

Depuis combien de temps avait-il quitté la maison lorsque Sophie est apparue ? « Il n'a pas dit "non", tentait de me rassurer maman. Tu as trouvé les bons mots. Il était ému. Et même s'il voulait la revoir, après tout ce temps, quels seraient ses droits ? »

Sophie portait un casque de moto sur la tête, visière baissée, pauvre petit soldat de rien du tout. Thomas la suivait… et William.

Elle a soulevé la visière.

— Il est parti, maman ?

— Il est parti.

— Il reviendra plus ?

Je suis restée muette.

— Manquerait plus que ça ! a lancé Thomas avec une feinte indignation.

William s'est approché de maman. Elle lui a tendu la main avec un sourire ; il l'a effleurée de ses lèvres.

— C'est fou comme le hasard fait bien les choses, a attaqué mon binôme en se tournant vers moi. Figure-toi qu'on s'est rencontrés au café. Même qu'on a fait glaces communes.

Sophie a retiré son casque et l'a posé sur la table. Elle

avait des moustaches vanille-chocolat. Elle a désigné William.

— Le monsieur a dit qu'il m'emmènerait faire un tour sur sa moto. Bientôt !

— On ne dit pas « le monsieur », on dit « Willy », l'a reprise Thomas d'un ton faussement enjoué. Et on ne montre pas du doigt, c'est malpoli.

L'intéressé n'a pas réagi. Bien sûr, les Renseignements généraux lui avaient parlé de celui qui, depuis des années, partageait l'aventure avec moi. Son visage était grave : respect pour l'adversaire à terre ?

Maman s'est levée tranquillement. Elle a tendu la main à sa petite-fille.

— Tu viens te débarbouiller, ma chérie ?

Voix et yeux pleins de mystère, elle a ajouté :

— Après, on montera dans ma chambre. J'ai quelque chose pour toi.

— C'est quoi ? a demandé Sophie avec convoitise.

Maman a posé un doigt sur ses lèvres et l'a emmenée, douce grand-mère à surprises, dans les tiroirs de sa commode, mère discrète qui savait quand le moment était venu de laisser sa fille régler toute seule ses problèmes de cœur.

En passant, elle a éteint dans la cuisine. On a entendu les pas dans l'escalier.

— Il reviendra plus ? a interrogé Thomas à son tour.

— Il n'a pas donné sa réponse. Il veut réfléchir.

— Moi, j'ai réfléchi. On pourrait l'aider à prendre sa décision.

— Je ne vois pas comment ?

— Aurais-tu oublié la façon dont Sophie m'appelle ?

Son « papa préféré », et il le méritait.

— Aurais-tu oublié que, dans une quinzaine, je serai un homme libre ?

Divorce prononcé. J'ai senti venir le coup.

— Mettons que je reconnaisse l'enfant…

Une immense fatigue m'a emplie : non, Thomas, pas aujourd'hui, pas de petit jeu, plus de petit jeu.

— Arrête, Thomas, tu sais bien que ce n'est pas possible.

— Ah bon ? Et pourquoi ça ?

La vérité.

J'ai désigné William. Il y a des moments où il faut savoir montrer du doigt.

— Si quelqu'un devait reconnaître Sophie, ce serait lui.

— Oui ! s'est engagé William en venant près de moi.

Thomas nous a regardés. Il n'a pas ri.

— Eh bien voilà, il suffisait de le dire, au moins, c'est clair !

Il est sorti par la porte du jardin, celle des habitués, où, au retour de la caserne, il laissait son vélo à côté du mien.

Un vide s'est creusé dans ma vie.

— William, emmène-moi, vite !

52

— Rien ne presse, mon cœur, nous avons le temps.

Debout derrière moi, devant la fenêtre ouverte de la chambre, il m'entoure de ses bras. Le paysage se voile, on distingue à peine le clocher, des essaims d'oiseaux sillonnent le ciel, faisant leurs adieux au jour. Sur la terrasse où l'on a replié les parasols blancs, deux garçons disposent le couvert du dîner. Où se trouvait déjà la table où, voici quelques heures, en toute innocence, en parfaite inconscience, je croyais que la vie pouvait être simple ?

Le paradis, cette lumière aveuglante de l'Amour qui éclipse toutes les autres et suffit à combler les âmes pour l'éternité, n'est qu'une belle histoire inventée par les hommes rêvant que, durant un instant, deux corps, deux cœurs, puissent n'en former qu'un. Que deux petites lumières tremblotantes se rejoignent, que le mot « solitude » s'efface.

Nous avons le temps…

Peu à peu, je cesse de trembler, un peu de chaleur me revient au corps, le vertige se dissipe dans ma tête. Dites, vais-je perdre ma Sophinette ? Ai-je aussi perdu mon frère de feu et de cœur ? Quelque chose cède en moi, les larmes affluent, j'ai le droit, c'est bon.

— Viens là, ordonne-t-il.

Je me retourne et viens à ses lèvres. Il me laisse les commandes. Surtout pas ces baisers furieux dont on vous parle dans les romans, où l'on « prend » la bouche de l'autre, « écrase ses lèvres contre les siennes », mais un effleurement, un chiffonnement de soie, un lent et patient apprivoisement sans autre caresse que deux souffles joints.

En bas, sur terre, un couple prend place à une table. La cinquantaine, elle en jupe longue, lui en costume sombre, beaux pour la fête ? Un serveur allume une bougie dans une collerette de fleurs. Ils se penchent l'un vers l'autre, complices. Je les envie. Ils ont des enfants, des petits-enfants, une existence bien réglée, comme on dit. Petits plaisirs, petits soucis. Ils savent à peu près ce qui les attend. Font-ils encore l'amour ? Quelle importance ? On peut y mettre de l'affection, de la tendresse… Je refuse de le faire par désespoir.

D'un haut-parleur monte le son d'un violon, d'une guitare. Pas trop fort, s'il vous plaît : blessée ! Je saisis la main de William, l'entraîne dans la chambre au fond de laquelle le lit, comme un bateau blanc, invite au voyage, à l'oubli. Je ne veux pas l'aimer pour fuir, ni pour oublier. Je veux garder les yeux dans les yeux de celui que j'aime.

Je m'arrête et lui retire ses lunettes. Je ne l'avais jamais vu sans. À la vérité, nous ne nous sommes pas si souvent vus. Et voilà que son visage nu le désarme. L'homme fort devient vulnérable. Je t'aimais protecteur, je t'aime autant à protéger, et je reviens à lui, cette fois pour de bon, un vrai baiser, lent, long, profond et mon corps s'émeut.

On dit qu'on oublie tout lorsqu'on s'aime, et « le monde peut s'écrouler »… mais non ! On s'aime avec les tempêtes passées, malgré les orages à venir. C'est le fléau du temps, suspendu au-dessus des amants, qui rend si forts ces moments de grâce. C'est de savoir que l'accalmie ne durera pas qui rend, parfois, leurs ébats un peu féroces.

Nous avons le temps, rien ne presse. Je défais les boutons de la chemise, dégage le torse d'où monte une odeur de sous-bois, maraude dans la broussaille légèrement humide. Il retire mon corsage, dégage mes seins, « Mais regardez-moi ça ! » : il rit et entoure de sa main les sphères plus pâles dans le hâlé, et, me souvenant d'une plage où je m'offrais au soleil pour lui, mon corps fond.

Nous nous séparons et achevons de nous dévêtir avant de nous étendre l'un près de l'autre sur le pont blanc ; c'est tout, pas plus, pas encore, nous avons le temps, autant qu'il en faudra pour que le désir n'hésite plus, que le bienheureux naufrage s'accomplisse, le temps pour se prendre et se déprendre, partir plus loin, monter plus haut, revenir. Un jeu ? Et puis après ? Comme si la vie se gênait pour jouer avec vous. Sait-on jamais où les dés nous mèneront, dans quelle case nous tomberons, si nous nous en sortirons ?

« Les amoureux sont seuls au monde », dit le poète, c'est faux ! Tandis que William me caresse, qu'il me prépare à le recevoir, tandis que ma main descend la sente jusqu'à l'homme dressé, prêt à m'envahir, quelque part, Thomas me regarde, quelque part, Ambroise interroge sa conscience et, près du lac de Genève, mon amour, ta mère t'attend sans le savoir.

— Je t'aime, tu es ma femme, murmure William.

C'est la saison des fruits mûrs, à la lèvre éclatée, au suc abondant. Il est venu en moi comme en son jardin, j'étais la terre prête à l'accueillir. Pour le reste, c'était sans importance, nous étions là. Ensemble.

On peut tout simplement faire l'amour par amour. Même si c'est un peu bête à dire.

*

Au petit matin, rentrant chez moi, j'ai trouvé une lettre glissée sous ma porte. La belle écriture d'un universitaire qui n'avait jamais su et ne saurait sans doute jamais, aux moments décisifs de la vie, s'expliquer sans détourner les yeux.

Lorsque je la lirais, il serait loin. Je pouvais être rassurée, il ne déclencherait pas de guerre. Il ne ferait rien qui puisse nuire au bonheur de Sophie. La seule chose qu'il me demandait : si un jour elle manifestait le désir de connaître son père, ne pas m'y opposer, la laisser aller au Québec. Il se chargerait du voyage. « Adieu, ma Ninette, sois heureuse. »

Sixième partie

Le cauchemar du pompier

53

Passé le 15 août, chaque année c'est la même chose : quoique l'automne soit encore loin, on a l'impression de faire ses adieux à l'été. Le bleu du ciel s'altère, le soleil vous joue des tours, flottent des parfums fanés. La nostalgie a ce goût-là.

En ce tout début septembre, les champignons ont fait leur apparition dans la forêt domaniale de Loches, où chênes, frênes et hêtres commencent à s'enflammer. Les trompettes de la mort s'étalent en tapis gris au pied des arbres ; plus loin, les girolles forment de drus bouquets roux, le parfum des cèpes permet aux connaisseurs de les repérer « au nez », et, la nuit, on commence à entendre, au profond du bois, le cri des cerfs.

Il ressemble un peu au rugissement du lion, un cri sourd qui monte, s'amplifie, explose, un cri de guerre, un cri de vie : c'est la saison du brame.

Très attendue dans la région, elle est l'occasion de fêtes nocturnes, organisées dans l'espoir d'apercevoir le roi de la forêt. On s'y rend en famille ou entre amis, arrêtant les voitures le long des allées forestières, ne laissant allumés que les feux de position. Puis, vitres baissées, on attend dans le silence. Gare à celui qui s'amuserait à allumer une radio, mettre de la musique ; il serait lynché.

La forêt de Loches compte 36 hectares et l'on y chasse à courre depuis le Moyen Âge. Pour se repérer dans l'abondant réseau de voies, des pyramides ont été édifiées par les rois aux principaux carrefours. C'est entre la pyramide de Genillé et celle de Montaigu que les Beaufort, propriétaires du château du même nom, ont décidé de sacrifier à la tradition, cette nuit du 3 au 4 septembre.

Demain, tout le monde rentre à Paris : une jolie façon de dire adieu aux vacances.

Ils sont partis dès 20 h 30 afin d'être certains de trouver une place près d'un de leurs coins favoris. Deux véhicules : dans l'un, les châtelains et un couple d'amis de passage chez eux ; dans l'autre, conduit par Louise, fille aînée des Beaufort, vingt ans, toute fière de son récent permis de conduire, Quentin et Éloi, leurs deux fils, dix-sept et seize ans, et la jolie Clémentine, dix-huit ans, fille de leurs hôtes.

C'est la pleine lune. Une lumière blanche, percée par le cri des oiseaux de nuit, nimbe la forêt d'où montent des froissements secrets et chaque nuit, un peu plus, la forte odeur de musc du cerf en rut. En verront-ils un ? L'année a été sèche, les animaux ont peiné à trouver leur pitance, aussi s'aventurent-ils volontiers au bord de la route où l'herbe, entretenue, est plus abondante. Cependant, depuis plusieurs semaines, le cerf, lui, a cessé de s'alimenter, comme toujours à la saison des amours.

Celle-ci bat son plein, si l'on peut dire, dans la voiture où ont pris place Quentin et Éloi Beaufort. On a peine à croire qu'ils sont frères. Quentin, long, blond, yeux clairs, est timide et peu sûr de lui. Éloi, le cadet, brun aux yeux noirs, une tête de moins que son aîné, déborde d'énergie et se montre volontiers agressif. Tous deux ont en commun d'être amoureux de la jolie Clémentine.

Sur la banquette arrière, ils la chahutent, tentent maladroitement d'obtenir ses faveurs. Elle s'en amuse. Durant les quelques jours qu'elle a passés au château avec eux, elle n'a cessé de les aguicher, provoquer leur désir sans avoir la moindre intention d'y céder. Ils sont mignons mais beaucoup trop jeunes pour elle qui vient d'atteindre sa majorité. Ne vont-ils pas encore au lycée alors qu'elle s'apprête à rentrer en prépa ?

*

Il est 22 heures. Voici une heure et demie qu'ils attendent, bouillonnants, un cerf qui ne se montre pas. Une biche aux yeux craintifs s'est arrêtée un instant en bordure de forêt. Ils ont entendu passer des sangliers. Des lapins aux oreilles dressées, aux yeux rouges, sont apparus avant de détaler. Pour tromper leur attente, ils ont englouti force chips, chapelets de saucisson et friandises diverses. Accompagnant le tout des cannettes jus de fruit-alcool, interdites par leurs parents, que l'on trouve dans les supermarchés. Louise s'en est inquiétée, mais n'a rien osé dire ; en conductrice responsable, elle n'y a pas touché.

Combien de cannettes ont-ils vidées ? Les deux garçons sont saouls. Et Clémentine commence à s'agacer de leurs mains gluantes et de leurs tentatives pour l'embrasser :

— Allez, les bébés, calmez-vous ! Qu'est-ce que vous croyez ? Trop tôt pour le brame, les bois vous ont à peine poussé. Vous en êtes aux andouillers.

Ce que Louise et Clémentine ignorent, c'est que Quentin et Éloi ont conclu un deal. Ce soir, un seul restera en lice pour la conquête de la jeune fille : celui qui réussira à faire sortir le cerf du bois.

Plus facile à dire qu'à faire ?

Pas forcément ! Il existe un moyen de l'attirer presque à coup sûr : en soufflant dans le long verre d'une lampe à pétrole. Le son imite si bien le cri du brame que l'animal s'y trompe et vient à découvert. La pratique, déloyale, est bien sûr interdite, mais les frères ont décidé de passer outre. Ils se sont exercés secrètement dans les caves du château, le verre est là, caché dans un étui, le sort a désigné Éloi pour tenter sa chance en premier.

L'attitude offensante de Clémentine les décide. Elle va voir s'ils sont des bébés ! Ce cerf que tous attendent, ils vont le convoquer.

Ils se glissent hors de la voiture, grimpent sur le bas-côté, font quelques pas dans la forêt. Éloi porte le verre à ses lèvres.

Lorsque monte le cri sourd, les respirations se suspendent dans les voitures alentour : le voilà enfin ? Les visages se pressent aux portières, et comme le cri enfle et explose, l'impatience est à son comble. Où est-il ? Qu'attend-il pour se montrer ?

— À moi !

Trop vite au gré d'Éloi, Quentin s'empare de l'appeau. À peine a-t-il commencé à souffler que le cerf surgit, royal, la guerre au front, fouillant l'obscurité du regard, cherchant l'adversaire, prêt à la lutte.

Une sourde excitation, une trouble jouissance, venant du fond des âges, s'emparent des spectateurs. Qui se brisent en un instant quand le verre, lâché par Quentin sur lequel Éloi a sauté, explose sur le sol. Les frères se battent, chacun revendiquant la victoire. Le cerf a disparu. Ni lui, ni aucun autre ne se risqueront plus, cette nuit, dans cette partie de la forêt. La fête est terminée.

Furieux, les conducteurs abandonnent leurs véhicules, convergent vers celui où se sont retranchés les frères qui continuent à s'affronter.

Ayant compris qu'elle était l'enjeu de la lutte, Clémentine repousse les garçons avec violence. C'est fini, elle ne veut plus les voir, jamais ! Ouvrant la portière qui donne sur la route pour rejoindre ses parents, elle ne voit pas le 4 × 4 qui s'apprête à dépasser. Sous le choc, elle crie de douleur.

54

Il était 23 heures à la caserne quand l'alarme a sonné : accrochage dans la forêt de Loches, une jeune fille légèrement blessée. Appel provenant du père en pleine possession de ses moyens : indication précieuse.

Thomas et moi avons décalé.

Chaque année, à cette saison, nous avions à intervenir pour des accidents en forêt dus aux rassemblements d'amateurs de brame. Accidents en général sans gravité, le plus souvent dus à l'excès de boissons alcoolisées durant l'attente.

Mon père m'avait emmenée une fois assister au spectacle. Qui ne m'avait pas plu. La sombre excitation régnant m'avait rappelé celle des arènes avant la mise à mort du taureau ; elle avait l'odeur du sang. Ce cerf, dont tous admiraient la beauté et la vaillance, ne se verrait-il pas bientôt livré aux chiens durant les chasses à courre ?

Bref, je préférais la chasse aux champignons. Là, j'étais toujours partante pour accompagner le pharmacien et, forcément, grand connaisseur. Nous avions nous aussi nos bons coins, ramassions de pleins paniers de cèpes et de girolles, mes champignons préférés, et les rapportions à maman qui prétendait mettre, avec eux, dans ses bocaux, l'âme de la forêt. Prétention vérifiée lorsque nous les dégustions tout au long de l'année.

Durant le trajet qui a duré une quinzaine de minutes, Thomas et moi n'avons pas prononcé un mot. Depuis le passage d'Ambroise et les événements ayant suivi, une quinzaine auparavant, mon bi et moi évitions de nous rencontrer autrement que sous l'uniforme. À la caserne, bien que nous n'ayons parlé de rien et que j'aie tu le nom de William, tous sentaient qu'entre nous quelque chose était cassé. J'attendais, en courbant les épaules, que mon partenaire m'annonce qu'il avait demandé à changer d'équipe.

L'embouteillage débutait dès la pyramide de Genillé. Entre phares et gyrophares, on y voyait comme en plein jour. Les gendarmes s'efforçaient de régler la circulation et ont frayé un chemin au VSAV jusqu'à l'endroit de l'accident. La blessée, nous ont-ils appris, était une jeune fille de dix-huit ans. Alors qu'elle quittait sa voiture, côté route, un 4 × 4 l'avait heurtée à la cuisse, avant de défoncer la portière. On avait préféré ne pas la bouger avant notre arrivée.

— Apparemment, plus de colère que de mal, a remarqué l'un des militaires.

La colère ?

La victime était allongée sur un brancard, côté forêt, une couverture jusqu'au menton afin de la protéger du froid qui commençait à tomber. Plusieurs personnes l'entouraient, dont une femme, certainement sa mère, assise sur le sol, qui caressait sa joue et un homme qui s'est redressé pour nous serrer la main.

— Je suis le père. Merci d'être venus si vite.

Un peu plus loin, un autre homme, vêtu d'un loden vert, admonestait deux adolescents au visage buté.

Thomas a ouvert le sac de secours, la mère s'est relevée pour me laisser la place : distinguée, collier de perles, calme. J'ai pensé à la devise de ma mère à moi : « En toute circonstance, savoir se tenir. » J'en avais eu l'exemple récemment. Mais, en gardant l'émotion à distance, en dressant une barrière entre ses sentiments et soi, ne finissait-on pas, insensiblement, par se perdre de vue ? N'est-ce pas, Elbe ?

Même crispé par la douleur, le visage de la jeune fille était ravissant : des traits fins encadrés de longs cheveux blonds, des yeux clairs emplis de larmes.

— N'ayez pas peur, mademoiselle, ça va aller. Je m'appelle Ninon. Et vous ?

— Clémentine, a-t-elle répondu.

Elle a tourné la tête et, de son petit menton volontaire, a montré les adolescents qui la regardaient d'un air sombre.

— Tout ça, c'est la faute de ces petits cons !

J'ai compris à qui la colère s'adressait.

— Je vais vous examiner, Clémentine. Ne craignez rien, je ne vous ferai pas mal.

J'ai écarté la couverture et, avec l'aide de Thomas, nous l'avons tournée sur le côté. Elle portait un short très court sur un collant noir déchiré à la cuisse gauche, là où le véhicule l'avait heurtée. Thomas y a dirigé sa torche. Pas de sang, un hématome important. Elle serrait les dents tandis que je la palpais avec précaution : une fille courageuse.

Qui avait eu de la chance : le 4 × 4 l'avait seulement effleurée, elle ne souffrait que de meurtrissures. Son père souhaitait la ramener chez eux, à Tours. Il consulterait son médecin dès leur arrivée. Tandis que Thomas faisait son rapport au Samu, j'ai bandé la cuisse abîmée.

À quelques pas, près des véhicules impliqués, les gendarmes établissaient le constat. Si rien n'interdit de s'arrêter au bord de la route forestière, il est déconseillé de quitter sa voiture. Près de celle à la portière arrachée, une jeune fille pleurait en montrant son permis. Se reprochait-elle de n'avoir pas su gérer la situation ?

Le père de la blessée a signé la décharge. Clémentine a refusé d'être transportée sur le brancard jusqu'à la berline familiale. Tandis que nous nous dirigions vers celle-ci, Thomas et moi la soutenant, l'un des garçons, un long blond à l'air fragile, s'est approché.

— Pardon, Clémentine, a-t-il bafouillé.

Elle l'a toisé d'un air méprisant.

— Vous n'avez donc pas compris qu'aujourd'hui, c'est nous qui décidons, pas vous ? lui a-t-elle lancé avec mépris.

*

Durant le retour à la caserne, Thomas m'a laissé le volant. Après avoir rendu compte de la fin de notre mission, il a baissé le son de la radio afin de pouvoir me parler.

Il avait songé à réclamer un changement d'équipe, prélude à une demande de mutation. Il avait vite renoncé ; au fil des ans, au fil des jours, j'étais devenue un peu sa famille ainsi que maman et Sophie. Il ne s'imaginait pas vivre loin de nous. Il rendait les armes.

Il a reconnu avoir eu, vis-à-vis de William, une attitude puérile. Parfois, il ne parvenait pas à contenir l'enfant qui demeurait en lui. Aujourd'hui, c'était terminé. Il ne jouerait plus les fanfarons, il acceptait la situation et si je voulais bien, il serait heureux de continuer à travailler avec moi.

Tout cela, il l'a déclaré sans un rire. Et alors que si souvent, je lui avais reproché d'en user et abuser, cette fois, je les ai regrettés.

55

Entendre sonner l'alarme pour l'un de ses proches, un parent, un ami, est le cauchemar du pompier. Et, bien sûr, plus la ville est petite – ne parlons pas d'un village –, plus le risque est élevé. Tout le monde se connaît plus ou moins, on fréquente les mêmes commerces, se rend aux mêmes spectacles, participe aux mêmes manifestations. Et s'il arrive que l'on soit appelé pour un geste de folie ou de désespoir – un suicide, une atteinte à la vie d'autrui –, c'est le sourd martèlement des questions empoisonnées : n'aurait-on pas dû sentir ce qui se préparait ? N'aurait-on pas pu l'empêcher ?

Dans la tête des familles de pompiers, le deux-tons est gravé. Au plus loin qu'il retentisse, un époux, une épouse, un père, une mère, des enfants, tendent l'oreille : incendie ? Accident ? Intoxication ? Est-il, est-elle, de l'équipe partie au feu ? Et voilà que suit la sirène du Samu, puis celle de la gendarmerie. Chacun tente d'évaluer la gravité de la situation, l'ampleur des dégâts. Appeler le 18, la caserne, hors de question : le « N'ayez pas peur, nous sommes là » est pour les autres.

*

Ce samedi matin, 11 septembre, Benjamin Bracieux, fils aîné du sous-officier Luc Bracieux, surnommé « gracieux » par ses camarades pour son égalité d'humeur, est au comble de l'excitation et du bonheur. Le groupe rock « junior » dont il fait partie s'apprête à donner son premier concert, oui, un concert, à midi, dans le jardin public de Loches, situé au bord de l'Indre.

Le groupe s'appelle The Rocking Tongue, nom inspiré des Rolling Stones. Avec ses douze ans, Benjamin, le batteur, est le plus jeune de cet orchestre qui se compose, outre le chanteur, d'une basse, de deux guitares et d'un synthétiseur.

C'est Bruno, père de Geoffroy – quinze ans, le chanteur –, professeur à l'école de musique de Loches, qui les coache. Même si sa spécialité est l'opéra, il ne divise pas la musique en « grande » et en « petite », en « sérieuse » et en « tintamarre », comme le père de Benjamin qui, lui, en plus, a un peu trop tendance à considérer cette passion comme un passe-temps.

La musique, Benjamin l'a dans le sang depuis tout petit ; d'ailleurs, sa mère le dit et elle est bien placée pour le savoir vu qu'il est son fils ! En plus, avant de faire son boulot d'infirmière, elle chantait dans les grandes occasions, mariages, communions, tout ça d'une voix « à la Piaf », on disait. Bon, Piaf, pas franchement le truc de Benjamin, mais qui faisait craquer les vieux.

Lui, c'est le rock. Et le rock sans la batterie, c'est du vent. Batterie et basse forment le corps, le cœur de sa musique, elles lui donnent son rythme, sa profondeur. Quand il joue, il ne pourrait pas bien expliquer, mais il lui semble qu'il rattache la terre au ciel.

Pour lui offrir sa batterie – grosse caisse, cymbales, caisse claire, Charley – son anniversaire a été groupé avec

Noël et toute la famille s'y est collée. Cadeau supplémentaire, la cave de la maison. Il l'a insonorisée lui-même en tapissant les murs de boîtes d'œufs. Évidemment, la chieuse – sa sœur Caroline, onze ans – a baptisé son studio « le poulailler ». Comme si c'était pas de son côté qu'on trouvait la poulaille quand elle rit et jacasse avec ses copines.

Le concert se donnera dans le kiosque fleuri sur la place où se trouve le buste de Jacques Villeret, né à Loches, comme Alfred de Vigny, lui aussi très connu comme artiste. Rendez-vous à 11 h 30.

Il est 10 heures, Benjamin est déjà en tenue : pantalon noir, tee-shirt orné du logo des Rolling Stones, la grande langue rose tirée à la face du monde. Le nom de son groupe : The Rocking Tongue y a été imprimé, ça arrache ! Baskets noires, aile dorée sur la tranche, dorée comme ses cymbales, comme le soleil, au rendez-vous ce matin. Hier, l'orage grondait, ça leur a fichu une sacrée trouille. Imaginez qu'il ait flotté ! Même si Bruno avait prévu une salle où se replier, c'était foutu, personne ne serait venu. Alors qu'à midi, au jardin public, c'est toujours plein de promeneurs et de touristes qui cherchent l'ombre pour pique-niquer.

Les touristes, on en voit un peu trop à Vignemont – deux pas de Loches –, où Benjamin habite. Ils viennent visiter les carrières troglodytiques – faut le prononcer –, ces grottes où vivaient « nos ancêtres ». Il a collé partout des affichettes afin d'annoncer le concert, ça en attirera peut-être quelques-uns.

Enfermé dans la salle de bains, Benjamin passe l'inspection devant la glace, indifférent à Caroline qui râle à la porte. Bien sûr, elle vient ! À coup sûr, elle en profitera pour se faire de la pub sur son dos, mais au moins, pour une fois, elle oubliera sa langue de vipère. Comme toutes les filles, elle rêve de passer à la télé. Manque de bol, bientôt, ce sera lui.

Bon. Du côté de la coiffure ça va à peu près, même si ses tifs manquent sérieusement de couleur. Mais, sur le sujet, son père est intraitable : rien pour rehausser le blond fadasse de la famille. Il a utilisé du gel pour se dessiner une crête, ça améliore un peu. Et tant pis si Caroline en rajoute avec le poulailler.

Du côté des ravages de l'acné, les dégâts sont sous contrôle : une mère infirmière, ça sert. Même si elle s'occupe des vieux : infirmière en chef à la maison de retraite de Puygibault. Elle a pris sa journée pour venir l'admirer. Benjamin se serait bien passé de Colas, le bébé dans sa poussette, mais on ne peut pas le laisser tout seul quand même. Ses grands-parents, qui viennent de Beaulieu-lès-Loches, à côté, s'en occuperont. Bref, tout le monde sera là sauf son paternel, de garde aujourd'hui. Samedi, pas de bol !

À moins que…

La caserne n'est pas loin du jardin public et, avant de partir, ce matin, le sous-officier Bracieux est venu lui souhaiter bonne chance. Il a dit qu'il essaierait de faire un saut pour l'écouter.

— Te force pas, a ricané Benjamin.

— Me forcer pour entendre mon fils pratiquer son sport préféré ? a plaisanté son père qui aimerait mieux, c'est clair, le voir sur un terrain de foot que dans une cave pendant ses heures de liberté.

S'il vient, portera-t-il son uniforme ? Certains copains voudraient bien avoir un père pompier comme lui. D'autres, ça les fait rigoler. Attendez d'être dans le pétrin, les zozos, vous verrez !

*

10 h 30. Le coach doit déjà s'activer sur la petite place, installant la batterie dans le kiosque, l'une de celles de l'école de musique, Benjamin n'allait quand même pas déménager la sienne ! Un groupe électrogène a été prévu pour l'alimentation du synthétiseur et des micros.

Il libère la salle de bains, gratifiant au passage Caroline d'une belle « rocking tongue ».

— Je le dirai à maman !

Les filles tout craché : maman, maman, maman…

— Je le dirai à papa, rigole-t-il.

De la maison au lieu de rendez-vous, il faut au maximum une petite demi-heure de marche, sans se presser. À l'heure pile, tout le monde est sur le pont, Colas dans sa poussette, Caroline en minijupe, la mère de Benjamin toute jolie dans sa robe à fleurs, belle pour lui. Il y en a que ça rendrait dingues d'être accompagnés par leur famille, lui, il s'en fout.

En avant !

L'itinéraire, il l'a parcouru mille fois. D'abord, la rue des Roches, puis tu arrives rue Quintefol, le grand carrefour qui mène à la place du même nom. Tu traverses, tu passes l'Indre, tu prends l'allée du Maquis-Césaro, tu es presque arrivé.

Les voilà au carrefour. C'est la route de Châteauroux. Inutile de dire que ça défile, surtout qu'on est samedi. Benjamin piétine. Vert, enfin, on peut y aller. Dans sa tête, il entend déjà *Feeling Good*, le morceau qu'ils joueront en ouverture. « Les oiseaux sont dans le ciel, je me sens bien. »

Et puis sa mère hurle : une voiture fonce sur lui ! C'est comme s'il s'envolait dans le noir.

Zut, il va être en retard.

56

Il est 11 h 30, ce samedi 11 septembre. Manœuvres dans la cour : montée d'échelle. Je suis à mon affaire : salut, les Pyrénées, bonjour, mon père ! L'air est léger, moi aussi. Cette nuit, j'étais dans les bras de mon homme. Et il me semble que tout s'arrange : Thomas tient sa promesse, je retrouve le frère. Il ne connaîtra heureusement jamais la réaction de Sophie lorsque je lui ai parlé de William : « Pourquoi c'est pas avec Thomas que tu te maries ? »

Entre « vrai » papa, papa « préféré » et futur beau-père, la situation se révèle compliquée pour un cœur de cinq ans. Aussi ai-je décidé d'être totalement claire sur le sujet. Un enfant sent lorsqu'on triche, l'incertitude engendre la peur : que va-t-il devenir, lui ? Nous avons parlé très sérieusement d'amour avec Sophie. « Et pourquoi c'est pas Thomas que tu aimes fort comme ça ? Il est gentil. » Il faudra du temps avant qu'elle découvre que William l'est aussi. Nous le prendrons.

Luc nous donne ses instructions lorsque son mobile perso sonne dans sa poche. Il s'écarte pour répondre. Quelques secondes et l'homme qui nous revient n'est plus le même. Il ne le sera plus jamais.

— Mon fils… un accident… place Quintefol.

Visage de pierre, voix glacée.

Il se tourne vers Joseph.

— L'ordre de départ, vite !

Tandis que le garde-chiourme court au standard, Luc, Thomas et moi fonçons vers la remise, suivis par les regards consternés des camarades. Nous sautons dans le VSAV, Thomas au volant. Alors que nous attachons nos ceintures, l'autorisation arrive. Là-haut, derrière la vitre, des mains s'agitent. Nous décalons.

Rue Saint-Jacques. D'une voix saccadée, Luc parle au 18 : il lui faut le Smur sur-le-champ ; le bilan a été fait par sa femme, infirmière ; son fils est inconscient. Oui, inconscient. Oui, infirmière en chef à Puygibault. Combien de fois devra-t-il le répéter ?

Thomas et moi gardons le silence. Tout ce que nous pourrions dire, Luc l'a entendu cent fois. Il connaît tous les mots.

— Benjamin, un concert, articule-t-il avec difficulté après avoir obtenu gain de cause.

Son aîné, son « batteur » ! Lorsqu'il arrive à notre très discret sous-officier d'en parler, c'est toujours avec fierté : « Celui-là, quand il a quelque chose dans la tête. » De Caroline, dont il est gâteux bien entendu, nous savons qu'elle brille à l'école, c'est les filles ! Son dernier, Colas, l'émerveille. Quant à Claire, sa femme, son infirmière, il suffit de voir ses yeux quand il prononce son nom pour comprendre que son foyer est avant tout celui où elle habite.

Rue de Tours, vite ! Huit minutes depuis l'appel. Nous devrions être les premiers sur les lieux. Je croyais en avoir fini avec la petite pierre grise, me voilà qui la serre en pensée dans ma main : aujourd'hui aussi, il s'agit d'amour.

Nous sommes effectivement les premiers à intervenir. C'est le grand embouteillage, la pagaille totale aux abords de la place Quintefol. Dans un concert de klaxons, des gens s'interpellent entre les voitures arrêtées, portières ouvertes. D'autres courent pour tenter de voir ce qui est arrivé. Thomas parvient à se frayer un chemin en montant sur le trottoir. Un homme carré, calme – il y en a souvent dans ce genre de situation – nous fait signe : « C'est là. » Thomas et moi sautons.

L'enfant est étendu sur la chaussée, les yeux fermés, livide. Au-dessus de lui, debout, sa mère le protège de ses bras écartés. Elle répète : « Je suis infirmière, n'approchez pas, il ne faut pas le bouger, restez où vous êtes. » Ce n'est pas une supplication, mais un ordre, une menace. On la tuera plutôt que de toucher à son fils. Luc tombe à genoux auprès de celui-ci.

Un peu plus haut, sur le trottoir, une fillette sanglote près d'un bébé dans sa poussette qui hurle : « Maman, maman. » Des gens les entourent, cherchant à les rassurer. Thomas ouvre le sac de secours lorsque la sirène du Samu retentit. Le véhicule s'arrête derrière le VSAV, un médecin et une infirmière en sautent. Thomas abandonne le sac pour leur frayer un chemin. Luc se relève.

— Il s'appelle Benjamin, dit-il au médecin.

Chagrin et pitié m'étouffent.

Le médecin doit avoir l'âge de notre sous-officier, cheveux gris, lunettes. Il se penche sur l'enfant.

— Alors, Benjamin…

Plus loin, des cris éclatent. « On y va », décide Thomas.

Un petit groupe entoure une élégante voiture décapotée, prenant violemment à partie un jeune homme aux cheveux longs, front vissé au volant.

Une femme surgit devant nous.

— C'est lui qui a renversé le gamin. Le feu était vert. Le salaud, il voulait s'enfuir.

Elle éructe. Thomas l'écarte sans ménagement. Arrivé à la voiture, il se penche.

— Monsieur, vous êtes blessé ?

Les gens grondent. Le jeune homme relève la tête : visage hagard, pupilles dilatées, terrorisé.

Plusieurs coups de sifflet retentissent, les gendarmes. Ils tombent bien ! « On s'en occupe. »

On a placé une perfusion à Benjamin. Sous le masque à oxygène, les yeux sont ouverts. Le médecin lui parle doucement. Debout l'un contre l'autre, la main de Luc sur l'épaule de Claire, les parents regardent leur batteur. Je remarque seulement le tee-shirt noir orné du logo des Rolling Stones, la langue rose tendue : une plaisanterie tragique.

— Il a repris conscience, nous apprend l'infirmière, mais le choc a été violent. Nous craignons une hémorragie interne. La bonne nouvelle, la nuque semble mobile. On attend encore un peu avant de le bouger.

Les protestations d'un homme tentant de franchir le barrage établi par les gendarmes nous parviennent : « Laissez-moi passer, laissez-moi passer, je suis son professeur. »

La barrière s'entrouvre. Le musicien est à bout de souffle. Une cinquantaine d'années, cheveux gris mi-longs, visage d'artiste. Il porte une veste noire, un nœud pap' grenat, des souliers vernis. La plaisanterie continue. Thomas et moi allons vers lui.

— Qu'est-ce qui est arrivé ? C'est grave ? bégaye-t-il. Nous devions jouer à midi.

— Nous sommes au courant, monsieur, répond Thomas. Ça va aller. Son père est près de lui. On va le conduire à l'hôpital.

— Je veux lui parler, insiste le musicien en faisant un pas vers Luc.

Comme nous tentons de le retenir, notre sous-officier se fige brusquement. Un peu plus loin, le jeune chauffard trébuche entre deux gendarmes qui l'emmènent vers leur fourgon. En trois enjambées, Luc les a rejoints. Il arrête les militaires, prend le garçon aux épaules, appuie son casque à son front.

— Fais pas de conneries, Luc ! hurle Joseph.

Que fait-il là ? Comment notre garde-chiourme a-t-il obtenu l'autorisation de quitter la caserne ? Celle-ci n'est donnée qu'à titre exceptionnel. Il faut qu'il s'agisse d'un proche, la famille. Un flot de reconnaissance m'emplit : merci, Jean-Marie, merci le chef. Aujourd'hui, Benjamin est notre fils à tous. Le vôtre aussi.

Luc a lâché le jeune homme. Que lui a-t-il dit ? Celui-ci s'affaisse entre les gendarmes. Nous apprendrons plus tard qu'il est le fils de ce qu'on appelle une « figure » de la ville. Après une soirée trop arrosée et la prise de substances que révélera une analyse de sang, il a emprunté la voiture de son père pour épater sa petite amie, laquelle, courageusement, a pris la fuite après l'accident. Ses parents l'amèneront eux-mêmes au commissariat.

Deux autres familles entreront, elles aussi, bientôt dans la peine.

*

Une grand-mère en larmes, un grand-père qui s'efforçait de se tenir droit, ont pris en charge Caroline et son petit frère. Nous avons roulé Benjamin, placé dans un matelas coquille, enveloppé dans la couverture de survie, dorée comme les ailes sur ses baskets, jusqu'au VSAV. Une mère qui, pas une seconde, n'avait perdu son sang-froid, sa dignité, y a pris place près de son fils et du médecin. Un père a retiré son casque de pompier pour les rejoindre. À l'avant, Joseph a pris la place de Luc.

La sirène a retenti, emportant le cauchemar du pompier.

Septième partie

« N'ayez pas peur »

57

Lorsque après avoir opéré, le chirurgien retire sa blouse blanche et rentre chez lui, oublie-t-il pour autant les corps où ses mains ont plongé, les regards de ceux qui, avant d'être endormis, lui ont confié leur vie ?

Quand le juge quitte la robe noire du magistrat et va faire son parcours de golf, le regard de celui qu'il a envoyé « à l'ombre », parfois pour des années, s'efface-t-il de sa mémoire ?

Suspendant à la porte de sa boulangerie l'écriteau marqué « Fermé », l'artisan cesse-t-il de sentir la bonne odeur de son pain ?

Peut-on couper sa vie en deux : la personnelle et la professionnelle ?

À la caserne comme à la maison, une aile dorée sur le côté d'une basket, dorée comme les cymbales que le « batteur » empoignerait bientôt à nouveau, une aile en forme d'alleluia, ne cessait de voler dans ma tête. Benjamin avait prononcé son premier mot : « oiseau ». Comme ceux de la chanson de *Feeling Good* qui devait ouvrir son concert ?

« Les oiseaux sont dans le ciel.

Je me sens bien. »

Un pompier ne laisse pas au vestiaire, avec son uniforme, celui à qui il a porté assistance dans la journée.

Et, de journée en journée, d'année en année, que de monde sur ses épaules ! On parle parfois avec envie de « vies pleines ». Il arrive qu'elles paraissent lourdes.

En existe-t-il de légères ?

58

Voilà déjà deux semaines que Sophie est rentrée en maternelle grande section, toute contente de retrouver les copines. Nous sommes allées ensemble acheter un cartable, une pochette de crayons de couleur et un carnet à dessin auquel chaque soir, sous l'œil du lapin Cata-Strophe, elle confie, langue tirée, l'état de son cœur. Maisons à fenêtres ouvertes, mer à voiles tranquilles, arbres à nids, soleils à rayons, la vie a l'air de tourner rond chez ma Sophinette.

William a tenu sa promesse. Il a débarqué un beau mercredi de congé, pour la mère comme pour la fille, et a enlevé la fille sur sa moto, coiffée d'un casque junior bleu azur, qu'il lui a laissé avec l'engagement de recommencer très vite.

— Et vous êtes allés où ?

— Ça allait trop vite, j'ai pas vu, mais c'était cool, a répondu Sophie, tout étourdie.

Cool…

Je tiens ma promesse de ne rien lui cacher concernant mon cœur à moi. Elle sait pour quelle raison je dors moins souvent chez sa grand-mère, qui je retrouve dans mon appartement ou ailleurs. J'attends avec impatience quelque chose comme : « Pourquoi il reste pas dormir ici,

William ? » afin de réunir tous ceux que j'aime sous le même toit à cheminée qui fume.

Nous n'y sommes pas.

*

En attendant, un déjeuner de fête nous a tous rassemblés à Tours, le dernier dimanche de septembre chez les Beaumont, autour de Paul ; depuis le temps que l'angelote réclamait de revoir celui qu'elle était fière de m'avoir aidée à sauver !

Le carrosse aux sièges de cuir beige qui somnolait dans le garage depuis le retour de l'île de Ré a repris du service. Maman a préféré, une fois n'est pas coutume, me laisser le volant. Il faisait beau, doux, doré, on parlait d'été indien. Une fois n'est pas coutume, j'ai adopté l'allure « escargot ». Les bons moments – je n'ose plus trop parler de paradis –, c'est mieux d'y aller doucement.

Les Beaumont habitaient une belle demeure avec jardin au centre-ville. Paul nous attendait à la porte. Reconnaissant près de lui Martial, le petit garçon brun aux cheveux en brosse, l'air crâne, pourtant si modeste, dont le bras dressé et les cris répétés m'avaient avertie que son ami était en danger, toute l'émotion de ce matin-là est remontée. C'est que l'on n'est jamais seul à sauver une vie, à faire que, durant quelques secondes, la mort détourne les yeux, passe son chemin.

La table avait été dressée dans le jardin où nous attendaient nos hôtes. William ouvrait une bouteille de champagne.

— C'est lui qui l'a apportée. Aurions-nous quelque chose à fêter ? m'a demandé malicieusement le médecin.

Le sourire complice d'Élisabeth, sa femme, alors qu'elle m'embrassait, a confirmé : ils savaient. Il existe des moments de grâce où la vie devient si légère qu'on en aurait les larmes aux yeux. Est-ce parce que l'on pressent que cela ne saurait durer ?

Lorsqu'on aime, on a besoin de témoins. J'étais placée à table à côté de William et durant le repas qui fut certainement délicieux, mais auquel je ne fis guère honneur, aux yeux de tous il était mien, j'étais sienne, nous étions deux, ou un, qu'importe : un couple, et c'était merveilleux. Le champagne aidant, j'entendais sonner les cloches d'une église dans laquelle j'entrais tout de blanc vêtue au son des grandes orgues, au bras de… eh bien, mon père n'étant plus là, du docteur Beaumont. Deux garçons et une demoiselle d'honneur portaient ma traîne, vous voyez qui ? Dans quelle église, au fait ? Celle de Tours ? Celle de Loches ? Il faudrait voir pour les faire-part.

Il y a des jours où la vie est si légère qu'on déraille complètement.

Paul et Martial ont attendu le dessert pour m'annoncer la grande nouvelle : dans quatorze mois ils auraient dix ans et, avec l'autorisation de leurs parents, ils s'inscriraient chez les pompiers, section jeunesse, où ils s'initieraient au sauvetage et à la lutte contre l'incendie.

— Et voilà comment on suscite des vocations, a remarqué le docteur Beaumont, tandis que l'angelote, ayant fait ses calculs, criait que c'était pas juste qu'elle ait encore cinq ans à attendre.

Nous nous sommes, Paul, Martial et moi, frappé solennellement la main pour sceller l'accord. Lorsque j'avais leur âge, on disait : « Tope-là », et c'était pareil : à la vie à la mort !

59

Début octobre, William m'a emmenée à Genève afin de me présenter à sa mère. Plus de 600 kilomètres : il avait loué une voiture. Partis tôt le matin, nous avons fait halte en Côte-d'Or pour déjeuner. On dit que la Bourgogne est « née à une tablée » ; eh bien, même en ne prenant qu'un plat, où la sauce se mêlait de truffes, accompagné du seul verre de vin autorisé par la maréchaussée, une sieste s'imposait après le repas. Lorsque nous avons demandé une chambre, l'air réjoui du patron nous a bien plu. William avait parlé d'une vie commune acrobatique ; normalement l'acrobate contrôle son corps et le vertige. Sur ce plan, nous avions encore beaucoup à apprendre.

Nous sommes arrivés à bon port au coucher du soleil. L'hôtel, très étoilé, donnait sur le lac Léman. Je n'avais encore jamais vu le monde à l'envers. Dans l'immense miroir frissonnant, des montagnes chevauchaient les nuages, des lumières formaient des guirlandes dans l'eau, le soleil jetait ses derniers rayons sous la coque des bateaux. Un peu partout sur les berges, de la musique qu'on aurait dit de danse, saluait la mise en scène. Et on prétend que Genève est une ville sérieuse !

Nous avons regardé le spectacle de la fenêtre de notre suite et en avons oublié de dîner.

*

À l'aube, lorsque les corps, encore lourds de sommeil, s'éveillent à la vie, nous avons fait l'amour et le plaisir est monté avec le jour comme une radieuse évidence.

Pendant le petit déjeuner, servi dans notre chambre, William m'a parlé de sa mère. Il s'était jusque-là contenté de l'évoquer brièvement. Sentant le sujet douloureux, je m'étais gardée d'insister. Je savais qu'avant d'être atteinte de la maladie d'Alzheimer elle exerçait un métier auquel peu de femmes avaient accès et s'y montrait brillante, courageuse et généreuse.

Bernadette Launay avait été… acrobate du ciel. Elle avait appris à piloter avec son père, dont c'était le métier. Dès qu'elle avait obtenu son brevet, à vingt ans, elle avait choisi la voltige, où, très vite, elle s'était placée parmi les meilleurs. Et ce don, ce courage, cette passion, elle les mettait au service de grandes causes, participant à des spectacles au profit d'associations diverses, en privilégiant celles s'occupant d'enfants.

Alzheimer est une maladie sournoise qui avance à pas de loup. Bernadette l'avait regardée en face, s'était battue tant qu'elle avait pu, sans cacher son vœu de terminer sa vie dans une voltige. On avait dû l'obliger à cesser de voler. De ce jour, elle s'était éteinte. Elle avait toujours aimé Genève, le lac Léman, où elle disait trouver la paix. Après la mort de leur père, William et sa sœur aînée, Ingrid, l'avaient installée – il ne supportait pas le mot « placée », comme on dit d'un objet – dans une maison où l'on s'occupait bien d'elle.

Un jour pas si lointain, en me demandant ma main, William m'avait raconté avoir été formé à l'art de l'acrobatie. Je découvrais par qui.

*

En début d'après-midi, nous nous sommes rendus à la Résidence Edelweiss.

Dans une chambre trop blanche, comme un trou de mémoire, Bernadette Launay avait été préparée pour nous recevoir. Elle était très élégante dans son tailleur fuchsia, avec son corsage de soie éclairé par un rang de perles. Son beau visage encore jeune était soigneusement maquillé, encadré de cheveux mi-longs colorés en châtain.

— Maman, voilà Ninon, a dit William.

Le regard bleu, absent, s'est tourné vers moi.

— Ninon ?

On peut faire une déclaration d'amour dans les endroits les plus improbables, vous ouvrir de jolies perspectives au moment où l'on s'y attend le moins. William s'est assis près de sa mère et lui a dit qu'il aimait une femme impossible qui passait la moitié de sa vie à grimper sur des échelles, descendre dans des caves, ramasser n'importe qui dans la rue, quand elle ne mettait pas le nez dans des gaz toxiques. Une femme qu'il épouserait dès que sa petite fille, Sophie, lui en donnerait l'autorisation. Un jour, il l'espérait de tout son cœur, il déposerait dans ses bras un tout petit enfant. Bernard ou Bernadette. Selon !

J'ai confié à Bernadette Launay que j'aimais un homme impossible qui passait la moitié de sa vie sur un destrier démentiel, à glisser sa plume d'écrivain dans les anneaux du manège emballé de la planète. Lorsqu'il en descendait, il devenait un gentleman, du genre à s'effacer devant les dames et leur baiser la main ; sans compter la tendresse.

Pour le tout petit bébé, j'étais partante, avec une préférence pour Bernard.

Tandis que nous lui parlions, nous efforçant de ne pas le faire comme à une enfant, sur le visage lisse de Bernadette Launay glissaient des friselis comme sur le lac vers lequel elle se tournait souvent. Nous entendait-elle ? On a beau vous assurer que la mémoire n'imprime plus, on ne peut s'empêcher d'espérer qu'un mot, une image s'y faufilera, vous y inscrira.

— Vous savez, avait dit à William la directrice de l'établissement qui nous avait reçus à notre arrivée, votre maman n'est pas malheureuse. Elle n'a pas une mauvaise vie, ici.

Mais où s'était perdu ce qui avait fait sa vie pleine ? La conquête du ciel, la griserie des voltiges, le bonheur de mettre sa passion au service des autres, le sentiment d'être là pour accomplir quelque chose d'utile ?

Le moment venu de nous en aller, alors que William l'embrassait, Bernadette l'a brusquement repoussé.

— Mais qui êtes-vous, monsieur ? lui a-t-elle demandé.

On ne sait jamais jusqu'à quel point on aime. Mon cœur a explosé d'amour pour le fils blessé. Je me suis promis, un jour, de témoigner dans son livre sur le courage des femmes afin de lui rendre un peu de ce qu'avait été sa mère.

60

Hier soir, débarquant impromptu chez ma mère, les rires mêlés de Thomas et de Sophie, au salon, regardant un dessin animé à la télévision, m'ont accueillie.

Lorsque Thomas m'a vue, son rire s'est arrêté net et il a eu l'air gêné, comme pris en faute. Quelle faute ? De commencer à guérir d'un amour impossible ?

Un élan de tendresse m'a soulevée : oh, mon Thomas, guéris ! Il y a tant de sortes d'amour.

Sous les yeux ébahis de Sophie, j'ai appliqué deux baisers sonores sur ses joues. Il a pris une voix d'enfant.

— S'il te plaît, Ninouchka, encore…

Existe-t-il des vies légères ?

Parfois, je rêve que mon père est revenu. Je m'assois près de lui, je pose ma tête sur son épaule, c'est tout, comme ça, sans rien dire.

61

Samedi 9 octobre. Matinée calme à la caserne. Une femme enceinte ayant perdu les eaux conduite à l'hôpital. À quelques minutes près, nous procédions à l'accouchement dans l'ambulance. Le bébé, un garçon, Gabriel, se porte bien. Ange, Angelote… ne manquait au tableau que l'archange qui annonça au monde la venue de Jésus. Thomas, en grande forme, a décidé que cette journée porterait son nom : « Journée Gabriel ».

Il est 13 h 20, toujours l'été indien, nous sirotons un café dans la cour lorsque l'alarme sonne : chute d'un enfant dans la rivière près de Chambourg. Appel provenant de la mère – une étrangère – en pleine panique. L'accent rend ses propos peu compréhensibles. Le père serait également à l'eau.

La malchance veut que nos camarades du CPI de Chambourg soient sur une autre intervention. Luc, Thomas et moi décalons, Luc au volant. Le canot de sauvetage suivra dans quelques minutes.

Le ravissant village, serré autour de son clocher, gris sur gris, se trouve à 6 kilomètres de Loches. L'Indre coule à ses pieds, se déversant en cascade après le pont, avant de rejoindre le Cher. Navigation et baignade sont interdites en raison du courant et des algues, promptes à entortiller moteurs et mollets. Cela n'empêche pas la petite aire de pique-nique d'être prise d'assaut dès que le soleil se montre, et le joli pont, sous lequel l'eau s'engouffre à grand bruit, d'être fréquenté toute l'année.

Durant le court trajet, nous apprenons que le CODIS, Centre opérationnel départemental de secours nous envoie des plongeurs, eux partant de Chinon, environ 50 kilomètres. Ils devraient être là d'ici une bonne demi-heure.

13 h 30 sonnent au clocher de l'église Saint-Gilles lorsque nous arrivons.

— Hou, les voyeurs ! peste Thomas tandis que nous nous frayons difficilement un chemin parmi les curieux, déjà nombreux, accourus sur le « lieu du drame ».

Je renchéris : « Le premier qui prend une photo, je le passe à la moulinette ! »

Tandis que Luc gare le VSAV, Thomas et moi descendons jusqu'à la rivière où un homme s'efforce de tenir la tête d'un enfant hors de l'eau. Sur la berge, retenue par plusieurs personnes, une femme hurle sa peur.

Le danger, ce sont les deux larges piles du pont, la cascade qui suit, dont on entend le fracas menaçant. Heureusement, ils en sont encore loin. Thomas retire bottes et casque. Il plonge.

Luc me rejoint. Nous empoignons la mère pour l'obliger à reculer : une trentaine d'années, forte corpulence, elle nous résiste de toutes ses forces en criant des mots incompréhensibles. Nous parvenons non sans mal à la faire remonter en haut du talus glissant.

— Elle est flamande, nous renseigne d'une voix tremblante une autre femme, plus âgée. La petite fille a échappé à ses parents pendant leur sieste. Elle est tombée dans la rivière. C'est le père qui y est ! Vous croyez qu'on va la sauver ?

Je désigne Thomas qui progresse à larges brasses vers le couple.

— Il semble que ce soit en bonne voie. Vous pouvez lui faire confiance, il est un excellent nageur.

— Quel âge a votre petite fille, madame ? demande Luc d'une voix calme à la mère. Comment s'appelle-t-elle ?

Donner un nom, un âge, c'est du concret. Il arrive que cela soulage. La femme bredouille quelques mots que noient les sanglots. Bon, bien : « Journée Gabriel », a décrété Thomas. Pour l'instant on s'en contentera ; avec deux L, deux ailes : Gabrielle.

Et déjà mon bi revient, nageant sur le dos, la fillette maintenue contre sa poitrine, oui, un excellent nageur. Il a même fait de la compète. Un peu plus loin, le père s'efforce de suivre. Je retire mes bottes, descends le talus, m'engage dans l'eau, tends les bras vers « Gabrielle ». Thomas me la transmet : poids plume, visage livide, lèvres bleuies, mais les yeux ouverts.

— N'aie pas peur, ma chérie, ça va aller ! Regarde, ta maman est là.

À présent, il semble que ce soit le père qui se trouve en difficulté.

— J'y retourne, soupire Thomas. C'est un « enveloppé ».

Il a un petit rire : « Surtout, tu m'attends, je reviens. »

Luc et moi étendons la fillette dans l'herbe, position latérale. Quelques tapes ciblées entre les fragiles ailerons des omoplates et c'est bon. Elle recrache un peu d'eau, hoquette, pleure. Vive Gabrielle avec deux ailes !

Thomas a déjà rejoint l'« enveloppé ». Il le remorque comme un gros poisson. Je jette un regard vers la table du pique-nique : papiers gras, reliefs de repas, cannettes vides. Alcool ? L'eau est frisquette, gare à l'hydrocution. Là-haut, une sirène annonce l'arrivée du canot. Thomas progresse. « Gabrielle » a disparu dans le giron de sa mère.

Un camarade dévale déjà le chemin.

— Ça va, Ninon ?

— Ça m'a l'air.

Et les voilà ! Dès qu'il a pied, Thomas pousse l'homme vers nous. Cette fois, on n'est pas trop de deux pour le remonter. Avec ses rares cheveux sombres collés à son crâne, ses moustaches dégoulinantes, on dirait un morse. Oh hisse ! Thomas, lui, s'est remis à l'eau pour accoster un peu plus loin.

À peine sur la terre ferme, surexcité, le papa se jette sur sa fille. La mère s'en mêle, criant à nouveau : la pagaille noire. Ramener l'ordre, chez les Flamands, pas évident !

*

Et puis ?

Et puis le ciel a explosé, et mon cœur.

Thomas dérivait au fil de l'eau, se laissant emporter. « Le canot… Grouillez-vous… », a crié un pompier.

J'ai plongé. Vite ! Vite avant que le courant ne l'entraîne vers le pont, les piliers, la cascade. Je nageais, un hurlement de sirène dans la tête, je nageais de toutes mes forces, de toute ma terreur, mon désespoir, n'aie pas peur, Thomas, me voilà. La rivière était contre moi, me refusait, elle plombait mes jambes, ses algues ligotaient mes bras. Allez, une brasse, encore une, encore. L'Indre me crachait son mépris au visage : tout casse. Bats-toi, Thomas, j'arrive. J'y étais presque, j'y étais.

J'ai attrapé un bout de manche.

Après ?

À quelques mètres, le pont.

Le moteur assourdissant du canot, des cris d'hommes, des bras tendus, le bruit furieux de la cascade.

Un mur de pierre, une muraille d'eau.

Ma main est vide.

J'ai perdu mon frère.

62

— Ninon, ça va ? Ninon, réponds-moi.

La voix de Luc.

J'ai ouvert les yeux, les siens étaient pleins de larmes. La terreur m'a glacée. Thomas ! J'avais beau essayer, aucun son ne voulait sortir de ma bouche, des gravats, de la boue, les débris de mon cœur.

Luc a entendu quand même.

— On s'occupe de lui, ne t'en fais pas.

On me sortait du canot. On me hissait sur la berge, on me posait sur un brancard. Des mains retiraient ma veste, d'autres écartaient mes cheveux, j'étouffais, Thomas, Thomas. Tout près, la rivière coulait, partout, des sirènes hurlaient.

— Laissez-nous passer !

Deux hommes en combinaison noire, deux sapeurs en tenue de plongée, se sont penchés sur moi.

— Nous arrivons de Chinon, ça va ? On peut te poser quelques questions ?

Non ! Pas de questions, plus de questions, terminé.

— Ton pote, t'a-t-il parlé avant d'être emporté ?

Le courant, le pont, la cascade… Tout ce bruit, ces cris, pas le temps, comment mon « pote », mon bi, mon frère, aurait-il pu me parler ? Comment aurais-je pu l'entendre ? Il a dit : « Je reviens », c'est tout.

L'homme en noir s'est éclairci la gorge.

— Peux-tu nous dire s'il était conscient ? a-t-il demandé plus bas.

— Foutez-lui la paix ! a tempêté Luc, le calme, le discret Luc Bracieux-Gracieux. Vous ne voyez pas qu'elle est hors d'état de vous répondre ? Il y a dix minutes, même pas, elle était encore dans l'eau.

Même pas. Même pas peur, même pas mal. Inconscient, mon Thomas ? J'ai entendu un drôle de bruit, mes dents qui s'entrechoquaient. Le plongeur a serré brièvement mon bras.

— On va te le retrouver, Montoire. On va te le ramener.

Il s'est redressé et il est parti avec son bi : un soldat ne va jamais seul au feu.

— Allez, Ninon, on t'emmène au chaud, a décidé Luc d'une voix rude.

Ils étaient combien autour de moi ? Des mains ont soulevé le brancard.

— Non !

Quand on veut, on peut. On peut même crier à s'arracher les entrailles. On peut même être entendue. Le brancard a été reposé sur le sol.

« Surtout, tu m'attends »… « On va te le ramener »… Il fallait bien que je sois là quand les plongeurs me ramèneraient Thomas. Si ça se trouve, il était sur la route, tout dégoulinant, tout fanfaronnant. Je pouvais l'entendre : « Mais qu'est-ce que tu t'imaginais, ma Ninouchette – lui, il avait le droit –, que tu réussirais à te débarrasser de moi comme ça ? »

On me retirait mon pantalon, mon tee-shirt, allez-y, ne vous gênez pas ! On m'enveloppait dans une couverture de survie. Vie, survie, « je reviens ». Là-haut, le cirque n'arrêtait pas, la valse bleue des gyrophares, le cri rouge des sirènes, le cri blanc du Samu, le grondement de l'hélicoptère, Thomas... On essuyait mon visage, mes yeux, mes pleurs, ma trouille, trouille noire, ciel bleu, été indien, flèches empoisonnées. Qu'est-ce qu'ils foutaient tous sur le pont ? Hou, les voyeurs, le premier qui prend une photo, je le passe à la moulinette.

— Si vous voulez, j'ai un peu de thé chaud dans une Thermos, a dit une voix de femme, ça lui fera du bien.

Du bien ? Thé chaud ? J'avais si froid. On m'aidait à boire. Pourquoi Luc n'arrêtait-il pas de parler ? Pas le genre du réservé Bracieux-Gracieux. « La petite s'appelle Samantha... sa mère te remercie... on a emmené toute la famille à l'hôpital... »

— Maintenant, on va peut-être pouvoir y aller ? a-t-il suggéré. Qu'est-ce que tu en penses ?

Aller où ? Avec qui ? Comment ?

Et puis tout le monde s'est écarté pour laisser passer un homme.

— Ninon.

Il a mis un genou en terre sans se préoccuper de salir son pantalon. Que faisait-il là ? Un chef ne se déplace pas sur les lieux d'intervention. Il laisse ça à ses hommes. Ou alors, il faut...

Le capitaine Jean-Marie Dubiez me regardait sans rien dire. Les mots n'étaient pas nécessaires, nous les connaissions tous par cœur.

*

Les plongeurs ont retrouvé Thomas vers 17 heures près d'Azay-sur-Indre, à 3 kilomètres de Chambourg. Son corps sans vie flottait sur l'eau calmée. Un médecin a constaté le décès.

Plus tard, l'autopsie nous apprendrait que le cœur de Thomas était atteint de « dysplasie du ventricule droit », une anomalie congénitale. Ignorée du profane, la dysplasie est bien connue du monde sportif car parfois cause de mort subite. Récemment, un célèbre footballeur en avait été victime. Force de la nature, au faîte de sa gloire, convoité par les plus grands clubs, le dieu était tombé bêtement sur la pelouse sous le regard du monde entier, sans même qu'on l'ait poussé, sans que le carton jaune soit brandi. Tombé pour ne plus se relever.

La dysplasie est décelable sur l'électrocardiogramme, à condition que l'analyse en soit faite avec une attention particulière. Lors des examens d'aptitude physique, obligatoires pour entrer chez les pompiers, le praticien n'avait rien remarqué sur celui de Thomas, âgé il est vrai à l'époque de seulement dix-huit ans.

L'électrocardiogramme, recommandé tous les deux ans lors des tests de condition physique, n'avait pas non plus alerté les médecins. Thomas ne s'était jamais plaint de difficultés respiratoires ni de douleur quelconque.

On peut vivre toute sa vie en ignorant que l'on a un cœur en sursis. On peut même pratiquer un sport de haut niveau sans que l'alarme se déclenche. Le cœur de celui-ci tiendra, cet autre lâchera. La grande inconnue à laquelle certains donnent le nom de fatalité.

Fatal, fatum : le destin.

63

Une fin d'après-midi de juillet, en présence de témoins comme le veut le règlement, l'armoire de Myriam dans le vestiaire avait été ouverte sur ordre du capitaine Dubiez afin d'y chercher le bracelet dérobé à Mme Lancelin, offert par son époux pour leurs quarante ans de mariage. Les témoins étaient Luc, Thomas et moi.

Comme le plus souvent chez les filles, un ordre parfait régnait dans l'armoire : vêtements suspendus à des cintres ou en piles sur les étagères, bottes et baskets en bon ordre sur le sol. Nous avions été étonnés de ne trouver aucune photo ou carte postale au dos de la porte ou sur les parois, comme c'est presque toujours le cas chez les pompiers des deux sexes. Aucun objet rappelant l'enfance, pas le moindre « gri-gri » ou porte-bonheur. Le précieux bijou avait été découvert au fond d'une basket.

Ce même soir, au foyer, le jeu de l'oie pour témoins Thomas m'avait demandé ma main. À défaut de la lui accorder, je lui avais promis de la lui tendre – « même les deux » – s'il tombait un jour dans la case maudite. Promesse qu'il m'avait rappelée récemment face à une mer en colère et un jeu appelé bizarrement « le grand jeu de Mao »

Luc et Joseph ont tenté de me dissuader d'être présente à l'ouverture de l'armoire de Thomas. Mais ne se plaisait-il pas à répéter, en riant ou non, qu'à part ses deux petits – Baptiste, sept ans et Camille, six – j'étais sa seule famille depuis son divorce ? Mon devoir était donc d'y assister.

C'est le capitaine qui a tourné la clé.

J'étais partout !

Dans le pêle-mêle de photos qui nous représentaient ensemble, à la caserne ou à l'extérieur – un pompier a deux foyers. En filigrane sur les cartes postales qu'il me sommait de lui envoyer quand j'avais le culot de partir en vacances sans lui, et la plupart représentaient l'île de Ré, l'île sous toutes ses coutures, l'île dans tous ses états, pas étonnant qu'il l'ait connue par cœur, de Rivedoux Plage au fameux phare des Baleines en passant par Trousse-Chemise.

Un grand silence a suivi la découverte. Lorsque, à part ça, à par moi, on a constaté l'immense foutoir qu'était le vestiaire du caporal Vailly, par ailleurs bien noté pour sa rigueur dans le travail, des rires sombres ont brûlé les gorges. À ce point-là, c'était pathétique !

Nous avons empli deux cartons, l'un avec les vêtements dont Joseph se chargerait : « À garder, à donner, à jeter » ; l'autre, contenant les jardins pas si secrets que ça, de mon bi, m'a été confié.

*

Bien sûr, dès le lendemain du drame, nous étions tous passés par la case obligatoire « Cellule psychologique », en commençant par ceux qui s'étaient trouvés sur les lieux. Un pompier se sent toujours coupable de n'avoir su sauver un camarade, d'être, lui, encore là. Luc se pardonnerait-il jamais de n'avoir pas plongé avec moi, de s'être laissé accaparer par le père de Samantha ? Même si, on le sait, impossible d'être sur deux fronts à la fois.

« Surtout, tu m'attends, je reviens. »

Ce qui me tourmente beaucoup, c'est de ne pas avoir croisé le regard de Thomas, de n'avoir pas pu lui dire un mot, un seul, avant que le flot l'emporte. As-tu su, mon Thomas, as-tu au moins senti, que j'étais là, que tu n'étais pas seul, que j'aurais donné ma vie pour sauver la tienne ?

Je ne cesse de compter et recompter les minutes où tout s'est joué, comme on dit les « minutes » d'un jugement. Je ne cesse d'entendre sonner le glas au clocher de l'église Saint-Gilles. D'après ce que m'ont affirmé les camarades du canot : entre le moment où j'ai réussi à attraper un bout de la manche de Thomas et celui où le courant me l'a arraché, il ne s'est pas écoulé une minute. Présents, ils ont tout vu et leur tourment à eux est de n'en avoir repêché qu'un.

Le résultat de l'autopsie, la fameuse « dysplasie », nous a accordé à tous, en quelque sorte, les circonstances atténuantes.

Bien sûr, ma mère était là, avec laquelle il n'était pas besoin de mots pour se comprendre et partager la peine. Je lui avais lâchement laissé le soin d'annoncer à Sophie le départ de son « papa préféré ». Elle qui croyait au Ciel saurait mieux que moi sécher ses larmes en l'y installant aux côtés de son bon-papa.

Je suppose que « Même pas peur » avait peur que j'aille les rejoindre car, durant quelques nuits, elle a exigé de dormir avec moi.

Bien sûr, William était là. Il avait tout lâché pour se mettre à ma disposition et, le temps que je ne passais pas avec ma fille, je le passais dans ses bras. On peut faire l'amour par désespoir, pour se sentir encore un peu vivante. Attendre longtemps un plaisir sombre, comme interdit, qui, lorsqu'il vient malgré tout, vous laisse un sentiment de honte. On peut jouer avec les mots : acrobatie, voltige, cascade… On peut n'importe quoi.

Dans son carnet à dessins, Sophie a collé l'une des photos trouvées dans le vestiaire de Thomas. Elle a choisi celle, prise par maman à la piscine du jardin public, en juillet dernier, le lendemain d'un « Plan rouge », le matin où un fameux article me sacrait : « ange » d'une départementale.

En maillot de bain, elle pose fièrement entre Thomas et moi. À ses pieds gisent ses flotteurs dégonflés, attendrissants trophées. Un certain nombre d'enfants se noient chaque année dans les piscines, même correctement surveillées. Ce jour-là, Thomas avait décidé de lui apprendre à s'en dispenser.

Hier, à l'heure du baiser du soir, elle m'a demandé d'une petite voix :

— Maman, est-ce qu'après, tu vas retourner chez les pompiers ?

Après l'enterrement ? Il a lieu demain.

Je l'ai serrée contre moi pour ne pas avoir à répondre.

64

Soldat du feu, tombé en service commandé après avoir sauvé un père et son enfant, le caporal Thomas Vailly a eu droit à des funérailles nationales en la présence du ministre de l'Intérieur.

Dès 9 heures du matin, le jeudi 7 octobre au ciel uniformément bleu – l'été indien ne désarmait pas –, venus de toutes les casernes de France, les pompiers ont afflué à Loches par centaines. De nombreuses rues et avenues avaient été interdites à la circulation. Ce jour-là, la bande fluo au haut de l'uniforme ceindrait toute la ville d'une flamme incandescente.

Le cercueil, recouvert du drapeau tricolore, sur lequel brillait le casque de Thomas, avait été placé sur des tréteaux devant le palais de justice, place de Verdun. La prise d'armes s'est déroulée sous l'égide du président de la Fédération nationale des sapeurs pompiers et de celle de leur directeur départemental.

Le ministre s'est avancé.

— Je suis venu, au nom du président de la République, saluer un brave, mort en accomplissant son devoir.

Je ne me souviens pas des mots qui ont été prononcés, je me souviens que le préfet a parlé, le petit homme rond à lunettes qui, déjà, par deux fois, était venu de Tours rendre hommage aux soldats du feu. La première lors d'un Plan rouge impliquant des enfants, et l'émotion l'avait empêché d'aller jusqu'au bout ; la seconde en ce même endroit, pratiquement à cette même place, lors des cérémonies du 14 Juillet.

« Un peu d'honneur, ça ne fait pas de mal », avait plaisanté Thomas avant que je reçoive la médaille tricolore du Courage et du Dévouement.

Les discours terminés, devant un parterre d'officiels au garde-à-vous, sous les flashs des photographes, filmé par plusieurs chaînes de télévision, le représentant de l'État a remis la Légion d'honneur, à titre posthume, au caporal Thomas Vailly.

Aurait-il dit : « Trop d'honneur » ?

*

La cérémonie religieuse avait été prévue à l'église Saint-Antoine, toute proche, un bel édifice qui, à l'origine, abritait un couvent d'ursulines. La Révolution passée par là, il n'en était resté que le réfectoire et le dortoir des religieuses. C'était entre ses murs que la Déclaration des droits de l'homme et du citoyen avait été lue pour la première fois, sous sa voûte que, pour la première fois aussi, *La Marseillaise* avait été chantée, et les Lochois, de quelque parti qu'ils soient, quelles que soient leurs opinions ou leurs croyances, s'en montraient fiers. Le lieu avait ensuite servi d'écuries à la gendarmerie. Ce n'était qu'en 1812 qu'il avait été rendu à Dieu en devenant la paroisse de la ville qui n'en comptait pas.

Toute une histoire. L'Histoire des hommes.

Un écran géant avait été dressé sur le parvis pour permettre à tous de suivre l'office. Devant le porche grand ouvert, nous étions sept de la caserne autour du cercueil, dont Luc, Joseph, Pierrot et moi, portant selon l'usage foulard rouge, gants blancs et guêtres de même couleur. Lorsque les grandes orgues ont retenti, les hommes ont hissé le cercueil sur leurs épaules et, moi devant, le casque de Thomas contre ma poitrine, nous sommes entrés dans l'église comble. Nous avons longé lentement la travée centrale entre une foule debout, jusqu'à l'autel où nous attendaient les officiants en chasuble blanche, recouverte de l'étole violette en signe de deuil. Une fois le cercueil sur les tréteaux, j'y ai posé le casque étincelant. Les orgues se sont tues.

— Thomas, nous t'accueillons dans la maison du Seigneur, a dit le curé en écartant les bras.

Il y a des moments où la vie n'est ni lourde ni légère, elle est tout simplement insupportable. Les mots de l'homme de Dieu ne parvenaient pas jusqu'à moi. Je découvrais la couronne de roses blanches mêlées de lilas, ceinte d'un ruban mauve où, en lettres dorées, étaient inscrits le nom de Samantha à côté de celui qui l'avait sauvée, et la ronde déchirante des « si » m'entraînait. Si, ce matin-là, Thomas et moi n'avions pas été de garde, s'il avait fait moins beau, si Samantha n'avait pas échappé à la surveillance de ses parents… tous ces « si » qui avaient fait que, très exactement à 13 h 20, l'alarme avait sonné à la caserne où c'était à notre tour de décaler.

« Seigneur, je viens vers toi.

Seigneur, écoute-moi. »

La messe a commencé.

Bien placée pour voir à la fois officiants et officiels, dans un brouillard de larmes, je faisais, tel l'avare s'assurant que son trésor est au complet, le compte de tous ceux venus ici pour Thomas. À droite, au premier rang, ministre, préfet, président, directeur… À gauche, le maire et ses adjoints. Et derrière, une petite foule d'hommes et de femmes vêtus de sombre. Partout des visages graves, des épaules droites, des décorations comme s'il en pleuvait. Un livre d'or plein à craquer : oui, tu étais riche, Thomas !

Plus loin, il y avait les siens : deux enfants qui portaient son nom, une femme qui en avait préféré un autre. Et, quelque part, les miens dont il faisait partie.

Dans son homélie, le prêtre a rendu hommage à tous ceux qui, dans cette société du clinquant, de l'épate, du chacun-pour-soi, choisissaient de se mettre au service des hommes, sans distinction de religion ou de race, qu'ils soient puissants ou misérables, n'hésitant pas, comme Thomas Vailly ici présent, à donner leur vie pour eux, en fidèles disciples du Christ.

Moi, j'aurais dit qu'il était aussi un homme qui aimait s'amuser et que, dans ses rires, on entendait l'enfant avide de reconnaissance et d'amour que nous demeurons tous un peu : « Surtout, tu m'attends »...

Après quelques mots prononcés par le président des sapeurs pompiers, les prières et les chants ont repris.

Cette fois, c'était du tableau derrière le maître-autel, que je ne pouvais détacher mes yeux. Il était dû à Jean Boucher, rien à voir avec le célèbre « François », peintre à la cour de Louis XV. Commandée par Louis XIII, la toile représente une descente de croix. Saint Jean soutient le corps abandonné du Christ, un abandon qui, pour les chrétiens, n'est qu'un simple sommeil. À sa gauche, mains jointes, la Vierge Marie prie. À sa droite, Marie-Madeleine baise les pieds de celui qu'elle a aimé d'un amour fou. Les regards sont éplorés. N'a-t-Il pas dit : « Je suis la lumière et la vie » ? Est-il possible qu'Il ait abandonné ceux à qui Il promettait la vie éternelle ?

La réponse se trouvait à quelques rues de là, dans les toiles du Caravage.

Mon père, qui mettait sa religion dans l'art, affirmait qu'un beau tableau était une invitation à laquelle il était péché de ne se rendre qu'une seule fois, aussi venions-nous régulièrement visiter celui-ci.

— Ce que les tyrans redoutent le plus, c'est la prise de pouvoir d'un autre qu'eux sur les âmes, me faisait-il remarquer. Contre ce pouvoir-là, ils ne peuvent rien. Si le message est d'amour, la parole d'espérance, sa lumière traverse les siècles car tous les hommes y aspirent et en vivent. Crucifier cet homme-là, c'était tenter de crucifier le soleil.

Et il désignait l'astre qui, au-dessus du tableau, indépendant de celui-ci, déployait ses rayons.

La messe se terminait déjà. Déjà ? On pourrait imaginer que celui qui n'a pas la foi ou qui l'a perdue s'ennuie dans les lieux qui lui sont consacrés. Mais s'il prend le temps de tendre l'oreille, il s'aperçoit qu'on n'y parle que de lui. Avec réponse à tout : à la solitude, le partage ; au rejet, la fraternité ; la guérison à la souffrance. On ose même y parler de bonheur.

Quant à la résurrection – un peu plus difficile à avaler –, on se débrouillerait avec les moyens du bord. Thomas serait partout où nous serions appelés. « Tu m'attends, je reviens »... Bien sûr ! Ta main sera la mienne ; ton sourire, mon sourire ; mes angoisses comme mes joies, les tiennes.

65

Thomas a quitté l'église au son du Requiem de Mozart auquel les chœurs puissants – sombres voix d'hommes, hautes incantations des femmes – donnent des accents de « bel canto », évoquant davantage l'opéra que la musique religieuse. D'ailleurs, sur le parvis, des gens ont applaudi. Tu aurais souri.

Tout autour de la place de Verdun, immobiles, on ne voyait que les nôtres, comme une vague suspendue, bleu et rouge casquée d'argent.

Le cercueil a repris place sur les tréteaux. La cérémonie des adieux a commencé.

La fanfare des pompiers d'Indre-et-Loire, une cinquantaine d'hommes, a d'abord interprété la *Sonnerie aux morts*, avant que, de toutes les poitrines, jaillisse *La Marseillaise*. Ça t'aurait plu, à toi qui ne supportais pas que l'hymne national soit chanté du bout des lèvres. Puis, à l'homme qui m'avait dit un soir de brame : « Je rends les armes », des soldats venus de toute la France les ont présentées.

*

Le cimetière des Montains se trouve sur une colline à un peu moins d'un kilomètre de la place. Il avait été décidé que seuls les proches s'y rendraient. C'est sur l'échelle pivotante aérienne sur laquelle Thomas était monté tant de fois qu'il a été transporté jusqu'à sa dernière demeure. Le cercueil y a été posé et le véhicule s'est ébranlé, encadré par les pompiers de la caserne, suivi par la famille et les amis.

Pour la famille, Baptiste, Camille et leur mère, le « monsieur aux assurances » et futur beau-père ayant eu le bon goût de ne pas venir. Mariette essuyait ses yeux. Avait-elle compris qui elle venait de perdre pour la seconde fois ? Je ne lui en voulais pas. Un pompier a deux foyers : en faisant partie de celui où Thomas avait choisi de mettre le meilleur de lui-même, l'essentiel de sa vie, j'avais eu la meilleure part.

Venaient ensuite ceux qui l'avaient adopté : ma mère, entourée d'Aldo et de Maéva. Et, avec les Rétais, flottait un parfum de brise salée et d'aiguilles de pin. Et ceux qui lui seraient à jamais reconnaissants de m'avoir aidée à sauver leur fils, le docteur Beaumont et sa femme. Près d'eux, l'homme que j'aimais.

Il m'a fallu un peu de temps avant de mettre un nom sur l'octogénaire chancelante, soutenue par une femme aux cheveux roux comme du sucre filé, Chouquette. Bien sûr, Madeleine, la mamie oubliée des siens ! N'était-ce pas grâce à Thomas qu'elle pouvait aujourd'hui l'accompagner jusqu'au bout de sa route à lui ?

La fanfare était restée place de Verdun. Dans le chemin tournicotant entre de calmes maisonnettes entourées de jardins, il n'y avait d'autre musique que le grésillement du soleil au creux des buissons, d'autre orchestre que celui des insectes qui se croyaient toujours en été et, çà et là, le cliquetis des couverts de déjeuners qui s'achevaient.

Les cortèges, on en avait l'habitude par ici. Ils faisaient en quelque sorte partie du décor, un tribut payé au calme. Mais un comme celui-ci, en bleu-blanc-rouge, un défunt si bien accompagné, c'était rare et quelques personnes ont quitté la table pour venir le saluer.

Il n'y a pas eu de discours au cimetière. Le capitaine Jean-Marie Dubiez s'est contenté de dire adieu à Thomas au nom de toute la troupe et de tous ceux qui travaillaient à la caserne, puis quatre hommes en civil, impressionnés par tant d'uniformes, l'ont descendu dans la fosse.

La coutume veut que chaque soldat se mette l'un après l'autre au garde-à-vous devant la tombe avant de faire le salut militaire. Mon tour venu, j'ai repris à ma mère le sac que je lui avais confié et l'ai laissé tomber sur le cercueil. Certains y jettent bien une rose, pourquoi pas un jeu de l'oie ? Les premières pelletées de terre l'ont recouvert.

Il me restait une dernière tâche à accomplir.

J'ai remis à Baptiste Vailly la montre que j'avais découverte dans le carton « affaires personnelles » de Thomas, et à Camille, le bracelet en métal argenté, probablement gagnés à un stand de fête foraine comme il s'en installe chaque été place de la République. Deux breloques à la valeur inestimable, de celles dont on ne se séparerait pas pour un empire car ce serait trahir son cœur. On appelle aussi « breloques » les battements de tambour au son desquels la troupe rompt les rangs.

Je leur ai dit que leur père était un héros et qu'il les aimait. J'avais à son sujet plein de belles histoires à leur raconter, ainsi que des photos parmi lesquelles ils choisiraient toutes celles qui leur plairaient. J'ai confié à Baptiste les numéros de téléphone où il pourrait me joindre, y ajoutant ceux de ma mère. Et que la sienne ne s'avise pas de l'en empêcher, elle aurait affaire à moi.

Tous deux avaient les yeux pleins de larmes. Alors que je les serrais contre moi, soudain, un oiseau a chanté.

« Tu vois, il suffit qu'on arrive », aurait dit Thomas.

Et moi je l'aurais cru, puisque, des oiseaux qui chantent et s'envolent, il y en a dans presque toutes les chansons qui parlent d'amour.

66

— Maman, est-ce qu'après tu vas retourner chez les pompiers ? m'avait demandé Sophie la veille de l'enterrement de Thomas.

Ce léger frémissement dans sa voix, que signifiait-il ? Que souhaitait ma petite fille au fond de son cœur ?

Avoir une maman qui dorme toutes les nuits sous le même toit qu'elle, l'accompagne à l'école et vienne l'y reprendre quotidiennement et pas seulement de temps en temps, de loin en loin ? Une maman pour laquelle, tout simplement « Même pas peur » n'aurait plus peur ?

Ou préférerait-elle garder la mère-pompier dont elle était si fière, en rebattant les oreilles de tous, copains, copines et commerçants ? Une maman qui se montrerait plus forte que la mort en ne baissant pas les bras, poursuivant le combat, après que celle-ci avait emporté son papa préféré, mon frère ?

Et ma mère à moi, que souhaitait-elle ? Quel vœu se cachait derrière les mille et une attentions qu'elle me prodiguait comme de tendres pansements ? Quel que soit son vœu, Agnès Montoire se garderait bien de peser sur ma décision. Elle se contenterait, celle-ci prise, d'y accorder son cœur.

Que me disait le regard de mon père sur la photo, dans la bibliothèque nourrie de romans de cape et d'épée, d'audace et d'honneur ? Qu'aurait-il conseillé à son « aventurière », la crâneuse qui prétendait ne craindre aucun sommet, prête à affronter tous les ours ou autres loups de la terre ? Je ne pouvais douter de sa réponse. N'était-ce pas la mort de Charles qui l'avait conduit tout droit chez les pompiers pour venger sa trop courte vie en en sauvant un maximum d'autres ?

— Prends ton temps, mon amour, me répétait William. Rien ne presse.

Que souhaitait mon homme au fond de son cœur ? Que l'acrobate abandonne la voltige ? Que sa future épouse mène une vie moins « impossible », qu'elle soit disponible pour collaborer à son livre, l'accompagner dans ses voyages et un jour lui donner, se donner, ainsi qu'à Sophie, le tout petit annoncé à Bernadette Launay ?

*

« Rien ne presse »...

C'était en somme ce que m'avait dit le capitaine Dubiez lorsque j'étais allée le trouver à la caserne pour faire le point, le surlendemain de l'enterrement.

— Asseyez-vous, Ninon.

Dans l'armoire vitrée, armoire-mémoire, la médaille de la Légion d'honneur remise au caporal Thomas Vailly par le ministre de l'Intérieur trônait en bonne place ; à vrai dire, on ne voyait qu'elle.

— Si, à sa majorité, l'un des enfants en fait la demande, nous la lui remettrons. Je suppose que vous en êtes d'accord, avait proposé le capitaine.

Baptiste, Camille, sept et cinq ans... Beaucoup d'eau aurait coulé sous les ponts avant qu'ils ne puissent réclamer la médaille reçue par leur père. Suffisamment d'eau pour qu'ils aient oublié la cascade qui coulait sous le pont de Chambourg-sur-Indre ?

— Comptez sur moi pour qu'ils la revendiquent, avais-je répondu.

On conservait également dans cette armoire les coupures de presse rendant hommage à nos disparus. Si on voulait y mettre toute la presse concernant Thomas, en y ajoutant DVD et cassettes radio, il faudrait la doubler.

Je n'avais pas eu besoin d'exposer mes états d'âme à Jean-Marie Dubiez, les mots étaient inutiles, nous les connaissions tous par cœur. Son regard gris s'était appuyé au mien.

— Prenez le temps de réfléchir, Ninon. Quelle que soit votre décision, nous la respecterons. Et vous resterez à jamais de la famille.

« À jamais »… le contraire de « Plus jamais ». D'un côté un peu de lumière, de l'autre une nuit définitive.

*

Luc et Joseph m'attendaient au foyer. Nous avions partagé un café. Eux, pas difficile de deviner leur souhait et celui des camarades qui ne cessaient de tournicoter autour de nous, se voulant discrets mais carrément lourds avec dans leurs regards des « Alors, tu reviens quand ? » et des « Tu ne vas quand même pas nous lâcher » dans leurs sourcils froncés.

Luc ne m'avait posé aucune question. Pas plus qu'il n'avait dû s'en poser à lui-même lorsqu'il avait vécu le fameux « cauchemar du pompier ». Son casque appuyé au front du chauffard qui avait renversé Benjamin donnait la réponse : pas de pitié pour les fous du volant, les inconscients mettant en péril la vie d'innocents. Il n'aurait pas assez de sa vie de soldat pour leur faire regretter leur crime.

— Fais pas de conneries, Luc ! avait lancé Joseph.

À moi, le garde-chiourme s'est contenté de signifier : « Pour vider ton vestiaire, on n'est pas pressés », d'une voix menaçante d'amitié. Et, les deux, me raccompagnant à la porte : « Si tu as besoin, tu sais où appeler. »

Le 18 ? « Allô, c'est Ninon, j'ai besoin de vous » ?

— Maman, est-ce qu'après tu vas retourner chez les pompiers ?

À la question de Sophie, posée la veille de l'enterrement de Thomas, j'avais évité de répondre. Trois semaines plus tard, je ne m'en sentais toujours pas capable : ni oui, ni non, Ninon. On ne se change pas.

67

Il pleuvait sur Ré lorsque j'ai passé le pont à courbette, au volant du carrosse aux coussins de cuir dans les replis desquels le sablier du temps ne parlait que de deux absences, deux absents. Il flottait sur les murs blancs, les volets amande, les toits roses, du drapeau en berne de l'île aux illusions perdues.

Je ne me suis pas arrêtée à Bois Plage – on verrait ça l'été prochain. Je suis allée directement à la grotte de celui qu'on appelait « le Sage » et, bien sûr, il m'attendait.

Il m'a fait asseoir à ses côtés et m'a offert le verre d'eau rituel, comme s'il avait besoin d'en rajouter à celle qui noyait tout, y compris mes yeux malgré mes résolutions de papier.

En juillet dernier – c'était le bonheur et je n'étais pas foutue de le voir –, il m'avait donné un galet en me conseillant d'y mettre le message de mon choix.

Je le lui ai rendu, le message, avec : « Oser aimer. »

J'avais osé. J'aimais William Launay, l'amour-danger. Nous avions même décidé de nous marier. Ambroise Tremblay, l'amour perdu, avait refait surface, le temps de me libérer tout à fait. Pour l'amour impossible, lors d'une journée « Gabriel » qui avait retenti dans tout le pays, Thomas Vailly-Vaillant s'en était allé pour toujours.

« Tu ne sais pas qui tu es. Tu ne sais pas où tu vas », m'avait-il dit. J'étais celle qui n'avait pas pu sauver son frère, je ne savais plus où je voulais aller, j'étais perdue.

— C'est pour ça que je suis venue, Elbe.

Il ne m'a pas répondu.

Les paupières baissées, droit, raide, sans un frémissement, clos dans sa grotte, sa tour d'ivoire, inébranlable, il était comme un rocher sur lequel tous les vents, les vagues, les pleurs, les misères se brisaient.

Je crois que je me suis mise en colère. Bravo, très joli, facile d'être le « Sage » qui éclaire les consciences, quand on vit sur une île, déjà à moitié au ciel, loin du boucan dévastateur de la vie. Que savait-il, lui le savant en robe blanche, entouré de ses bougies, ses cailloux, sa belle réputation, de la vie des pompiers ? Cette vie de chien à galoper jour et nuit pour aider, repêcher, sauver n'importe qui, n'importe où, dans n'importe quelle galère, soigner gros et petits bobos, ramasser les morceaux et tenter de les recoller, désincarcérer les corps et les cœurs, tour à tour secouristes, infirmiers, réanimateurs, confesseurs, recueilleurs de dernières paroles, de derniers pauvres soupirs. Quand les soldats du feu ne s'improvisaient pas serruriers, électriciens ou plombiers, j'en passe, en attendant les spécialistes. Hommes et femmes à tout faire, en toutes circonstances, se battant sur tous les fronts, contre tous les éléments. Sans compter l'élément nouveau, les ignorants, les imbéciles, les petits caïds nourris aux paradis artificiels du fric et de la drogue, qui s'amusaient à taper le 18 pour se faire du pompier, sans savoir qu'en caillassant l'espoir, crucifiant le soleil, ils se condamnaient eux-mêmes à la nuit.

Je ne sais pas combien de temps j'ai parlé. À la vérité, le temps est un peu cassé pour moi depuis qu'en quelques minutes qui ont duré un siècle Thomas m'a été arraché.

Quand j'ai eu terminé, que j'ai eu sorti tout le sable, les cailloux, les pierres, Myriam et les autres, raclé toute la vase laissée par les regrets, remords, révoltes, tout ce qui obscurcissait mon cœur, mon âme ou ma conscience, comme vous préférez, Elbe a daigné ouvrir les yeux.

— Va, a-t-il dit. On t'attend.

68

Premier décembre, premiers flocons. Il est 12 h 30 à la caserne, nous attaquons le déjeuner. La conversation roule autour de la Sainte-Barbe que nous fêterons dans trois jours. Vierge et martyre, sainte Barbe fut décapitée par son propre père pour son refus d'abjurer sa foi. Depuis, elle préside aux « destinées dangereuses », aussi est-elle tout naturellement la patronne des sapeurs pompiers.

Voici déjà presque deux mois que Thomas nous a quittés. Si nous avons décidé de maintenir la fête, c'est que nous le connaissons, il ne nous pardonnerait pas d'y renoncer. Je parle de lui au présent parce qu'il est toujours là, avec son entrain, sa générosité, son courage et ses rires de toutes les couleurs dont beaucoup étaient des demandes d'amour. Nous t'aimons, Thomas.

Nous sommes en train de mettre au point des derniers détails lorsque l'alarme sonne : chute d'un homme sur un trottoir, rue Saint-Antoine.

Luc, Stan et moi décalons. On appelle « Stan » le caporal Stanislas Baudoin, trente-cinq ans, muté à sa demande au Centre de secours principal de Loches pour y rejoindre ses proches ; mon binôme. Un soldat ne part jamais seul au feu.

Durant le trajet, nous apprenons…

Table

Table

68

Premier décembre, premiers flocons. Il est 12 h 30 à la caserne, nous attaquons le déjeuner. La conversation roule autour de la Sainte-Barbe que nous fêterons dans trois jours. Vierge et martyre, sainte Barbe fut décapitée par son propre père pour son refus d'abjurer sa foi. Depuis, elle préside aux « destinées dangereuses », aussi est-elle tout naturellement la patronne des sapeurs pompiers.

Voici déjà presque deux mois que Thomas nous a quittés. Si nous avons décidé de maintenir la fête, c'est que nous le connaissons, il ne nous pardonnerait pas d'y renoncer. Je parle de lui au présent parce qu'il est toujours là, avec son entrain, sa générosité, son courage et ses rires de toutes les couleurs dont beaucoup étaient des demandes d'amour. Nous t'aimons, Thomas.

Nous sommes en train de mettre au point des derniers détails lorsque l'alarme sonne : chute d'un homme sur un trottoir, rue Saint-Antoine.

Luc, Stan et moi décalons. On appelle « Stan » le caporal Stanislas Baudoin, trente-cinq ans, muté à sa demande au Centre de secours principal de Loches pour y rejoindre ses proches ; mon binôme. Un soldat ne part jamais seul au feu.

Durant le trajet, nous apprenons…

Cet ouvrage a été imprimé
en février 2011 par

CPi
FIRMIN-DIDOT

27650 Mesnil-sur-l'Estrée
N° d'édition : L.01ELIN205.N001
N° d'impression : 103729
Dépôt légal : mars 2011

Mise en page
PCA
44400 Rezé

Imprimé en France